HEYNE <

Das Buch

Die neue Praktikantin wickelt alle um den Finger: Bei Joan erfinden sie kleine Entschuldigungen und lächerliche Fragen – alles, um nur fünf Minuten auf ihrer Schreibtischkante sitzen und sie und ihre Brüste anstarren zu dürfen, allen voran der Chef Hugo. Christina will nicht länger zusehen und nimmt sich das, was ihr gehört: Lustvoll, ohne Tabus und mit Erfolg.
Sexy office: Aufregend sinnliche Stunden im Büro – und nicht nur da.

Die Autorin

May B. ist das Pseudonym einer Autorin, die in London aufwuchs und dort zunächst als Bibliothekarin arbeitete. Nach einigen Jahren Berufserfahrung kehrte sie nach Deutschland zurück, um sich ganz ihrer Leidenschaft für Literatur und Erotik widmen zu können. Ihre Geschichten berichten von Erfahrungen, die sie zum Teil selbst gemacht hat.

May B.

Sexy Office

Erotischer Roman

WILHELM HEYNE VERLAG
MÜNCHEN

FSC
Mix
Produktgruppe aus vorbildlich
bewirtschafteten Wäldern und
anderen kontrollierten Herkünften

Zert.-Nr. SGS-COC-001940
www.fsc.org

Verlagsgruppe Random House FSC-DEU-0100
Das für dieses Buch verwendete
FSC-zertifizierte Papier *Holmen Book Cream*
liefert Holmen Paper, Hallstavik, Schweden.

2. Auflage
Originalausgabe 03/2010

Printed in Germany 2010
Umschlagabbildung: © corbis, Düsseldorf
Umschlaggestaltung: Nele Schütz Design, München
Satz: KompetenzCenter, Mönchengladbach
Druck und Bindung: GGP Media GmbH, Pößneck
ISBN: 978-3-453-54531-1

www.heyne.de

Kapitel 1

Sie hatte kaum etwas an – lediglich eine weite Hose und ein weißes T-Shirt, unter dem sich ihre üppige Oberweite ohne die einschnürende Enge eines BHs frei bewegte. Sie mochte das ganz eigene Gefühl von Freiheit und auch einer gewissen Geilheit, das die immer wieder gegeneinanderstoßenden Brüste in ihrem Inneren erzeugten.

Es war ein unglaublich warmer Tag, doch die schattige Waldlichtung, auf der sie stand, bot ausreichend Schutz vor der Hitze und schien so versteckt und abgelegen, als hätte dort noch nie jemand auch nur einen Fuß auf den Boden gesetzt. Doch dieser erste Eindruck entpuppte sich schnell als Irrtum. Wenn man genau hinschaute, zeichnete sich am Rande der Lichtung ein kleines rotes Zweimannzelt ab, das sie sofort neugierig machte. Die junge Frau musste nur ein paar Schritte tun, um erkennen zu können, dass sich im Inneren des Zeltes zwei Schatten bewegten. Und das auf sehr eindeutige Weise. Noch ein paar weitere Schritte, und sie stand so dicht davor, dass sie erste Geräusche aus dem Inneren ausmachen konnte. Sie rührten eindeutig vom Liebesspiel eines Pärchens her.

Die neugierige Frau trat an die Seite des Zeltes und ging in die Hocke, um nicht entdeckt zu werden. Als sie an genau dieser Stelle einen kleinen Riss in der Zeltwand entdeckte, machte ihr Herz einen Hüpfer, der bis tief in ihr Geschlecht zu spüren war. Vorsichtig presste sie die Stirn gegen das Zelt, kniff ein Auge zu und wagte den ersten Blick ins Innere. Der Anblick, der sich ihr bot, erzeugte eine derart stechende Geilheit in ihrem Körper, dass sie fast zurückschreckte.

Ein unbekleidetes Paar lag auf einer sehr schmalen Luftmatratze, die nur dann Platz für zwei Menschen bot, wenn sie aufeinanderlagen. Und genau das taten der sehnig muskulöse Mann und die grazile Blondine unter ihm.

»Ja, bitte, weiter!«, waren die ersten Worte, die die erregte Voyeurin richtig verstehen konnte. Die Stimme kam ihr irgendwie bekannt vor. Sehr bekannt, um genau zu sein. Es verstrichen einige Sekunden, bis ihr schließlich bewusst wurde, dass es sich um ihre eigene Stimme handelte. Die Erkenntnis traf sie so unvorbereitet, dass ihr Kopf förmlich zurückschnellte. Nachdem sie sich wieder gefangen und das Ganze als absurden Trugschluss abgetan hatte, lugte sie erneut durch den Spalt ins Innere. Dort hörte sie jetzt nicht nur ihre eigene Stimme, sondern sah sich tatsächlich selbst splitternackt unter dem muskulösen Körper des dunkelhaarigen Mannes liegen, der ihren Hals mit Küssen bedeckte. Es gab keine vernünftige Erklärung, wie es zu diesem Tausch gekommen war, aber wie das in Träumen nun mal so ist, nahm die junge Frau den Wechsel der Akteure ohne weiteres Nachdenken hin und schlüpfte mühelos in die Rolle der attraktiven Blondine.

Die Hände des Mannes lagen auf ihren Brüsten. Nachdem er sie mit festen Griffen ein wenig geknetet und dabei immer wieder sanft in ihre Nippel gekniffen hatte, stülpte er seine Lippen darüber und saugte so fest daran, dass sie nur noch lüstern zischen konnte.

Sie wollte ihn. Sie wollte, dass sein Schwanz, der immer wieder ans Tor zu ihrer Grotte stieß, endlich tief in sie eindrang.

»Bitte!«, keuchte sie laut. »Bitte!«

Doch er schien sie warten lassen zu wollen und beschäftigte sich weiter mit ihren mittlerweile steinharten, rubinroten Nippeln. Plötzlich richtete ihr Gespiele sich etwas auf und sah grinsend auf sie hinab. Sein Lächeln hatte etwas fast Grausames. Es verriet ihr, dass er genau wusste, wie sehr sie ihn begehrte. Seine Augen fest auf die ihren gerichtet, bewegte er seine Hüften so, dass sein steinharter Schwanz direkt vor ihren Schamlippen schwebte. Sie spürte förmlich, wie seine Eichel eine Hitze abstrahlte, die direkt in ihr Inneres fuhr und sie noch feuchter machte.

Sie versuchte, ihm ihr Becken irgendwie entgegenzustrecken, um endlich seine steife Männlichkeit in sich zu spüren. Aber er war zu stark für sie und drückte sie mit dem Gewicht seines Körpers wieder nach unten.

»Bitte!« Es schien das einzige Wort in ihrem Vokabular zu sein. Der schöne Mann sah ihr immer noch direkt in die Augen. Fast als suchte er etwas darin – eine endgültige Bestätigung, dass sie seiner Zuwendungen auch wirklich würdig war. Es schienen bereits Stunden verstrichen zu sein, ohne dass er auch nur einen Zentimeter in sie eingedrungen war. Hatte vielleicht jemand die Zeit angehalten? Atmete sie überhaupt noch?

Plötzlich und ohne jede Vorwarnung bewegte er sein Becken und rammte seinen großen Schwanz mit einem Stoß tief in ihr feuchtes Loch. Fast hätte sie geschrien, so überwältigend war der plötzliche Frontalangriff auf ihre Sinne. Und der Mann zog sich nicht etwa zurück, um erneut zuzustoßen. Nein, er presste sich so entschlossen und mächtig in ihre Mitte, dass sie glaubte, sein Schambein gegen ihren Kitzler und seine schweren Eier gegen ihren Po gepresst zu spüren.

Es kam ihr. Sie konnte es nicht zurückhalten. Das gemeinsame Pulsieren seines Riemens und ihres Kitzlers war eindeutig zu viel für sie. Und das fast verzweifelte Zucken ihrer inneren Muskeln schien auch bei ihrem Partner seine Wirkung nicht zu verfehlen. Die unwillkürlichen Bewegungen pressten den Saft aus seinem Schwanz, fast als würde sie ihn damit melken. Das Konzert ihrer Lustgeräusche gipfelte in lauten, gemeinsamen Schreien, die schließlich abebbten und zu einem leisen, erschöpften Keuchen wurden.

Als sie danach müde und träge an die Decke des Zeltes schaute, erblickte sie dort seltsamerweise einen Spiegel. Der Anblick, der sich ihr bot, war wie immer ein Schock für sie. Das war nicht ihr Körper, der da so satt und befriedigt lag. Im Spiegel hatte sie feste Brüste, eine schmale Taille, lange Beine und einen superflachen Bauch. Und auch die Stupsnase und die hohen Wangenknochen waren ein ungewohnter Anblick für die junge Frau. Nur die Augen waren dieselben. Große blaue Augen, die ihr überrascht und irgendwie verwirrt entgegenblickten.

Christina wachte auf. Sie wachte immer an diesem Punkt auf in diesem Traum, der immer derselbe war. Sie öffnete die Augen und schaute unmittelbar in den Spiegel, der gegenüber von ihrem Bett hing. Sie betrachtete ihr Gesicht und ihren Körper ganz genau – nur für den Fall, dass der Traum vielleicht wahr geworden sein könnte. Doch auch diesmal wurde ihr sehr schnell klar, dass der Körper, das Gesicht und auch der Orgasmus ein einziges Trugbild ihrer Fantasie gewesen waren.

***

Es goss mal wieder in Strömen. Christina Haller stieg aus dem Bus und griff als Erstes nach ihrem Regenschirm. »Typisch London«, fluchte sie auf dem Weg ins Büro leise vor sich hin, freute sich aber insgeheim immer noch darüber, dass sie endlich zu den Menschen gehörte, die diese Worte aussprechen konnten und auch wussten, wovon sie redeten.

Dabei war die Stadt bisher nicht unbedingt nur gut zu ihr gewesen. Drei Jahre war sie nun schon hier. Und genau so lange arbeitete sie auch schon bei *Witherman & Co.* Als Christina damals ihre Heimat Berlin verlassen hatte, um in London Karriere zu machen, hatte sie sich vieles für ihr Leben auf der Insel erträumt – einen tollen Job, eine tolle Wohnung, vielleicht sogar einen tollen Freund. Doch bisher hatte sie hinter keines der Kästchen ein Häkchen machen können. Toller Freund? Nicht in Sicht. Tolle Wohnung? Viel zu teuer. Toller Job? Christina hatte die starke Vermutung, selbst als Imbissbedienung respektvoller behandelt zu werden als bei *Witherman & Co.*

Die Firma war in den 90er Jahren gegründet worden und hatte sich binnen weniger Jahre zu einem der erfolgreichsten Unternehmen in der Werbebranche gemausert. Wie sehr hatte sich Christina vor drei Jahren über die Einladung zu einem Vorstellungsgespräch in der Weltstadt gefreut. Wie beeindruckt war sie gewesen, als der damalige Chef persönlich mit ihr geredet und ihr bereits nach zwei Tagen einen Job in der Produktions-Abteilung angeboten hatte. Endlich konnte sie der für sie mittlerweile langweilig gewordenen deutschen Hauptstadt entfliehen und sich ein Leben in ihrem geliebten London aufbauen. Schon bei ihrem ersten Besuch im Alter von vierzehn Jahren war sie dem Charme der britischen Metropole verfallen, und seitdem hatte die Begeisterung für alles Britische sie nicht wieder losgelassen. Die Menschen, die Gebäude, die Landschaft, ja selbst das Fernsehprogramm begeisterten Christina so sehr, dass es eigentlich nur eine Frage der Zeit (und der Gelegenheit) war, bis auch sie sich endlich in die Schlangen an den Londoner Bushaltestellen würde einreihen können.

***

Als Christina mit leichter Verspätung endlich im Büro ankam, war sie trotz des Regenschirms so nass geworden, dass ihre ohnehin nur recht halbherzig frisierten Haare dem Fell eines feuchten Hundes glichen. Auf der Damentoilette versuchte sie zu retten, was noch zu retten war, erntete aber an ihrem Schreibtisch sofort einen amüsierten Blick von Joan Harding, der jungen Praktikantin.

»Regnet es, oder ist das der letzte Schrei in Deutschland?«, fragte Joan mit sarkastischer Stimme und zeigte mit ausgestrecktem Zeigefinger auf Christinas Frisur. Es waren nicht nur solche Sätze, die es der jungen Deutschen schwer machten, sich darüber zu freuen, dass man ihr das Mädchen vor die Nase beziehungsweise an den Schreibtisch gegenüber gesetzt hatte. Hieß es doch, dass sie zusätzlich zu ihrer eigenen Arbeit auch noch die Schulung der etwas hochmütigen jungen Dame übernehmen musste. Und die hatte sich bisher als erstaunlich begriffsstutzig erwiesen.

Pass nur auf, dass du nicht bald deinen letzten Schrei tust, dachte Christina, schenkte der Praktikantin als Antwort aber nur ein säuerliches Lächeln.

Zu Beginn ihrer Praktikantentätigkeit hatte Joan zumindest noch so getan, als ob sie Christina ernst nehmen und ihr zuhören würde. In letzter Zeit aber hatte sie es sich zur Angewohnheit gemacht, den Tag am Schreibtisch männlicher Kollegen zu verbummeln, sich zu unterhalten und mit ihnen zu flirten. Außerdem geschah es in dieser Woche nun schon zum zweiten Mal, dass die Praktikantin es vorzog, den Nachmittag im Büro von Hugo Stevens, ihrem gemeinsamen Abteilungsleiter, zu verbringen. So musste Christina also die Anrufe ihrer sogenannten Kollegin entgegennehmen, all ihre Briefe schreiben und sich sogar um die Büromittellieferung kümmern. Der einzige Vorteil an diesem riesigen Arbeitspensum bestand darin, dass die Tage in der Regel wie im Fluge verstrichen. So war es auch heute. Die Stunden waren so schnell vergangen, dass Christina kaum bemerkt hatte, dass es mittlerweile schon auf achtzehn Uhr zuging. Joan saß noch immer vor Mister Stevens' Schreibtisch. Zwar hatten die leitenden Angestellten im Gegensatz zum Fußvolk abgetrennte Büros – eine Art Kasten mit Holz bis zur Hüfte und Glas bis zur Decke –, doch diese Konstruktion gewährte Christina von ihrem Platz aus einen sehr guten Blick in die heiligen Hallen von Hugo Stevens. So konnte die junge Frau deutlich sehen, wie Joan ihrem Chef mittels Körpersprache zu verstehen gab, wie faszinierend sie jedes einzelne Wort fand, das über seine Lippen kam. Hugo hatte die Füße auf seinen Schreibtisch gelegt und lümmelte weit zurückgelehnt in seinem teuren dunkelbraunen Ledersessel. Der selbstzufriedene Blick mit den dann und wann überdramatisch hochgezogenen Augenbrauen verriet, dass er gerade eine Geschichte zum Besten gab, die ausschließlich dazu gedacht war, den größtmöglichen Eindruck auf das etwas naiv wirkende Mädchen zu machen. Hugo war ein leicht untersetzter Mann Anfang vierzig. Angeblich war er früher tatsächlich Amateur-Boxer gewesen. Doch jedwede Fitness oder auch Muskelmasse, die er sich bestimmt in seiner Zeit als Sportler zugelegt hatte, war durch zu viele Geschäftsessen, Cocktailpartys und schlichte Faulheit verschwunden.

Joan lachte dennoch genau an den richtigen Stellen seiner Geschichte. An einem Punkt applaudierte sie sogar und schlug die Hände wie ein dressierter Seehund zusammen. Hugo war bereits vor siebzehn Uhr dazu übergegangen, die kleine Minibar in seinem Büro zu plündern, sodass die beiden jetzt zwei Whiskeygläser und eine Flasche Chivas Regal vor sich stehen hatten.

Christina zwang sich mit aller Macht, ihren Blick von dieser lächerlichen Posse abzuwenden. Sie war die Letzte im Büro und entschloss sich kurzerhand, für heute Schluss zu machen – auch wenn ihr noch vier Seiten zu dem Recherchebericht fehlten, den sie in ein paar Tagen abgeben musste. Wäre Joan ihren Pflichten nachgekommen, hätte sie das Papier heute noch fertig haben können. Mit einem letzten Blick in Hugos Büro – er füllte Joan, die bewundernd zu ihm aufsah, als würde er eine

Großtat vollbringen, gerade ihren Drink nach – trat Christina auf den Flur hinaus und wartete dort übellaunig auf den Lift.

Joan Harding war all das, was Christina Haller nicht war. Zwar waren beide Frauen recht groß gewachsen, doch während Joan überaus schlank war, einen festen Busen und lange, elegante Beine hatte, war Christina etwas fülliger und definitiv kein Fan ihrer eigenen Oberschenkel. Joan hatte langes blondes Haar, ein unaufdringlich glattes Gesicht mit dem Klischee einer Stupsnase und große blaue Augen. Christinas Haare hingegen ließen sich sowohl in der Farbe als auch in der Beschaffenheit eher mit dunkelbrauner Auslegeware vergleichen, und auch ihr Gesicht besaß nicht die engelsgleichen Züge, die bei Joan dafür sorgten, dass sie jetzt im Büro des Abteilungsleiters und nicht bei ihrer Arbeit saß. Immerhin hatte Christina sehr ansehnliche Brüste und schöne Augen. Aber dank ihrer grundsätzlich zwei Nummern zu großen Garderobe und der Tatsache, dass Männer nun mal eher auf den Vorbau als auf eine schön gefärbte Iris schauten, fiel das im Büro niemandem auf. Außerdem waren alle Männer viel zu sehr damit beschäftigt, Joan hinterherzustarren.

Ach, Joan. Wenn es um männliche Aufmerksamkeit ging, ließ die Blondine sich am ehesten mit einem Magneten vergleichen, der auch noch den kleinsten Eisenspan anzuziehen vermochte. Christina hingegen schien in den Augen der männlichen Kollegen überhaupt nicht zu existieren. Sie redeten nur mit ihr, wenn es sein musste. Und auch dann machten sie sich nicht die Mühe, der jungen Frau in die Augen zu sehen, sondern schauten nur in die ungefähre Richtung, aus der ihre Stimme kam. Bei Joan erfanden sie kleine Entschuldigungen und lächerliche Fragen – alles, um nur fünf Minuten auf ihrer Schreibtischkante sitzen und sie anstarren zu dürfen. Nicht, dass Joan auch nur eine dieser unnötigen Fragen beantworten konnte. Sie wusste gar nichts. Noch schlimmer, es machte ihr auch keineswegs etwas aus, dass sie gar nichts wusste. Joan Harding war für das reibungslose Ablaufen des Betriebes so wichtig wie eine Haarbürste für eine Ziege, und sie verfügte über denselben IQ. Trotzdem hatte sie die Praktikumsstelle in der Dispo bekommen. Und trotzdem hatte Hugo ihr, selbst nach den Beschwerden einiger Kolleginnen über ihre Faulheit, noch nicht den Hauch einer Abmahnung erteilt.

Immerhin gab es einen Trost, dachte Christina, während sie auf den Fahrstuhl wartete. Sie hatte sich für den Job der Produktionsassistentin bei der Werbefilmabteilung der Firma beworben. Der Job würde nicht nur mehr Geld und Verantwortung mit sich bringen, sondern könnte auch endlich dafür sorgen, dass sie nicht jeden Tag mit Joan Harding und ihrer Horde Verehrer konfrontiert würde.

Für Christina bestand kein Zweifel, dass sie für diese Position bestens geeignet war, denn der anfänglich sehr stressige Job in der Werbefilm-Firma ging ihr mittlerweile leicht von der Hand. Dabei hatte sie zunächst nicht die geringste Ahnung gehabt, was sie in dieser Branche eigentlich erwartete. In den ersten Tagen bei *Witherman & Co.* war Christina völlig hilflos von Kollege zu Kollege gerannt, um sich Tipps für ihre Aufgaben zu holen. Nach und nach hatte sie sich jedoch so gründlich in die Materie eingearbeitet, dass es mittlerweile die Kollegen waren, die sich Rat bei ihr holten. Auch wenn die junge Deutsche nicht unbedingt zu den Frauen gehörte, mit denen man flirtete oder denen man im Vorbeigehen neckende, zweideutige Bemerkungen oder gar Komplimente zurief, so wusste doch jeder, dass sich niemand besser in der Firma auskannte als Christina. Sie als gute Seele der Firma zu bezeichnen ginge vielleicht etwas zu weit, aber in der Kantine hatte sie vor ein paar Tagen tatsächlich jemanden sagen hören, dass der Laden ohne sie aufgeschmissen wäre – und zwar nicht irgendjemanden, sondern ausgerechnet den Chef der Personalabteilung. Es musste also einfach eine Beförderung anstehen. Christina wusste, dass sie den Aufstieg verdiente, und ihr fiel nicht ein Grund ein, weshalb sie nicht endlich eine Stufe auf der Karriereleiter erklimmen sollte. Sie konnte es kaum erwarten. Sollte Hugo Stevens doch zusehen, wie viel seine kostbare Joan noch wert war, wenn Christina nicht hinter ihr herräumte und einen Großteil ihrer Arbeiten erledigte.

Der Fahrstuhl war mittlerweile im Erdgeschoss angekommen, und Christina ging eilig am Empfang vorbei. Gerade als sie den ersten Schritt auf die Straße tun und in Richtung Bushaltestelle laufen wollte, fiel ihr auf, dass sie in ihrem Ärger die Handtasche auf dem Schreibtischstuhl vergessen hatte.

»So ein Mist!«, entfuhr es ihr voller Wut auf sich selbst.

Also wieder durch die Eingangshalle, in den Fahrstuhl und hoch in die sechste Etage. Christina stieß die gläserne Doppeltür zum Büro mit den Füßen auf und stapfte zu ihrem Schreibtisch. Doch irgendwas in dem Raum hatte sich verändert. Das Licht, die Atmosphäre – sie hatte keine Ahnung, was es war, verlangsamte aber dennoch ihre Schritte, bis sie schließlich auf Zehenspitzen weiter schlich. Hugo Stevens' Büro war mittlerweile nur noch von einem dämmerigen Licht erfüllt, das wahrscheinlich aus der offenen Tür der Minibar drang und seltsame Schatten an die Wände warf. Joan und ihr Boss waren merkwürdigerweise nicht mehr zu sehen.

Christina nahm ihre Tasche und hängte sie sich über die Schulter. Eigentlich hätte sie das Gebäude gleich wieder verlassen und nach Hause fahren sollen, doch irgendetwas in ihrem Inneren schien sie davon abzuhalten. Es konnte nur die reine Neugierde sein, die sie dazu brachte, sich auf leisen Sohlen dem Büro ihres Chefs zu nähern. Obwohl es sich um einen abgetrennten Raum handelte, waren die Wände dünn wie Papier. Noch bevor sie genau ausmachen konnte, woher es eigentlich kam, hörte Christina ein Geräusch. Es war die Stimme von Hugo. Er stöhnte in gleichmäßigem Rhythmus.

»Oh, oh, oh, oh …« Wieder und wieder.

Christina wurde von einer Schaulust gepackt, die ihr in dieser Form bisher unbekannt war. Als sie durch den Glasteil der Wand linste, sah sie, dass ihr Chef auf dem kleinen schwarzen Ledersofa im hinteren Teil seines Büros saß. Das Sofa war sehr niedrig, sodass es von weitem schien, als hätten er und Joan ihre »Überstunden« mittlerweile beendet. Doch weit gefehlt. Der Grund für sein fast jaulendes Stöhnen war nämlich der Mund von Joan Harding. Sie kniete zwischen Hugos Beinen auf dem Teppich und bearbeitete mit ihren rot geschminkten Lippen seinen Schwanz, der steif aus dem Reißverschluss seiner Anzughose hervorragte.

»Oh, oh, oh, oh …«, war erneut zu hören – jedes einzelne »Oh« im Einklang mit den Auf- und Abbewegungen von Joans Kopf.

Christinas spontaner Impuls war Umdrehen und Weglaufen. Der Anblick widerte sie regelrecht an und zog sie zugleich unwiderstehlich in seinen Bann. Die junge Frau stellte überrascht fest, dass die intime Handlung der beiden sie irgendwie auch faszinierte. Bisher war es noch nie vorgekommen, dass sie einem Pärchen beim Sex zugesehen hatte – außer in ihren Träumen natürlich.

Christina wusste, dass sie sich eigentlich hätte losreißen und die beiden ihrem Spaß überlassen sollen. Es war ganz sicher nicht richtig, hier zu stehen und die Voyeurin zu spielen. Trotzdem blieb sie, wo sie war.

Joan entließ den Schwanz ihres Chefs aus ihrem Mund und setzte sich auf die Fersen. »Da hat aber jemand eine prächtige Ausstattung mitbekommen«, sagte sie und umkreiste Hugos Riemen mit den Fingern. Er glänzte vor Speichel.

»Ganz schön groß, was?« erwiderte er stolz.

»Was möchtest du jetzt von mir, Hugo? Was soll ich für dich tun?«

»Alles, was du dir nur vorstellen kannst.«

»Sind die anderen alle weg?«

»Schon lange.«

»Gut.«

Joan stand auf. Sie trug auch heute ein Kleid, das eigentlich nur dafür gedacht sein konnte, irgendwelche Männer in irgendwelchen Kneipen aufzureißen. Fürs Büro jedenfalls schien das enge rote Jerseykleid ganz und gar unpassend. Es betonte ihre üppigen Brüste und die Rundungen ihres Hinterteils und war so knapp geschnitten, dass sich sowohl ihr BH als auch ihr Höschen abzeichneten. Die aufreizend gekleidete Sekretärin warf einen schnellen Blick durch das Fenster, um sich ein letztes Mal zu versichern, dass auch wirklich niemand mehr im Büro wäre. Christina schaffte es gerade noch, sich rechtzeitig zu ducken. Als sie einen Moment später wieder auftauchte und den nächsten Blick in Hugos Büro werfen konnte, war Joan gerade dabei, sich das Kleid über den Kopf zu ziehen. Christina fühlte sich tiefer und tiefer in einen seltsamen Bann gezogen und beobachtete voller Faszination, wie der Anblick von fleischfarbenen Seidenstrümpfen, zarten weißen Strapsen, dem winzigen Dreieck eines weißen Seidenhöschens und schließlich ihrem BH freigelegt wurde.

»Und?« Joan wollte eindeutig ein Kompliment hören. Sie warf den Kopf nach hinten, um ihr blondes Haar aus dem Gesicht zu werfen.

»Strümpfe …«, murmelte Hugo Stevens nur leise und starrte auf ihre Schenkel.

»Ich trage immer Strümpfe. Sie sind einfach aufregender als Strumpfhosen. Und viel weiblicher.«

»O Gott, ja …«

Hugos Schwanz zitterte zustimmend.

Joan steckte ihre Daumen unter den seitlichen Bund ihres Höschens, zog es über ihre langen, schlanken Beine bis zu den Knien und sah zu, wie es dort von selbst zu Boden fiel. Dann hob sie es auf und warf das hauchdünne Kleidungsstück in Richtung ihres Chefs. Es landete direkt auf seinem Schwanz – wie beim Ringewerfen auf dem Rummelplatz.

Joan ging wieder auf die Knie und massierte den Schwanz ihres Gespielen mit dem Stoff des seidigen Höschens.

»Oh …«, stöhnte er.

»Willst du mich ficken, Hugo?«, fragte sie und senkte ihre Stimme dabei um eine Oktave.

»Ja, ja …«

»Gut. Das will ich nämlich auch. Aber das weißt du sicher schon, oder? Du machst mich total scharf. Meine kleine Muschi ist schon ganz heiß für dich. Wahnsinnig heiß … und nass.«

Joan schien es wirklich kaum erwarten zu können, denn sie zerrte gleichzeitig am Bund seiner Hose und seines Slips. Hugo Stevens hob sein Hinterteil etwas an, sodass sie die beiden störenden Kleidungsstücke unter ihm wegziehen konnte. Dann waren Schuhe und Strümpfe an der Reihe. Von der Taille abwärts war Hugo jetzt völlig nackt, und sein harter Schwanz ragte steif und von allen einengenden Kleidungsstücken befreit aus seiner Körpermitte auf.

Christina war wie hypnotisiert. Jetzt wusste sie endlich, wo Joans wahre Talente lagen und wozu sie in der Lage war. Das kleine Luder. Kein Wunder, dass sie von Männern geradezu umschwirrt wurde. Wie viele leitende Angestellte von *Witherman & Co.* hatten dieser Privatvorführung, in der Joan Harding die absolute Hauptrolle spielte, wohl schon beigewohnt? Endlich begriff Christina, weshalb ihre Kollegin bisher noch nie Kritik für ihre ansonsten äußerst dürftigen Fähigkeiten einstecken musste.

Eigentlich hätte Christina sich umdrehen und gehen sollen. Doch stattdessen lungerte sie vor dem Büro ihres Chefs herum und stierte wie eine Spannerin in den verglasten Kasten. Und wenn sie ganz ehrlich war, kauerte sie nicht mehr in dieser unbequemen Haltung, um zu sehen, wie weit Joan Harding wohl gehen würde. Nein. Der eigentliche Grund dafür, dass sie sich das Schauspiel nicht entgehen lassen wollte, war Christinas eigene Erregung. Ihr Puls raste, und ihr Herz schlug bis zum Hals.

Angst und Scham überfluteten die junge Angestellte. Dennoch beobachtete sie ihren Boss gerade dabei, wie er nach allen Regeln der Kunst von einer – man konnte es nicht anders sagen – außerordentlich schönen und attraktiven Frau verführt wurde. Niemals würde sie sich trauen, was Joan da gerade tat. Und wieso hätte sie es auch versuchen sollen? Würde sie sich vor den Augen irgendwelcher Kollegen das Kleid über den Kopf ziehen, könnte man die Herren ganz bestimmt schnell rennen sehen. Aber das Zuschauen allein war schon sehr erregend. Christina wollte mehr sehen.

»Oh, Hugo, du hast mich total nass gemacht.« Joan erhob sich aus ihrer knienden Haltung, griff nach hinten und öffnete ihren BH. Hugo weidete sich mit hilflos geilen Augen an dem Anblick und sah gierig zu, wie seine Untergebene ihre üppigen Brüste aus den Körbchen hob und sie mit den eigenen Händen umfasste. Sie massierte und knetete ihre fleischigen Titten eine ganze Weile, bis sie einen ihrer festen Bälle schließlich nach oben drückte, sodass sie den großen, geschwollenen Nippel in ihren Mund saugen konnte. Sie stöhnte vor Lust und wiederholte den Akt kurz darauf mit ihrer anderen Brust. Erneutes Stöhnen, diesmal begleitet von einem leichten Schwingen der Hüfte. Irgendwann ließ Joan von ihrer Oberweite ab und schüttelte wild die Schultern, sodass ihre Titten gegeneinanderprallten und das Echo von aufeinanderklatschendem Fleisch durch die Stille des leeren Büros hallte.

»Gefallen dir meine Möpse?«, fragte sie ihren Chef mit aufreizend naiver Stimme.

»Und wie!« Seit Beginn der Vorstellung hatte Hugo seinen Blick nicht einen Moment von den herrlichen Rundungen abgewandt.

»Hast du Lust, sie zu ficken?«

»Ja. O ja, bitte …« Sein Schwanz sah aus, als würde er jeden Moment platzen.

Joan beugte sich über ihn, bis Hugos Gesicht fast zwischen ihren Brüsten verschwand. Dann wiegte sie ihren Oberkörper hin und her, sodass die beiden Euter wieder und wieder gegen seine Wangen klatschten. Der hoffnungslos aufgeheizte Mann versuchte, eine ihrer Brustwarzen mit seinem Mund zu erwischen, doch Joan wich dem Schnappen stets auf elegante Weise aus. Sie setzte sich wieder auf die Knie, um eine neue Attraktion für ihren Boss zu schaffen, der jetzt nur noch ihrem Willen gehorchte: Sie packte seinen Schwanz mit ihren Brüsten wie mit einer Zange und presste sie so zusammen, dass er vollständig zwischen ihnen gefangen war.

»Das fühlt sich so scharf an«, stöhnte sie.

Hugos Hüfte bäumte sich auf, sodass seine blauviolette Eichel oben aus den Fleischbergen hervorlugte und in Richtung ihres Halses zeigte.

»Willst du jetzt meine Titten ficken, Hugo?«, fragte sie keuchend.

»Ja.«

»Oder soll es doch lieber meine saftige Muschi sein?«

»Ja«, antwortete er wie von Sinnen auch auf diese Frage. Ob Hugo überhaupt noch wusste, was er eigentlich wollte? Christina hatte da so ihre Zweifel. Ihm schien nur noch die Sahne in den Eiern zu kochen, und seinem Blick nach zu urteilen, wünschte er sich nichts sehnlicher, als sie endlich in hohem Bogen herauszuspritzen. Er wirkte so aufgeheizt, als wäre dies der allererste Strip, den eine Frau jemals für ihn hingelegt hatte.

Joan stand auf, um sich breitbeinig über seinen Schoß zu stellen. Ihr Schamhaar war rasiert und verbarg so gut wie nichts. Wie in Zeitlupe ließ sie sich tiefer und tiefer hinab, bis ihre Muschi fast seinen steif aufragenden Schwanz berührte.

»Dann fick mich endlich«, wies sie ihren Chef an. Joan legte die Arme um seinen Hals, drückte ihre herrlich weichen Brüste erneut in sein Gesicht und ließ sich gleichzeitig langsam und genüsslich auf seinem harten Riemen nieder.

Christina hatte von ihrem Standort aus den perfekten Blick auf das lüsterne Geschehen. Joans Po, der wie wild auf- und abhüpfte ... Hugos tief eindringender Schwanz ... Joans Schamlippen, die seine Luststange wie ein Mund einsaugten.

»Oh, Hugo, du bist so groß in meinem Fötzchen. So riesengroß. Es kommt mir gleich, Hugo ... Du bist so herrlich groß ...«

Was für eine Vorstellung, dachte Christina. Joan konnte unmöglich so schnell kommen. Der Mann war gerade mal ein paar Sekunden in ihrer Mitte, und sie tat schon so, als stünde sie kurz vorm Orgasmus. Dass so etwas nur im Traum funktionierte, das wusste Christina aus eigener Erfahrung.

»Oh, Hugo, oh, Baby ...!«, brüllte sie.

Ihr gemeinsamer Chef gab sich alle erdenkliche Mühe und versuchte, seinen hilflosen Stößen eine gewisse Richtung und einen gewissen Rhythmus zu verleihen.

Doch dazu war es eigentlich längst zu spät. Joans seidigfeuchte Muschi war eindeutig mehr, als er verkraften konnte. Die Hände auf ihren Schenkeln und das Gesicht zwischen ihren Brüsten kam es ihm schließlich in einer gewaltigen, unkontrollierten Explosion. Hugos Zuckungen schienen gar nicht mehr aufhören zu wollen. Doch irgendwann war auch der letzte Tropfen und damit jedes Leben aus seinem Geschlecht gewichen.

»Mein Gott!«, konnte er nur noch keuchen.

»Baby, oh, Baby … Das war so gut … Hast du gespürt, wie es mir gekommen ist?« Joan nahm sein Gesicht in ihre Hände und bedeckte es mit kleinen Küssen. Christina war absolut sicher, dass Joan nicht mal im Ansatz so etwas wie einen Orgasmus gehabt hatte – aber das war ja schließlich auch nicht Ziel der Übung gewesen. Nein, sie hatte genau das bekommen, was sie vermutlich wollte: Hugo gehörte ihr und war nach dieser Nummer definitiv Wachs in ihren Händen.

Noch bevor das Pärchen sich voneinander löste und Hugos Schwanz aus den gierigen Falten von Joans Möse rutschte, stahl Christina sich davon. Nachdem sie vorsichtig und so leise wie möglich die gläserne Schwingtür aufgestoßen hatte, eilte sie mit schnellen Schritten in Richtung Damentoilette. Dort angekommen, schloss sie sich blitzschnell in einer der Kabinen ein, steckte hektisch eine Hand in ihre Hose und rieb etwas ungelenk an ihrer Möse. Der Anblick des kopulierenden Paares hatte sie zwar feucht gemacht, aber sowohl die Umgebung als auch der Grund ihrer Erregung trugen nicht gerade dazu bei, ihrem Geschlecht irgendwelche sinnlichen Empfindungen zu entlocken. Nach einigen Minuten gab sie frustriert auf, wusch sich die Hände und marschierte in Richtung Fahrstuhl. Ihr war heiß, und sie fühlte sich unwohl und schwach auf den Beinen. Ihre Erregung war vollständig verflogen und hatte einem leichten Schuldgefühl Platz gemacht. Sie hätte sich das gierige Starren lieber verkneifen sollen. Welch erniedrigende Erfahrung der Scham über die eigene Lust.

Als sie an der Bushaltestelle ihre Dauerkarte aus dem Portemonnaie ziehen wollte, merkte Christina deutlich, wie ihre Hände zitterten. Ihr Heimweg dauerte gut dreißig Minuten, aber sie konnte sich später nicht an eine Sekunde der Fahrt erinnern. Christina war sicher, selbst wenn der Busfahrer einen Unfall verursacht hätte, hätte sie es in ihrer Trance nicht einmal bemerkt.

Zu Hause angekommen mischte sie sich als Erstes einen großen Gin Tonic und stürzte ihn so schnell herunter, dass der Alkohol ihr direkt in Beine und Kopf fuhr. Doch sie setzte sich nicht hin, sondern füllte das Glas erneut auf und marschierte direkt in ihr Schlafzimmer. In den drei Jahren, die sie jetzt in London war, hatte Christina sich ausschließlich um ihre Arbeit gekümmert. Und das merkte sie nicht nur daran, dass ihr soziales Umfeld eigentlich nur aus Kollegen bestand, sondern auch bei dem Anblick des Raumes, der eigentlich der heimeligste von allen sein sollte. Ihr Schlafzimmer war sauber und funktional, aber mit einer stimmungsvollen Dekoration oder auch Atmosphäre schaffenden Beleuchtung hatte sie sich bisher nicht beschäftigt. Mit anderen Worten, das Zimmer wirkte kaum einladender als das Wartezimmer eines Arztes. Aber wenn ihre Karriere erstmal in Schwung kam, würde sie sowieso umziehen. Wozu also der Aufwand, hatte die junge Deutsche bisher stets befunden.

In die Tür des riesigen alten Kleiderschrankes, den sie in einem Gebrauchtmöbel-Laden zum Preis von vierzig Pfund gekauft hatte, war ein bodenlanger Spiegel eingelassen. Christina stellte sich mit ihrem Gin Tonic davor, posierte ein bisschen und starrte auf ihr Spiegelbild. Der letzte Friseurbesuch war erst ein paar Tage her, doch ihr auf Kinnlänge geschnittener dunkler Schopf sah schon jetzt wieder wild und ungepflegt aus. Im Vergleich zu Joans glänzender Mähne ließ ihre Haarfarbe sich im besten Fall als ausdruckslos beschreiben. Und auch ihr Gesicht mit den nachlässig geschminkten Augen wirkte neben den Zügen der Kollegin blass und leicht aufgedunsen.

Christina stellte ihr Glas auf den aus einer Kiste improvisierten Nachttisch, knöpfte ihre cremefarbene Bluse auf und stieg aus dem knielangen Tweedrock mit Fischgrätmuster. Während des Entkleidens musste sie daran denken, wie ihre Kollegin ausgesehen hatte, als sie sich das Kleid vom Körper gerissen hatte. Der Anblick war überhaupt nicht zu vergleichen. Im Gegensatz zu der hautengen, seidigen Unterwäsche, die Joans Rundungen verführerisch betonte, war Christinas praktischer Baumwoll-BH vom Waschen ganz ausgeblichen und hatte den Kampf gegen das nicht eben knappe Gewicht ihrer vollen, aber etwas hängenden Brüste längst verloren. Die braune Strumpfhose war über einen Baumwoll-Schlüpfer gezogen, über dessen Bündchen sich ein Speckröllchen wölbte, das seit einigen Wochen immer üppiger wurde.

Christina zog den Bauch ein und versuchte, ihren Körper so elegant und aufreizend wie Joan zu bewegen. Nachdem sie ihren BH ausgezogen hatte, schüttelte sie wie die Kollegin die Schultern, um ihre Oberweite zum Wippen zu bringen. Doch ihre Brüste klatschten gegeneinander wie zwei tote Fische. Auch der Trick, sie nach oben zum Mund zu schieben, um an den steifen Nippeln zu lecken, wollte ihr nicht so recht gelingen. Ihre Brustwarzen ließen sich einfach nicht hervorlocken und verharrten in Schlaffheit. Christina war mit ihrem Anblick ganz und gar nicht zufrieden. Ihr Körper schien sich förmlich zu verweigern und war nicht zu bewegen, wenigstens durch aufreizende Bewegungen mit der glamourösen Kollegin mitzuhalten.

Christina war so frustriert, dass sie beschloss, sich ein Bad einzulassen. Und obwohl Schokolade auf Gin nicht gerade die ideale Kombination war, holte sie aus der Küche eine extragroße Tafel und verputzte sie in der warmen Badewanne auf einen Satz.

***

Joan Harding war schön. Nun, da Christina sie vorige Woche nackt gesehen hatte, konnte sie nur schwer widerstehen, sich vorzustellen, was dieser Vamp unter der scheinbar endlosen Auswahl von knappen Röcken und engen Oberteilen trug. Doch egal was – die englische Schönheit sah einfach in allem gut aus und betonte die Rundungen ihres Körpers mit jedem neuen Outfit perfekt.

Merkwürdigerweise hatte sich Christinas Einstellung gegenüber Joan seit der verführerischen Vorstellung im Büro von Hugo Stevens verändert. Ja, sie ertappte sich sogar dabei, wie sie immer wieder bewundernde Blicke in Richtung der Kollegin warf und sie aus der sicheren Entfernung ihres Schreibtisches tatsächlich länger beobachtete. Christina sog jede ihrer Körperbewegungen in sich auf – die Art, wie die Muskeln ihrer langen Beine sich unter den kurzen Röcken bewegten, wie ihre Brüste nach oben gepresst wurden, wenn sie die Arme verschränkte, und auch wie ihre Lippen sich zu einem Schmollmund verzogen, wenn sie versuchte, nachzudenken. Jede ihrer Bewegungen schien etwas Sexuelles zu haben, und Christinas früherer Groll wich nach und nach einer beinahe ungesunden Faszination für diese Frau.

Es schien Christina fast, als würde sie die Begegnungen der Kollegin indirekt miterleben. Gerade schaute Rick Bauer, Chef der Personalabteilung, mal wieder bei der aufreizenden Angestellten vorbei. Er setzte sich vorwitzig auf ihre Schreibtischkante und verwickelte die naiv dreinschauende Joan in ein scheinbar wichtiges Gespräch. Und das nur, um einen Blick auf ihre mehr als dürftig bedeckten Beine zu werfen. Christina schaute seinem unverhohlenen Balztanz mit offenem Mund zu. Wie es wohl war, derartig im Mittelpunkt zu stehen? Wie es sich wohl anfühlte, solch einen attraktiven Korper zu haben, der es einem erlaubte, direkt und sexy zu sein? Die ständige Aufmerksamkeit der Männer war sicher sehr schmeichelhaft, aber ihr dämmerte auch die Erkenntnis, welches Machtgefühl mit dieser Bewunderung einhergehen musste. Christina war noch nie so angeschaut worden, wie Rick Bauer jetzt ihre Kollegin anschaute. Und auch der Ausdruck, der sich letzte Woche beim Anblick der nackten Praktikantin in Hugo Stevens' Gesicht gebrannt hatte, war ihr gänzlich unbekannt. Und sein Begehren schien das Öl gewesen zu sein, das die Flammen ihrer eigenen Lust schon im voyeuristischen Zuschauen hell aufkochen ließ. Welche Spirale aus Begierde, Macht und Attraktivität schraubte sich da hinauf? Christina wurde schwindelig bei dieser Ahnung, doch sie konnte es nicht leugnen – je länger sie Joan beobachtete, desto mehr wünschte sie sich, wenigstens ein bisschen mehr wie sie zu sein.

Die junge Deutsche war natürlich keine Jungfrau mehr und hatte in ihrem bisherigen Leben durchaus mit einigen Männern geschlafen. Auf der Uni. Im Praktikum. Sie war sogar eine Zeit lang mit einem Tankwart ausgegangen, der Ambitionen hatte, Kameramann zu werden. Er war groß und fleischig gewesen, hatte im Bett aber so wenig Rücksicht auf ihre eigenen Bedürfnisse genommen, dass Christina ihm schnell abgeschworen hatte. Hier und da hatte sie wohl sicher schon einen Orgasmus erlebt. Das sagte sie sich zumindest immer wieder. Aber eigentlich hatte sie im Bett bisher so wenig Spaß gehabt, dass sie die Sache mit dem Sex schließlich ganz gelassen und sich nur noch auf ihre Arbeit konzentriert hatte.

Tja, und seitdem war ihre Muschi Sperrgebiet. Natürlich hatte ein Mann sie noch nie so richtig hofiert, sie mit romantischen Komplimenten überschüttet oder sie so sehr begehrt, dass er nicht mehr wusste, wo ihm der Kopf stand. Kein Mann hatte sie bisher mit der Leidenschaft und der Inbrunst begehrt, wie Joan Harding offensichtlich begehrt wurde.

Drei Jahre ging das nun schon so. Drei Jahre, in denen Sex in Christinas Leben keine Rolle gespielt hatte. Aber die Erfahrung von letzter Woche hatte tiefe Spuren in ihrem Denken und Fühlen hinterlassen. Sie war in den letzten Tagen so angespannt, dass ihr Inneres fast zu explodieren drohte. Ihr Körper verlangte so sehr nach Aufmerksamkeit, dass sie vor der Arbeit heute bereits zwei Mal selbst Hand an sich gelegt hatte. Während sie ihren Kitzler bearbeitete, musste Christina immer wieder daran denken, wie Joan sich auf Hugo Stevens' Schwanz niedergelassen und keuchend auf ihm geritten war. Aber so präsent und stark die Bilder in ihrem Kopf auch waren, sie reichten nicht aus, um das fehlende Geschick im Umgang mit ihren intimsten Stellen auszugleichen. So waren ihre Selbstbefriedigungsversuche denn auch alles andere als befriedigend verlaufen. Sicher spürte sie etwas, aber die Reaktionen ihres Körpers glichen eher denen eines verstimmten Klaviers, das nur noch als Rhythmusbegleitung funktionierte, aber nicht im Entferntesten die eigentliche Melodie ihrer Lust erklingen lassen konnte.

Rick Bauer waren mittlerweile die Gründe ausgegangen, noch länger auf Joans Schreibtischkante zu sitzen, und er verschwand. Christina glaubte, eine dicke Beule in seiner Hose zu erkennen, während der Personalchef zum Aufzug spazierte. Aber das konnte auch an ihrer aufgeheizten Fantasie liegen. »Der scheint sich ja sehr für dich zu interessieren«, versuchte sie Joan in ein Gespräch zu verwickeln.

»Ach, er ist schon ganz süß«, erwiderte Joan. »Und ein richtig guter Freund.«

Ob die aufreizend gekleidete Praktikantin Hugo Stevens auch als guten Freund bezeichnen würde?

»Wirklich?«

»Natürlich. Er ist allerdings verheiratet.«

Joan wusste nicht recht, was die Kollegin damit meinte. Schließlich war Hugo Stevens auch verheiratet.

»Macht das denn etwas aus?«

»Eigentlich nicht. Aber er könnte es sich niemals leisten, seine Frau zu verlassen.«

»Versteh ich nicht.«

»Wirklich nicht? Du weißt doch bestimmt, wie das ist, oder?«

»Wie was ist?«

»Na, was wird der hier verdienen? Hunderttausend im Jahr? Das reicht für ein schönes Haus in einer guten Gegend. Aber wenn er das nach einer Scheidung mit seiner Frau teilen muss, was wird ihm dann schon bleiben?«

»Keine Ahnung.«

»Auf jeden Fall nicht genug.« Joan verzog den Mund zu einem breiten Grinsen.

»Genug für was?«

Joans Augen wurden von einem verschwörerischen Glitzern erhellt. Sie beugte sich vor, als wollte sie Christina ein Geheimnis anvertrauen. »Genug, um mir ein bequemes Leben zu ermöglichen.«

»Also ich weiß nicht …«

»Ich bin vielleicht nicht die Hellste, Schätzchen, aber ich weiß, dass ich irgendwie vorwärtskommen will.« Einen Moment schien es, als wollte Christinas Kollegin noch mehr ihrer Geheimnisse preisgeben, aber sie hielt sich rechtzeitig zurück. »O je«, rief sie, »ich habe ganz vergessen, die Budget-Aufstellungen in die Buchhaltung zu bringen.«

»Soll ich das vielleicht für dich übernehmen? Ich muss sowieso in die dritte Etage«, schlug Christina hilfsbereit vor.

»Nein, danke. Ich mache heute sowieso früher Schluss.

Da kann ich sie gleich im Rausgehen abliefern«, wies Joan den freundlich gemeinten Vorschlag zurück. Sie griff ihre Handtasche und schlüpfte in ihre Jacke, noch ehe Christina weitere Fragen stellen konnte.

Wann machte Joan mal nicht früher Schluss, dachte Christina. Höchstens an den Tagen, an denen sie in Hugos Büro Überstunden »schob«. Oder jetzt wohl eher in Rick Bauers Büro.

»Dann bis morgen also …«

»Ich … äh …« Und wieder schien Joan irgendetwas sagen zu wollen, nur um es sich in letzter Sekunde anders zu überlegen.

»Was?«, hakte Christina nach.

»Ach nichts. Bis morgen.« Die Blondine strich den kurzen Rock glatt und machte sich auf den Weg zum Aufzug.

Christina beobachtete, wie Joan sich an den Schreibtischen der glotzenden, männlichen Kollegen vorbeischlängelte. Solch ein langes Gespräch wie eben hatten die beiden Frauen wohl noch nie geführt. Die Unterhaltung hatte bei Christina für ausgesprochenes Unwohlsein gesorgt. Dass es für dieses Unwohlsein allerdings einen tatsächlichen Grund gab, sollte sie erst am nächsten Tag erfahren.

***

Das ungute Gefühl, das Christina nicht näher beschreiben konnte, war auch am nächsten Morgen nicht verschwunden. Joans Schreibtisch blieb bis zum Mittag unbesetzt. Zwar kam die Kollegin durchaus häufiger zu spät, aber halb zwölf war selbst für sie ungewöhnlich. Plötzlich beschlich Christina eine böse Vorahnung. Als sie einen etwas genaueren Blick auf Joans Schreibtisch warf, fiel ihr auf, dass alle persönlichen Gegenstände verschwunden waren. Das Bild ihrer Eltern, eine handbemalte, kleine Schale, in der ihre Haarklammern lagen, und ein kleiner Plüsch-Elefant – alles verschwunden.

»Christina«, erklang es plötzlich hinter ihr. Hugo Stevens stand in seiner offenen Bürotür und hatte ganz offensichtlich zugesehen, wie Christina den leeren Schreibtisch der Kollegin begutachtete. »Könnten Sie bitte einen Moment zu mir ins Büro kommen?«

Christina tat sofort, wie ihr geheißen. Normalerweise kam Hugo immer zu ihr an den Schreibtisch, wenn er etwas wollte. Einladungen in sein Büro kamen überaus selten vor. Das konnte ein gutes, aber auch ein sehr schlechtes Zeichen sein.

Hugo setzte sein schmierigstes Lächeln auf, als Christina an ihm vorbei in seinen Bürokasten ging.

»Setzen Sie sich doch«, sagte er und zeigte auf den Stuhl vor seinem Schreibtisch.

»Was gibt es denn?« Christina war nie ein besonderer Fan von Hugo Stevens gewesen und hatte das untrügliche Gefühl, dass diese latente Abneigung durchaus auf Gegenseitigkeit beruhte. Hugo mochte Frauen, die aussahen und sich benahmen wie Joan. Er mochte attraktive, vorzeigbare Mädchen mit etwas dümmlichem Einschlag und fühlte sich in Gegenwart von weiblichen Wesen, die nicht dem absolut gängigen, durchschnittlichen Klischee von Pin-up-Schönheit entsprachen, nicht recht wohl. Gott sei Dank leistete Christina so gute Arbeit, dass seine Vorlieben ihr bisher noch keine große Sorge bereitet hatten.

Hugos Grinsen verwandelte sein etwas speckiges Gesicht in einen einzigen Faltenkrater. »Sie wissen sicher, dass wir die Arbeit, die Sie hier leisten, sehr schätzen, Christina. Wir halten die allergrößten Stücke auf Sie.«

In seiner Stimme schwang etwas mit, das ein »aber« eigentlich unausweichlich machte. Christina ersparte ihm die Mühe. »Aber?«, fragte sie.

»Nichts aber. Ich wollte Ihnen nur mal gesagt haben, wie sehr wir Ihren Einsatz für die Firma zu schätzen wissen. Sie arbeiten sehr hart, um unser Schiff auf Kurs zu halten. Niemand würde das jemals bestreiten wollen …«

»Aber …?«, wiederholte Christina, hätte allerdings am liebsten gesagt, er solle aufhören, um den heißen Brei herumzureden.

»Es ist nur so …«, begann ihr Vorgesetzter zögerlich. »Es ist nur so, dass wir uns bezüglich der offenen Produktionsassistenz für eine andere Kollegin entschieden haben.«

»Was?!?«

»Beim nächsten Mal werden wir ganz sicher …«

»Ach, hören Sie doch auf«, unterbrach Christina ihn und spürte, wie eine Welle der Wut in ihr aufbrandete. »Ich verdiene diese Beförderung. Ich habe schließlich hart dafür gearbeitet.«

»Ich weiß, ich weiß. Und ich verspreche Ihnen, bei der nächsten sich bietenden Gelegenheit werden wir Sie berücksichtigen. Aber ich fürchte, vorerst müssen Sie sich noch ein wenig gedulden.«

Mit einem Mal fiel es Christina wie Schuppen von den Augen – fast, als würde die Sonne nach einem grauen Tag endlich hinter den Wolken hervorkommen. Rick Bauer war Chef der Personalabteilung und er konnte

Vorschläge machen, wer befördert wurde und wer nicht. Aber eben nur Vorschläge – letzten Endes lag die Wahl der Produktionsassistentin bei Hugo. Rick Bauers Zustimmung hatte Joan sich gesichert, indem sie eine Affäre mit ihm anfing. Und vor einer Woche hatte sie zusätzlich Hugos Wohlwollen gewonnen – und zwar mit exakt denselben Mitteln. Das kleine Biest hatte wirklich alle Felder abgedeckt, das musste man ihr schon lassen.

»Joan Harding.«

»Was?«

»Joan Harding hat den Job bekommen, hab' ich recht? Deshalb ist ihr Schreibtisch heute auch leer. Sie haben ihr den Job gegeben.«

»Nun, wir fanden …«

»Die kann doch nicht mal eine Briefmarke anlecken, wenn man ihr nicht vorher sagt, auf welcher Seite.«

»Ich glaube, da unterschätzen Sie ihre Fähigkeiten ein klein wenig.«

»Keine Sorge, über ihre Fähigkeiten bin ich bestens informiert.«

Das Lächeln auf Hugos Gesicht wurde zu einer säuerlichen Fratze. »Wollen Sie damit vielleicht irgendetwas andeuten, Christina?«

»Sie wissen schon genau, wovon ich rede.«

»Sie sollten jetzt nichts Unüberlegtes sagen, Christina. Ich versichere Ihnen, wenn sich die nächste Position auftut, gehört sie Ihnen. Garantiert. Sie wollen doch unsere gute Zusammenarbeit nicht gefährden. Wie gesagt, Sie erledigen Ihren Job wirklich zu unserer vollsten Zufriedenheit.«

Christina hätte ihrem Vorgesetzten am liebsten gesagt, wo er sich seinen Job hinstecken konnte und dass sie von *Witherman & Co.* nichts mehr wissen wollte, wenn wirklich Joan statt ihrer befördert würde. Aber sie hielt sich zurück. Was hatte es schon für einen Sinn, jetzt alles hinzuwerfen, wofür sie so lange so hart gearbeitet hatte? Bei einer anderen Firma müsste sie wieder bei null anfangen. Und auch dann war nicht garantiert, dass es ihr dort nicht genauso erging wie hier. Auf der anderen Seite war es recht aussichtslos, weiter unter einer Riege von Männern zu arbeiten, die so einfach zu beeinflussen waren und deren Entscheidungen nicht von Leistungen, sondern von Titten, Hintern und langen Beinen abhängig waren.

»Hören Sie zu, Christina«, begann Hugo Stevens in beruhigendem Ton. »Wieso nehmen Sie sich nicht einfach ein paar Tage Urlaub? Den haben Sie sich wirklich verdient. Schließlich arbeiten Sie seit Monaten ununterbrochen. Fahren Sie doch irgendwohin und legen sich ein bisschen an den Strand. Ein bisschen Sonne, ein bisschen Meer. Sie werden sehen, danach geht es Ihnen gleich viel besser. Und ich versichere Ihnen, bei der nächsten anstehenden Beförderung werden Sie auf jeden Fall berücksichtigt.«

Christina schwieg. Nur ihr Mund verriet, was sie von dem Vorschlag ihres Chefs hielt – sie schmollte wie ein kleines Kind.

»Wir wollen Sie nicht verlieren, Christina. Wirklich nicht.« Diese Worte aus Stevens' Mund klangen zur Abwechslung sogar mal aufrichtig.

Als Christina Haller in diesem Moment in das weichliche Gesicht dieses Mannes blickte, traf sie eine folgenschwere Entscheidung. Sie entschied, dass ihr Chef recht hatte. Sie würde Urlaub nehmen. Und sie würde zusätzlich alle Überstunden abbummeln, die sie in den letzten Monaten angehäuft hatte. Doch das war nicht alles. Christina entschloss sich außerdem, dass man sie bei der nächsten anstehenden Beförderung nicht nur vielleicht, sondern definitiv berücksichtigen würde. Von jetzt an würde sie nichts mehr dem Zufall überlassen und die Weichen für ihre Zukunft ausschließlich selbst stellen.

»Danke«, sagte sie in ruhigem Tonfall, der so gar nicht zu ihrer wahren Stimmung passen wollte. »Ich glaube, ein paar Tage Entspannung täten mir wirklich gut.«

»Na wunderbar«, erklärte Hugo Stevens mit erleichtertem Gesichtsausdruck. Er stand von seinem Schreibtisch auf und reichte seiner Angestellten die Hand. Sie war feucht von Schweiß. »Ein Urlaub ist ganz sicher eine gute Entscheidung, Christina.«

»Das denke ich auch«, erwiderte sie knapp und kehrte zu ihrem Arbeitsplatz zurück.

***

Christinas Gedanken rasten so schnell, sie konnte sie kaum greifen. Die Entscheidung zugunsten ihrer mehr als ungeeigneten Kollegin war der Tropfen, der das Fass eindeutig zum Überlaufen brachte. Jetzt hieß es, sich zu wehren. Aber wie? Schlagen konnte sie ihre Feinde nicht, also musste sie sich mit ihnen verbünden. In der jungen Deutschen blühte ein Plan auf, der ebenso naheliegend wie genial erschien. Das war es! Genauso würde sie ihre Ambitionen in die Tat umsetzen. Christina lächelte in sich hinein. Es war ein seltsam schiefes Lächeln. Genug war genug. Was Joan Harding konnte, das konnte sie schon lange.

Sie öffnete ihren Web-Browser, gab ein paar Stichworte in eine Suchmaschine ein und begann dann wie wild Namen und Telefonnummern zu notieren.

»Teatime, meine Lieben.« Die Werbefilm-Firma gönnte sich den Luxus einer eigenen Tealady, die Christina gerade den üblichen Teller Schokokekse und ihren mit drei Stücken Zucker gesüßten Tee vor die Nase stellte.

Christina unterbrach ihre fieberhafte Internetrecherche und wechselte ein paar Worte mit Augusta, der schon etwas älteren Dame, die den Tee ausschenkte. Als die freundliche Tealady das Büro verlassen hatte, warf Christina einen langen Blick auf den großen Teller mit Schokoladenkeksen und den Becher mit stark gesüßtem Tee. Irgendwann schien ein Ruck durch ihren Körper zu gehen. Sie packte den Teller in einer wohlüberlegten Geste und leerte ihn in den Papierkorb. Dann stand sie auf, ging auf die Damentoilette und schüttete den Tee beherzt in eines der Waschbecken. Der Zucker darin war so üppig bemessen, dass sie den Becher sogar noch nachspülen musste, um alle Spuren zu beseitigen.

An den Schreibtisch zurückgekehrt öffnete sie eine der recherchierten Seiten und vertiefte sich konzentriert in die verschiedenen Methoden der plastischen Chirurgie.

Kapitel 2

»Vierzehntausend Pfund.«

»Vierzehntausend Pfund?« Christina musste schlucken.

»In dem Preis ist natürlich alles enthalten. Narkose, Klinikaufenthalt, Verpflegung …«

Der kleine, untersetzte Arzt starrte über seinen Schreibtisch hinweg in das aufgeregte Gesicht von Christina Haller, die ihre Mittagspause an diesem Tag nutzte, um fachmännischen Rat einzuholen. Dr. Franklin war nicht nur von winziger Statur, auch sein Gesicht und seine Hände wirkten wie die Miniaturausgabe eines normalen Menschen. Seine Finger sahen fast aus wie die einer kunstvoll geschnitzten, aber sehr empfindlichen Marionette. Gleichzeitig aber machte er einen ganz und gar aufrechten Eindruck und schien kein Mann zu sein, der die Probleme seiner Patienten auf die leichte Schulter nahm. Es dauerte nur ein paar Sekunden, bis Christina dem Mediziner einen Platz in ihrer mentalen Liste der sympathischsten Männer, denen sie bisher in Großbritannien begegnet war, einräumte.

Einen Schönheitschirurgen hatte sie sich immer völlig anders vorgestellt. Wenn sie in den britischen Klatschzeitungen davon gelesen hatte, welche C-Promis gerade wieder eine Brustvergrößerung oder -verkleinerung hatten vornehmen lassen, war vor Christinas geistigem

Auge auch immer das Bild des Operateurs mit aufgetaucht. Aalglatte, skrupellose Männer in Weiß, für die nichts außer Profit zählte und die sich durch ihre Allmacht über den Körper definierten. Das war auch einer der Gründe gewesen, weshalb sie sich mit der Entscheidung für einen Eingriff so schwer getan hatte. Umso mehr überraschte es sie, dass sie jetzt einem so vertrauenerweckenden Mann gegenübersaß.

»Das ist eine Menge Geld«, sagte Christina nach einer kurzen Atempause eher zu sich selbst.

»Da haben Sie vollkommen recht.« Der kleine Mann hatte einen starken walisischen Akzent, sodass Christina Mühe hatte, ihn zu verstehen. Er stand von seinem Stuhl auf und setzte sich direkt vor seiner Besucherin auf die Schreibtischkante. Obwohl es Hochsommer war, trug er einen Tweedanzug mit Weste, aus der die Kette einer Taschenuhr baumelte. Seine Füße waren genauso winzig wie die Hände und steckten in Schuhen, die auch einem kleinen Jungen gepasst hätten.

»Darf ich ganz ehrlich zu Ihnen sein?«, fragte er seine potentielle Patientin.

»Natürlich.«

»Ich sehe in meinem Beruf viele Frauen. Ich sehe schöne Frauen, die sich für unattraktiv halten, und ich sehe unattraktive Frauen, die alles dafür geben würden, schön zu sein. Meine Fähigkeiten sind jedoch begrenzt. Ich kann aus einer Graugans keinen Schwan machen. Sicher, ich kann Gesicht und Körper korrigieren. Ich kann das Kinn verändern, die Nase neu machen, ich kann Fett absaugen oder Hautfalten straffen. Aber wenn die Grundstruktur eines Gesichtes oder auch eines Körpers nicht stimmt, wenn es also keine geeignete Vorlage gibt, dann bin auch ich machtlos. Verstehen Sie?«

»Ich denke schon.«

»Hören Sie mir jetzt gut zu, Miss Haller. Ich sehe etwas in Ihnen. Ich sehe eine Struktur, und ich sehe eine Vorlage. Sie in eine Schönheit zu verwandeln stellt kein großes Problem dar. Und das sage ich nicht zu jedem Patienten, das können Sie mir glauben.«

Wenn Dr. Franklin es darauf angelegt hatte, Christina von einer Runderneuerung zu überzeugen, so katapultierte er sich mit diesen Worten schon fast ans Ziel. Er unterzog die etwas ängstliche Frau einer genauen Untersuchung. Seine Augen glitten über ihr Gesicht und ihren Körper wie die eines Bildhauers über ein Stück Marmor.

»Wahre Schönheit kommt allerdings von innen«, setzte der Arzt seinen Vortrag fort. »Und deshalb kommen auch Frauen zu mir, die man gemeinhin bereits als attraktiv bezeichnen würde, die sich selbst aber einfach nicht schön fühlen. Sie tragen keine Schönheit in sich.«

Christina war etwas verwirrt über die Richtung, die ihr Gespräch mit Dr. Franklin einschlug. Ein Schönheitschirurg, der ihr sagte, dass wahre Schönheit sowieso nur von innen kommt – wollte der Mann nun mit ihr ins Geschäft kommen oder nicht?

»Sie glauben also, ich trage keine Schönheit in mir?«

»Allerdings«.

»Ich verstehe nicht recht. Soll das etwa heißen, dass Sie mich nicht operieren wollen?«

»Genau das heißt es.«

Christina war wie vor den Kopf gestoßen. Nach tagelangen Recherchen im Internet, zig Telefonaten und noch mehr E-Mails hatte sie sich jetzt endlich entschieden, ihr Schicksal selbst in die Hand zu nehmen und etwas Drastisches an ihrem Aussehen zu verändern. Und jetzt teilte dieser Mann ihr seelenruhig mit, dass er nicht gedachte, Christina bei ihrem Problem zu helfen?

»Sie scheinen ja eine überaus gute Auftragslage zu haben, wenn Sie eine neue Kundin so ohne Weiteres abweisen können.«

»Sie haben ganz recht, Christina, meine Auftragslage ist sehr gut. Aber das hat nichts mit dem Rat zu tun, den ich Ihnen jetzt geben werde.«

»Da bin ich aber sehr gespannt«, erwiderte Christina in einer Mischung aus Enttäuschung und Gereiztheit.

»Ich weiß nicht, was Sie bewogen hat, zu mir zu kommen, aber ich erkenne, wenn ich jemanden vor mir sitzen habe, für den plastische Chirurgie nicht das Richtige ist. Und glauben Sie mir, ein Eingriff wäre ganz sicher nicht das Richtige für Sie.«

»Und weshalb nicht?«, fragte Christina aufgebracht.

»Weil Sie schön genug sind.«

»Ist es nicht an mir, das selbst zu beurteilen?«

»Natürlich. Aber wenn eine Person mit ihrer Eigenwahrnehmung so falsch liegt, dann ist es als Arzt meine Pflicht, sie auch darauf hinzuweisen. Christina, Sie sind eine gesunde, hübsche Frau, deren Körpermaße vielleicht nicht unbedingt der Mager-Norm entsprechen, die gerade vorherrscht. Aber bevor ich ein Messer bei Ihnen ansetze, sollten Sie es vielleicht erst einmal mit Sport probieren.«

Sport?! Da war es. Das Wort, auf das Christina schon in der Schule in Deutschland allergisch reagiert hatte. Bauch, Beine, Po, oder was? Begriff dieser Mann denn nicht, dass es zur Lösung ihres Problems mehr bedurfte, als nur ein paar Sit-ups? Die Gedanken, die ihr durch den Kopf rasten, hinterließen Spuren auf dem Gesicht der verunsicherten Frau.

»Wie ich sehe, scheint der Gedanke Ihnen nicht besonders einleuchtend zu sein.«

»Das ist stark untertrieben.«

»Dann werde ich jetzt mal konkret. Ihre körperlichen Problemzonen sind Schenkel und Bauch. Ihr Po liegt, salopp formuliert, definitiv über dem Durchschnitt. Mit einem vernünftigen Trainingsprogramm und einer Ernährungsumstellung kriegen Sie das innerhalb weniger Wochen in den Griff.«

»Aber es geht ja eben nicht nur um die Figur, sondern auch um das Gesicht«, wand Christina verzweifelt ein.

»Dazu komme ich gleich. Die Wahrnehmung Ihres eigenen Körpers wird durch vielerlei Faktoren bestimmt. Einer davon ist die Reaktion anderer Menschen. Sie scheinen da offensichtlich einige schlechte Erfahrungen gemacht zu haben.«

»Das kann man wohl sagen«, stimmte Christina voller Inbrunst zu.

»Aber diese Erfahrungen rechtfertigen meiner Meinung nach keinen Eingriff, sondern sind eindeutig ein Fall von fehlgeleiteter Wahrnehmung.«

»Wahrnehmung, Wahrnehmung. Ich bilde mir die Ablehnung, die ich aufgrund meines Äußeren erlebt habe, doch nicht ein!«

»Die Ablehnung bilden Sie sich vielleicht nicht ein. Aber die Gründe für diese Ablehnung bedürfen einer genaueren Untersuchung.«

Christina hatte das Gefühl, bei einem Psychotherapeuten und nicht bei einem Schönheitschirurgen gelandet zu sein. Dr. Franklin schien sie tatsächlich nicht hässlich genug zu finden, und Christina hatte keine Ahnung, ob sie das als Kompliment oder als Affront verstehen sollte.

»Kommen wir zu Ihrem Gesicht«, unterbrach der Arzt ihren rasenden Gedankenfluss. »Auf Grund meiner Erfahrung mit Gesichtsproportionen, Hautbeschaffenheit und Knochenstruktur muss ich sagen, dass ich bei Ihnen nichts verbessern könnte, was eine gute Kosmetikerin nicht auch hinkriegen würde. Sie haben unreine Haut, Ihre Augenbrauen bedürfen dringend einer Rodung, und die unschönen Pigmentflecke an der Seite Ihres Gesichts tragen ebenfalls dazu bei, dass kein ebenmäßiger Eindruck entsteht. Hinzu kommen vielleicht noch ein leichtes Absacken der Lider und eine etwas schlaffe Kinn-Kontur. Aber das ist auch schon so ziemlich alles.«

Diese Aufzählung aus dem Mund eines Mannes, der sich professionell mit Schönheit beschäftigte, verwirrte Christina noch mehr.

»Die eigentlichen Proportionen Ihres Gesichts sind ganz und gar zufriedenstellend. Die Nase passt perfekt zu Ihrer Gesichtsform, Sie haben sehr schöne, volle Lippen, und bei Ihren Augen könnten Sie mit der richtigen Betonung wahre Wunder bewirken.«

Da saß sie nun, bereit zum Äußersten, aber mit dem Rat abgespeist, es doch erst mal mit Sport und einer Kosmetikerin zu probieren. Christina wusste überhaupt nicht mehr, was sie denken sollte. Ihr wollte einfach nicht in den Kopf, dass ausgerechnet ein Schönheitschirurg sie für hübsch genug befand, um eine Operation abzulehnen. Lag sie wirklich so falsch mit der eigenen Sicht auf sich selbst?

»Hören Sie gut zu, Miss Haller«, riss Dr. Franklin sie erneut aus der schweigenden Grübelei, »wenn Sie darauf bestehen, werde ich Sie natürlich operieren. Schließlich zahlen sich auch meine Rechnungen nicht von selbst. Aber ich lege Ihnen dringend nahe, es zunächst mit den genannten Alternativen zu versuchen. Das Problem ist nicht Ihr Aussehen, sondern Ihr Selbstwertgefühl. Und wie gesagt, ich bin fest davon überzeugt, dass Ihnen ein Sportstudio und eine gute Kosmetikerin da besser helfen können als ich. Wenn nicht, dürfen Sie gern wiederkommen. Dann können wir uns über entsprechende chirurgische Maßnahmen unterhalten.« Mit diesen Worten erhob Dr. Franklin sich von der Schreibtischkante, auf der er die ganze Zeit gesessen hatte, und gab seiner Patientin eindeutig zu verstehen, dass das Gespräch damit für ihn beendet war.

Noch unten auf der Straße überlegte Christina, ob sie nun an einen vernünftigen, verantwortungsvollen Mediziner oder einfach nur an einen durchgeknallten Schwadroneur geraten war. Sport und Kosmetik – wenn es so leicht wäre, würde es schließlich jeder machen, dachte sie und betrachtete sich dabei in der Schaufensterscheibe eines Wäschegeschäftes. Die etwas unscharfe Reflexion ihrer Silhouette erweckte in Christina nicht unbedingt den Eindruck, als würde sie jemals in eines der knappen Dessous in der Auslage passen. Sollte das wirklich nur an ihrer Wahrnehmung liegen und durch ein bisschen Sport in den Griff zu kriegen sein? Mit einem Mal merkte Christina, dass die Worte des Mediziners nicht nur Verwunderung und eine leichte Empörung in ihr geweckt, sondern auch einen gewissen Ehrgeiz angestachelt hatten. Der Mann war schließlich Arzt und sollte wissen, wovon er redete. Einen Versuch war es ganz sicher wert – besser, als gleich an sich rumschnippeln zu lassen, sinnierte die junge Frau noch immer in ihr Spiegelbild vertieft. Es dauerte einen Moment, bis die Gedanken in ihrem Kopf sich zu einem Entschluss formten, aber irgendwann wandte Christina den Blick von der Schaufensterscheibe ab, drehte sich auf dem Absatz um und lief mit federnden Schritten in Richtung U-Bahn.

***

Ihre Mittagspause war bereits seit zehn Minuten vorbei, als Christina noch ganz benommen vom eben Erlebten zurück ins Büro kam. Doch statt sich sofort an ihren Schreibtisch zu setzen, ging sie schnurstracks auf die Damentoilette. Die drei Waschbecken des grell erleuchteten Raumes waren Gott sei Dank alle unbesetzt, sodass Christina einen langen, gründlichen Blick in den Spiegel werfen konnte. *Die Nase passt perfekt zu Ihrer Gesichtsform. Sie haben sehr schöne, volle Lippen und bei Ihren Augen könnten Sie mit der richtigen Betonung wahre Wunder bewirken.* Genau das waren Dr. Franklins Worte gewesen. Christina versuchte mit aller Macht, ihr Gesicht so zu sehen, wie der Mediziner es gesehen hatte, schaffte es aber nur in einem ganz bestimmten Betrachtungswinkel, sich mit ihren Zügen anzufreunden. Die Spiegel vor den Waschbecken reichten nur knapp bis zu den Hüften. Die junge Frau trat einen Schritt zurück und drehte sich so, dass sie einen guten Blick auf ihren angeblich *über dem Durchschnitt* liegenden Po hatte. Sie wusste nicht, ob es an den wohltuenden Worten von Dr. Franklin lag, aber mit einem Mal fand sie das Hinterteil im Spiegel recht stimmig. Blieben eigentlich nur noch Bauch und Schenkel. Nur noch …

In neun Tagen sollte ihr vierwöchiger Urlaub beginnen – Zeit, die sie eigentlich für eine chirurgische Rundumerneuerung hatte nutzen wollen. Christina musste an ihre Studienzeit denken. Dort hatte das Aussehen zwar auch eine gewisse Rolle gespielt, aber gleichzeitig waren Dinge wie Beauty-OPs bei ihren Kommilitonen ganz und gar verpönt gewesen. Einige ihrer Freundinnen hatten sogar das Tragen von Make-up als absolut verwerflich bezeichnet. Christina erinnerte sich an hitzige Debatten über Schönheitswahn, Individualität und Oberflächlichkeit der Gesellschaft. Sie hatte damals die Ansicht vertreten, dass Schönheit sowieso grundsätzlich im Auge des Betrachters läge und Schönheitsideale nur etwas für Mitläufer wären. Ach ja, die wilde, bewegte Studentenzeit. Hatte sie sich seitdem wirklich so verändert? Wieso waren die Ideale von damals so in den Hintergrund getreten? Christina fasste erneut einen Entschluss. Ja, sie würde die vier Wochen ihres Urlaubs für eine Rundumerneuerung nutzen. Aber sie würde es auf eine Weise tun, mit der sich auch die emanzipierte, bewegte Studentin in ihr anfreunden konnte.

***

Das Leben nach ihrem Entschluss, etwas an sich zu verändern, war für Christina bisher die reinste Hölle gewesen. Ein einziges Minenfeld voller Versuchungen, denen es zu widerstehen galt. Doch sie blieb stark. Der Kaffee und der Tee, den sie früher mit löffelweise

Zucker und viel Milch getrunken hatte, schmeckte jetzt wie trübes Abwaschwasser. Sämtliche Tafeln Schokolade (auch die Notvorräte!), Kekse, Weingummi und dergleichen verschwanden in einem schwarzen Plastiksack, den Christina eigenhändig zu einer Wohlfahrtseinrichtung schleppte. Und »schleppen« war bei den Mengen, die sie in ihren Küchenschränken gehortet hatte, wahrhaftig keine Übertreibung.

Seit zehn Tagen ernährte Christina sich ausschließlich von rohem Gemüse, viel Fisch und Geflügel und Obst. Die Kekse, die Augusta, die Tealady, ihr nach wie vor auf den Schreibtisch stellte, dienten eigentlich nur noch dazu, ihre Willensstärke zu testen und auszubauen.

Christina hatte gründliche Recherchen zum Thema Ernährung und Gewichtsabnahme betrieben. Die diversen einschlägigen Bücher, die sie sich besorgt hatte, stimmten alle in einem Punkt überein: Es reichte nicht, einfach nur weniger zu essen. Um die Menge an überschüssigen Kalorien, die sie in Form von weichlichen Hautlappen an ihrem Körper trug, loszuwerden und die Haut entsprechend zu straffen, musste sie Sport treiben – und zwar richtig.

Seit der Schule hatten Christinas sportliche Aktivitäten sich auf das Benutzen der Treppe im Bürogebäude beschränkt. Aber auch nur dann, wenn der Fahrstuhl nicht funktionierte. Doch dank ihrer neu entdeckten Motivation hatte sie sich schnell ein Fitnessstudio ausgesucht, in dem sie mehrere Kurse belegte, die alle auf die Beseitigung ihrer Problemzonen abzielten. So hatte sie in der letzten Woche jeden einzelnen Abend mit mindestens eineinhalb Stunden sportlicher Tätigkeit verbracht. Nach dem dritten Tag hatte sie sich kaum noch bewegen können, und jeder Muskel ihres Körpers fühlte sich steif wie ein Brett an. Sie hatte sich kaum hinsetzen, geschweige denn nach vorn beugen können. Ihrer Entschlossenheit aber taten diese Anfangsschwierigkeiten keinen Abbruch. Im Gegenteil – Christina wollte die Schmerzgrenze überwinden und weitermachen. Der vierte Tag war zwar immer noch schwer, doch bereits beim fünften spürte sie, wie ihre Muskeln lockerer wurden, und am sechsten Abend war ihre gesamte Steifheit wie verflogen. Um genau zu sein, fingen die Trainingssessions sogar langsam an, ihr Spaß zu machen. Der Puls raste nicht mehr so, das Herz pochte kräftiger, und ihre Muskeln bewegten sich frei und mit stetig wachsender Koordination. Es stimmte also tatsächlich – Sport konnte high machen. Seit Jahren hatte Christina sich nicht so lebendig gefühlt. Sie schien mehr Energie zu haben, klarer denken zu können und viel wacher zu sein.

In allen Ratgebern, die sie gekauft hatte, wurde besonders betont, dass man regelmäßig sein Gewicht messen sollte. Also hatte Christina sich extra zu diesem Zweck eine Waage besorgt, auf der sich auch prompt die ersten Ergebnisse ihrer Anstrengungen zeigten. Sieben Pfund. Sieben Pfund in zehn Tagen! Die junge Frau konnte es kaum fassen. Da ging zwar noch einiges, aber der Anfang war gemacht. Bis jetzt konnte Christina zwar noch keine prägnante Änderung ihrer Silhouette feststellen, aber immerhin hatte sie das Gefühl, dass ihre Röcke am Bund schon etwas lockerer saßen. Und als sie sich nach einer besonders anstrengenden Session nackt im Spiegel ihres Schlafzimmers betrachtete, schienen bereits einige der kleinen Fettpolster nicht mehr so weich und nachgiebig zu sein wie vor zehn Tagen.

Am Montag sollte ihr vierwöchiger Urlaub beginnen. Die ersten zwei Wochen wollte Christina der Intensivierung ihres Fitnessprogramms widmen, und für die verbleibenden vierzehn Tage hatte sie sich in ein Beauty-Resort eingemietet. Dort wollte sie sich von Grund auf beraten und verschönern lassen und sich auch um den Rest ihrer überschüssigen Pfunde kümmern.

Die gute, alte Tante Edith. Sie wäre voll und ganz mit Christinas Entscheidung einverstanden gewesen. Ihre liebste Verwandte war vor zwei Jahren verstorben und hatte ihrer Nichte eine kleine Erbschaft hinterlassen. Christina hatte das Geld bisher nicht ausgegeben, sondern lange auf eine besondere Gelegenheit gewartet, um sich dafür einmal etwas Sinnvolles zu leisten. Bisher war sie stets davon ausgegangen, sich irgendwann einmal ein besonderes Möbelstück oder eine tolle Reise von diesem Geld zu gönnen. Aber das war, bevor Joan ihr auf diese ganz spezielle Art und Weise in die Quere kam.

Tante Edith war in jungen Jahren eine wunderschöne Frau mit vielen Verehrern gewesen. Christina konnte sich noch sehr gut an die lebhaften Schilderungen aus der Jugend ihrer Tante erinnern. Die Gute hatte vor der Eheschließung mit Onkel Jochen wirklich nichts anbrennen lassen und galt deshalb lange Zeit als schwarzes Schaf in der Familie. Auch Christina war seinerzeit recht schockiert von den Geschichten gewesen, die man sich in ihrem Zuhause nur hinter vorgehaltener Hand und mit Schamesröte im Gesicht erzählt hatte. Doch genau diese Erinnerungen legten für Christina den Schluss nahe, dass die alte Dame vollstes Verständnis für ihre Entscheidung gehabt hätte.

Ihr Plan stand also fest. Natürlich sollte ihr Äußeres

nur ein Mittel zum Zweck sein. Das war eine Lektion, die Joan Harding sie gelehrt hatte. Es reichte einfach nicht aus, nur gut im Beruf zu sein – jedenfalls nicht in einer von Männern bestimmten Welt. Christina musste schon andere Anreize und andere Gründe liefern, um von ihren Vorgesetzten als etwas Besonderes betrachtet zu werden. Und nach dem, was sie mit eigenen Augen gesehen hatte, bedurften diese Anreize einer intensiven Recherche, bevor sie sich damit in den Ring wagen konnte.

Wenn sie ganz ehrlich zu sich selbst war, wusste Christina so gut wie gar nichts über Sex. Sie kannte die grundlegenden biologischen Funktionen und sicher auch einige Stellungen, in denen sich der weibliche Körper mit dem männlichen vereinigen konnte. Aber das war auch schon alles. Konkrete Erfahrungen hatte sie so gut wie keine. Im Gegensatz zu Joan, die zweifellos ein Diplom verdiente, wenn es um verschiedene Sexpraktiken ging, hatte Christina nicht die geringste Ahnung, wie man einen Mann erregte. Wie provozierte und betörte man ein männliches Wesen? Wie konnte man einen Mann dazu bringen, dass er das empfand, was Hugo Stevens ganz offensichtlich bei Joan empfunden hatte?

Bei dieser Thematik versagte Christinas Universitätsausbildung. Der einzige Grundsatz aus ihrem Studium, der hier anzuwenden war, lautete: Jedwedes Wissen lässt sich durch Recherche aneignen. Und genauso gründlich wie sie sich mit den Themen Gewichtsreduzierung und Körperertüchtigung auseinandergesetzt hatte, genauso gründlich würde sie sich jetzt dem Schwerpunkt Sex widmen.

Und dieses Vorhaben schien unter keinem schlechten Stern zu stehen, denn das Schicksal kreuzte ihren Weg mit dem einer alten Freundin – einer Freundin, die ihr nicht nur bei der Suche nach dem richtigen Lesestoff, sondern auch mit etwas praktischeren Informationen unter die Arme greifen konnte …

Kapitel 3

»Schätzchen! Da bist du ja, komm doch rein!« Janelle Collins gab Christina einen Kuss auf beide Wangen und schien wirklich hoch erfreut, die alte Freundin wiederzusehen.

Janelle ist sogar noch schöner als bei ihrer zufälligen Begegnung vor ein paar Tagen, dachte Christina. Die beiden Frauen hatten sich auf der Universität in Berlin kennengelernt. Janelle hatte sich während ihres einjährigen Auslandsstipendiums in Deutschland ziemlich verloren gefühlt, und Christina war ihr damals eine große Stütze gewesen. Die Freundschaft, die sich zwischen den beiden entwickelt hatte, war ein klarer Fall von sprichwörtlichen Gegensätzen, die sich anziehen. Denn eigentlich wirkte Janelle mit ihren dunkelbraunen, fast schwarzen Haaren und den glitzernd grünen Augen zumindest äußerlich wie das genaue Gegenteil von der unscheinbaren, ja schlichten Christina. Janelles Leben war schon während des Studiums eine Aneinanderreihung wilder Affären gewesen – die aufregenden Männer hatten buchstäblich bei ihr Schlange gestanden.

Doch nach Beendigung ihrer zwei Auslandssemester – die von Janelle aufgrund ihres recht freizügigen und daher sehr zeitaufwendigen Privatlebens mit wenig berauschenden Noten absolviert worden waren – hatten die beiden Freundinnen sich irgendwann aus den Augen verloren. Ab und zu ein Anruf oder eine Weihnachtskarte, das war alles, was die beiden in den letzten Jahren verbunden hatte. Selbst als Christina nach London gezogen war, hatten sich keine weiteren Berührungspunkte ergeben. Dazu war die junge Deutsche in der Anfangszeit in England einfach zu sehr auf ihre Arbeit konzentriert gewesen. Die Freundschaft der beiden so verschiedenen Frauen schien endgültig eingeschlafen zu sein.

Bis zu dem Tag, an dem Christina der alten Freundin auf der Bond Street in die Arme lief. Janelle hatte die ganze Hand voll edel bedruckter Einkaufstüten, von denen Christina jede einzelne in ihre Sammlung schicker Taschen, mit denen man irgendwann mal angeben konnte, eingereiht hätte.

Beim ersten gemeinsamen Kaffee nach Jahren hatte Christina Gelegenheit, die Freundin etwas genauer zu betrachten. Janelle war schon auf der Uni sehr attraktiv gewesen, aber als sie Christina jetzt in diesem teuren, grünen Wildlederkleid gegenübersaß, wirkte sie schöner als je zuvor. Doch noch bevor die alten Weggefährtinnen sich detaillierter austauschen konnten, beendete Janelle den Plausch abrupt, denn sie musste noch einige »Besorgungen« machen. Die beiden Frauen schafften es gerade noch, Adressen auszutauschen, und versprachen einander, sich so bald wie möglich wieder zu treffen.

Der eigentlich freudige Zufall hatte Christina zunächst etwas deprimiert. Sie musste sich immer wieder sagen, dass Janelles Schönheit und die teuren Kleider kein Grund wären, neidisch zu sein. Schließlich ging es ihr selbst gar nicht um diese Dinge und Designer-Klamotten interessierten sie eigentlich herzlich wenig. Doch sooft die junge Frau sich das auch sagte – Janelles Erscheinung ging ihr einfach nicht aus dem Kopf. Selbst das schwere Parfum, das sie bei ihrem Treffen getragen hatte, schien Christina noch tagelang in der Nase zu haben.

Nach der Begegnung auf der Bond Street war es also kein Wunder, dass ihr die alte Kommilitonin sofort wieder einfiel, als Christina sich entschloss, einiges in ihrem Leben zu ändern. Janelle schien einfach genau die Richtige zu sein, um Christina auf Gebieten zu helfen, in denen ihre Kenntnisse und Erfahrungen im besten Fall lückenhaft waren: Mode und Sex.

Janelle tat einen Schritt beiseite, um die alte Kommilitonin in ihre Wohnung zu führen, die zwar nicht besonders groß, dafür aber wesentlich geschmackvoller als ihre eigene Bleibe eingerichtet war. Schon beim Betreten der Räume fiel Christina der Duft des Parfums auf, das sie so lange nicht aus der Nase bekommen hatte. Janelle schien sehr großzügig damit umzugehen – fast als wäre es eine Art Geheimwaffe, um sich anderen Menschen ins Gedächtnis zu brennen. Die alte Freundin trug einen eisgrauen Hausanzug aus dünner, glänzender Seide, dessen Oberteil sie knapp überm Bauchnabel zusammengeknotet hatte. Der blusenartige Schnitt war so tief, dass er einen deutlichen Blick auf Janelles große, frei schwingende Brüste gewährte.

»Ich freu mich riesig, dass du gekommen bist, Chris!«

Sie führte Christina durch den etwas kalt wirkenden Flur, an dessen Wänden eine ganze Reihe limitierter Drucke zeitgenössischer Künstler hingen. Vom Wohnzimmer aus hatte man einen wunderschönen Blick auf einen kleinen, grünen Garten.

»Das ist ja wirklich umwerfend!«, entfuhr es Christina entzückt.

»Ganz hübsch, nicht wahr? Wie wär's mit einem Gläschen Sekt, um unser Wiedersehen gebührend zu feiern? Wie lang ist das jetzt schon wieder her? Drei Monate?«

»Seit wir uns auf der Bond Street getroffen haben? Ja …«

Janelle schwebte auf ihren hochhackigen Pantöffelchen zu einem schwarz lackierten Schränkchen und klappte die Tür auf. Das Innere des Schranks war beleuchtet und mit Gläsern, Flaschen und sogar einem kleinen Kühlschrank ausgestattet. Nachdem Janelle eine Flasche Sekt entkorkt hatte, goss sie die sprudelnde Flüssigkeit in zwei langstielige Gläser und reichte eines davon Christina.

»Auf unser Wiedersehen.«

»O ja, auf unser Wiedersehen, Janelle.« Nach dem ersten Schluck sank die Gastgeberin sofort auf ein riesiges, sehr gemütlich aussehendes Sofa, dessen Überzug mit winzigen Blumen bedruckt war. Die Wände schimmerten in einem Blauton, der sich auch in den schweren Vorhängen und dem dicken Teppich wiederfand. Christina strich durch das Zimmer und betrachtete jeden einzelnen der aufeinander abgestimmten Einrichtungsgegenstände.

»Wirklich wunderschön«, erklärte sie begeistert.

Doch Janelle schien sich nicht auf ein Gespräch über die Einrichtung ihrer Wohnung einlassen zu wollen. »Welchem Umstand verdanke ich denn nun deinen Besuch?«, fragte sie neugierig und fast ein wenig ungeduldig.

Christina drehte sich um und nahm neben ihr auf dem Sofa Platz.

»Muss es denn immer für alles einen Grund geben?«, erwiderte sie ausweichend.

»Wenn du seit der Uni nicht ein völlig anderer Mensch geworden bist, ja.«

Christina lachte. »Immer noch genauso clever wie damals.«

»Also …?«

»Ich brauche deine Hilfe, Janelle.«

»Meine Hilfe?«

»Ich habe vor kurzem eine Entscheidung getroffen …« Christina redete eine halbe Stunde, ohne dass die Freundin sie unterbrach. Sie erzählte alles, was in den letzten Wochen passiert war. Sie sprach über Joan und wie sie von ihr bei der Beförderung überholt worden war, von ihren Gefühlen Männern gegenüber und schließlich auch von dem, was sie sich nun vorgenommen hatte. Das konkrete Thema *Sex* umschiffte sie dabei noch etwas. Christina war es nicht gewohnt, darüber zu reden, und es kostete sie einiges an Überwindung, vor der alten Freundin über ihre Schwierigkeiten mit der *schönsten Sache der Welt* zu sprechen.

»Na, da hast du in nächster Zeit ja einiges auf dem Zettel«, sagte Janelle, nachdem Christina ihre Erzählung abgeschlossen hatte.

»Meinst du, dass ich das schaffen werde?«

»Aber natürlich«, erklärte Janelle in ihrer typisch aufmunternden Art, an die Christina sich noch gut aus dem Studium erinnerte. »Du kannst alles schaffen, was du dir vornimmst, Chris. Aber wie kann ich dir denn nun bei der Geschichte helfen?«

Christina blickte peinlich berührt zu Boden.

»Na los, sei nicht so schüchtern. So schlimm kann es

ja nicht sein.« Als Janelle sich vorbeugte, um nach ihrem Glas zu greifen, schwangen ihre Brüste nach vorn und pressten sich schwer gegen die dünne Seide.

»Du hattest doch auf der Uni jede Menge Männer. Zumindest so wie ich das mitbekommen habe. Das heißt, du hast eine Menge Erfahrung. Ich dagegen … habe bisher erschütternd wenig Männer in meinem Leben gehabt.«

»Du willst also einen Crash-Kurs in Sachen Sex?«

»So was in der Art …«

Janelle nippte an ihrem Champagner. »Das klingt ja spannend. Wo soll ich denn anfangen?«

»Keine Ahnung. Was meinst du? Du bist die Erfahrenere von uns beiden.«

Janelle stand kurz auf, füllte ihr Glas und setzte sich dann dicht neben die Freundin. »Bist du leicht zu schockieren, Chris? Früher hat dich eigentlich nicht besonders viel aus der Ruhe gebracht.«

»Ich glaube, was das angeht, habe ich mich nicht sonderlich verändert.«

»Gut. Dann erklär mir mal, wie du zu deinem Orgasmus kommst.«

Da war genau die Frage, um die es Christina ging. Und sie hatte es nicht mal selbst ansprechen müssen. »Wie jede andere Frau auch, schätze ich«, antwortete sie noch etwas ausweichend.

»Erklär es mir spezifischer. Hör zu, es ist doch albern, hier um den heißen Brei herumzureden. Machst du's dir ab und zu mal selbst?«

»Ja, schon …« Christina spürte, dass sie knallrot wurde. »Aber nicht besonders erfolgreich.«

»Mit einem Dildo?«

»Mit einem was?«

»Einem Dildo, einem Vibrator – was immer du in deine Möse schieben kannst.«

»O ja. Ich meine, nein. Ich hab's vor Ewigkeiten mal mit einer Haarbürste versucht, aber ich glaube, ich bin einfach nicht besonders talentiert. Um ganz, ganz ehrlich zu sein, hatte ich bisher weder allein noch zusammen mit einem Mann einen richtigen Orgasmus. Bei mir fühlt sich das eher unspektakulär an. Ich meine, ich habe natürlich schon etwas gespürt, aber es war nicht unbedingt so, dass die Erde bebte.«

»Gut. Also gleich mal eins vorweg, Chris – wenn du sexuelle Erfüllung suchst, dann musst du erstmal deinen eigenen Körper erforschen. Du kannst Sex nicht genießen, wenn du gar nicht weißt, wozu du körperlich in der Lage bist. Bei einem Auto weiß man doch auch erst, wie viel Spaß das Fahren macht, wenn man in den höchsten Gang geschaltet hat.«

»Ich glaube, ich bin nie über den ersten oder zweiten Gang hinausgekommen.«

»Wenn ich das so höre, sollte das wohl hinkommen. Aber solange du nicht weißt, wie du dir selbst Freude bereitest, kannst du auch nicht von anderen erwarten, dass sie das hinkriegen.«

»Klingt vernünftig.«

»Das wäre also ein guter Startpunkt.« Janelle stand auf und nahm die Sektflasche und ihr Glas. »Komm mit.«

»Wo gehen wir denn hin?«

»Ins Schlafzimmer. Irgendwann müssen wir ja mal mit deinem Training beginnen. Vergiss dein Glas nicht.«

»Janelle, ich hatte eigentlich nicht gemeint, dass

du …« Christina kam sich wie eine Patientin vor, die nur mal kurz zum »Nachsehen« zum Arzt gegangen war und nun erfuhr, dass sie jetzt sofort operiert werden müsste. So entschlossen sie auch war, sich ihrer sexuellen Frustration zu stellen, so sehr war sie jetzt doch von Beklommenheit und sogar Angst bestimmt. Sicher, die Freundin war ihr sofort wieder vertraut gewesen. Aber ob diese Vertrautheit ausreichen würde, um sich auch körperlich zu öffnen?

Janelle bemerkte ihr Zögern. »Du hast die Wahl«, sagte sie im Türrahmen stehend. »Aber wenn du es wissen willst, muss ich es dir schon zeigen. Ein theoretischer Orgasmus ist nämlich äußerst langweilig.«

Christina musste über den pragmatischen Ansatz ihrer Freundin lachen, und es war genau dieses Lachen, das auch ihren letzten Widerstand brach. Sie war hierhergekommen, um Janelle um Rat zu bitten. Da war es doch einfach kindisch, die so großzügig angebotene Hilfe der Freundin jetzt auszuschlagen.

Langsam brach die Nacht über die Stadt herein. Die Scheinwerfer der Autos blinkten, und in den Häusern gingen nach und nach die Lichter an. Christina stand auf, nahm ihr Glas und folgte Janelle den Flur entlang.

***

Das Schlafzimmer – ebenfalls erfüllt von Janelles verführerischem Parfum – war fast genauso groß wie das Wohnzimmer. Das helle Beige der Wände gab dem Raum etwas wohlig Warmes. Der Teppich war so dick, dass man fast darin versank, und seine kaffeebraune Farbe harmonierte ausgesprochen gut mit der großen, eierschalfarbenen Überdecke des Bettes und den vielen farblich abgestimmten Kissen, die am Kopfende lagen. Außer einem Nachttisch mit entsprechender Lampe befanden sich keinerlei Einrichtungsgegenstände in dem Zimmer – abgesehen von einem Spiegel, der direkt hinter dem Bett bis hoch zur Decke reichte. Janelle zog als Erstes die cremefarbenen Vorhänge zu, stellte dann die Nachttischlampe an und dimmte sie zu einem angenehmen, indirekten Leuchten herunter.

»Trink deinen Sekt aus«, wies sie Christina an und stellte ihr eigenes Glas ab. »Und dann zieh deine Sachen aus und komm hier rüber.« Janelle zog die Überdecke beiseite und schlug das weiße Bett auf.

Christina leerte hastig ihr Glas. Sie hatte es nötig, denn ihr Herz klopfte so wild, dass sie das Blut in den Ohren rauschen hörte. Nach kurzem Zögern fing sie ganz langsam und schüchtern an, sich die dunkelblaue Bluse aufzuknöpfen. Zu ihrer Überraschung bemerkte sie, dass Janelle es ihr gleichtat und ihr Seidenoberteil über die Schultern zog, um ihre üppigen, aber sehr festen Brüste freizulegen. Dann schob sie ihre Finger unter das Gummi ihrer weiten Hose und zog sie über die Hüften. Ihre Unterwäsche bestand aus einem winzigen, hochgeschnittenen Höschen in blassem Rosa. Das Material schmiegte sich so eng an die Kurve ihres Schambeins, dass Christina die Spalte ihrer Muschi deutlich ausmachen konnte.

Ihre eigene Unterwäsche war mit der von Janelle überhaupt nicht zu vergleichen. Christina trug wieder einen aus der Form geratenen, weißen Baumwoll-BH. Und als sie aus ihrem Rock stieg, erwies sich auch ihr Höschen als völlig verwaschene Angelegenheit, dessen blasses Blau sich mittlerweile in Grauschattierungen aufgelöst hatte. Außerdem war der Slip völlig zerknittert von den darüber getragenen fleischfarbenen Strumpfhosen.

»Ich würde sagen, ein bisschen neue Wäsche wäre vielleicht auch mal fällig«, stellte Janelle vom Bett aus fest.

»Ich weiß. Und nicht nur das. Ein paar neue Kleider wären auch nicht schlecht.« Christina stieg aus ihren Schuhen und schob ihre Strumpfhose herunter. Das starke Zaudern, das sie beim Betreten des Schlafzimmers anfänglich gespürt hatte, war längst einem Gefühl gewichen, das sie zunächst nicht recht deuten konnte. Es hatte begonnen, als Janelle anfing, sich auszuziehen. Jetzt, da sie den wunderschönen Körper ihrer aufregenden Freundin betrachtete, wurde ihr klar, dass es sich bei diesem Gefühl um Erregung handelte. Doch ob diese Erregung vor allem durch den Anblick der nackten Janelle hervorgerufen wurde, darüber wollte sie im Moment lieber nicht nachdenken.

Mit einem nervösen Seufzer, der deutlich zeigte, wie viel Überwindung sie dieser Akt kostete, öffnete Christina schließlich ihren BH und zog zuletzt das Höschen aus. Nun stand sie splitternackt vor der Freundin – und wäre am liebsten ganz im Teppich versunken.

»Voilà!«, sagte sie und gab sich alle Mühe, so unbeschwert wie möglich zu klingen.

Janelle sagte kein Wort, sondern gab Christina nur durch ein Klopfen auf das Bett zu verstehen, dass sie sich neben sie setzen sollte. Christinas Körperhaltung sprach Bände, die von einer Mischung aus Erregung und Angst erzählten. Als sie sich schließlich neben Janelle niederließ, drückte diese ihr aufmunternd einen Kuss auf die Schulter.

»Du bist wirklich wild entschlossen, nicht wahr?«, fragte sie ein letztes Mal.

»Ja«, erwiderte Christina in ganz und gar ernstem Ton.

»Na gut. Lektion Nummer eins. Leg dich hin.«

»Was hast du vor?«

»Ich werde dir einen Orgasmus verschaffen. Und zwar einen richtigen.«

»Wie denn?«, fragte Christina deutlich schockiert.

»Mit einem Vibrator.«

»Oh«, war alles, was Christina noch hervorbringen konnte, bevor sie von einer Schockwelle erfasst wurde, die allerdings nicht gänzlich unangenehm war, sondern auch etwas Erhebendes hatte.

»Für mich ist es nicht das erste Mal, Chris …« Janelle sah der Freundin in die Augen, während diese versuchte, die letzte Information zu verdauen.

»Nein?«, fragte sie und wunderte sich, dass Janelles Bekenntnis ihr Herz erneut zum Rasen brachte. Warum fühlte ihre Möse sich auf einmal nur so an, als würde sie ein Eigenleben führen? Ihr Kopf war voller Fragen, die ihren Körper allerdings nicht sonderlich zu interessieren schienen.

»Leg dich einfach zurück«, wiederholte Janelle mit sanfter Stimme.

Christina rutschte in die Mitte des Bettes und legte sich auf den Rücken. Ihre Beine waren immer noch fest zusammengepresst. Denken konnte sie jetzt gar nicht mehr. Sie konnte nur noch fühlen. Fühlen, wie ihr Herz raste, fühlen, wie ihr Atem schneller ging, und fühlen, wie sie immer feuchter wurde.

Aus den Augenwinkeln beobachtete sie, wie Janelle

die Nachttischschublade öffnete. Als sie den Kopf etwas zur Seite drehte, erkannte sie, dass darin zwei Vibratoren lagen, von denen die Freundin schließlich den kleineren hervorholte.

»Und jetzt schließ die Augen und entspann dich«, wies die Freundin sie beruhigend an.

»Ich geb mir alle Mühe.« Christina kniff die Augen zusammen, nur um festzustellen, dass ihr Herz in der Dunkelheit noch heftiger zu klopfen schien. Sie spürte, wie Janelle sich neben sie kniete und dabei mit dem Knie ihrer Hüfte so nahe kam, dass sie die Wärme des anderen Körpers spüren konnte. Die erste Berührung aber galt ihrem Bauchnabel. Christina zuckte zusammen.

»Ganz ruhig. Ich tu dir nicht weh.«

Janelle ließ ihre Hand in Kreisen über Christinas Bauch gleiten. Ihr Fluchtimpuls war längst nicht mehr groß genug, um die Neugierde auf das Kommende zu besiegen. Doch es war nicht nur die Neugierde, die in ihr zum Leben erwachte – ihr gesamter Körper schien sich nach und nach auf eine andere Ebene zu begeben. Ein Teil von ihr wollte Janelle fragen, wie oft sie das schon mit anderen Frauen getan hatte, aber der Rest sehnte sich nach Schweigen, und genau das tat ihr Mund auch. Was immer die erfahrene Schönheit jetzt mit ihr anstellen würde, ihr ganzes Wesen sehnte sich danach.

»Du bist einfach wunderschön«, hörte Christina die Freundin auf einmal sagen. »Wunderschön in deiner Erregung, wunderschön in deiner Neugierde und wunderschön zu berühren. Deine Haut fühlt sich so weich an, als würde man über Samt gleiten.« Christina war geradezu verdutzt über die Worte ihrer Freundin. Wunderschön?! Das konnte sie doch unmöglich ernst meinen.

Plötzlich spürte sie, wie Janelles Finger leicht über ihr Schamhaar glitten. Wieder und wieder schienen sie durch die leicht gekräuselten Haare zu fahren, bis plötzlich einer der Kundschafter von seinem Weg abkam und direkt in die Spalte zwischen ihren Beinen fuhr. Es war das erste Mal, dass sie dort von einer Frau berührt wurde. Ob das richtig war? Sollten sie wirklich weitermachen? Es war ihr Körper und nicht der Kopf, der Christina diese Fragen beantwortete. Sie konnte die eigenen Säfte an Janelles Finger spüren, während er nach ihrem Kitzler suchte. »Oh …« Christina gab einen lang gezogenen Seufzer von sich, als der Eindringling sein Ziel erreicht hatte.

»Ist das okay so?«, fragte Janelle wie eine Friseuse, die nach der richtigen Temperatur fürs Haarewaschen fragt.

»Ja«, konnte Christina nur keuchen. Unglaublich, wie empfindlich diese Stelle ihres Körpers auf einmal schien. Was war nur geschehen, das diese Empfänglichkeit für Berührungen ausgelöst hatte? Lag es an den Komplimenten, die Janelle ihr fortwährend ins Ohr flüsterte, lag es an dem sündigen Duft ihres Parfums oder lag es einfach daran, dass sie das erste Mal in ihrem Leben einen Schritt in ein echtes Abenteuer wagte?

»Gefällt dir das …?« Janelle umkreiste die kleine, geschwollene Knospe, sodass Christina unfreiwillig aufstöhnte und ihre Beine etwas weiter spreizte. »Und das?« Janelle führte einen zweiten Finger in Christinas Möse ein und ließ ihn ebenfalls über ihren Kitzler flattern.

»O ja!« Christina konnte schon nicht mehr sagen, welche Berührung ihr besser gefiel.

Mittlerweile hatte die erfahrene Freundin mit der anderen Hand nach dem Dildo gegriffen und ließ ihn langsam zwischen Christinas Schenkel gleiten.

»Meinst du wirklich, dass das so eine gute Idee ist?«, fragte Christina noch einmal, wollte aber eigentlich nur, dass die Freundin ihr noch eine letzte Versicherung mit auf den Weg gab.

Janelle lachte nur leise. »Wieso denn nicht?«

»Na ja, ich meine, wir sind …« Noch während sie versuchte, die richtigen Worte zu finden, wurde sie von einer köstlichen Welle der Lust erfasst. Die Zuwendungen der Freundin ließen sie am ganzen Körper zittern und erstickten jede Frage nach einer wie auch immer gearteten Moral im Keim.

»Mach dir nicht so viel Gedanken, Chris. Sonst ist die Entspannung schon bald wieder flöten«, flüsterte Janelle.

»Aber …« setzte Christina ein letztes Mal an.

»Pst. Genieß es einfach nur.«

»O ja …«

»Siehst du.« Janelle presste die Spitze des Dildos etwas tiefer zwischen die Schamlippen der Freundin, sodass Christina ohne jede weitere Aufforderung ihre Beine endgültig spreizte. Ihr Körper hatte das Ruder übernommen. Janelles Finger glichen denen einer Musikerin, die Töne und Melodien in ihrem Körper erstehen ließen, die jedes Nervenende zum Klingen brachten. Mit einem Mann hatte sie so etwas noch nie empfunden. Ein Mann hatte sie noch nie so gestreichelt und ihr derartige Freuden bereitet. Mein Gott, kam es ihr plötzlich in den Sinn, vielleicht bin ich ja, ohne es zu ahnen, schon immer eine Lesbe!

»Siehst du, wie empfänglich du dafür bist? Ich spüre es doch ganz deutlich«, flüsterte Janelle.

»Das liegt an dir«, erklärte Christina mit ernsthafter Stimme.

Der Vibrator war kurz davor, sie ganz zu öffnen und in ihre Spalte einzudringen. Mit einem letzten, langsamen Pressen führte Janelle ihn schließlich in ihr Innerstes ein.

Es raubte Christina fast den Atem. Die Gefühle, die sie überschwemmten, waren absolut einmalig und in ihrer Wucht völlig überwältigend. Der Vibrator war groß und hart, und Christina konnte spüren, wie er sich Zentimeter für Zentimeter seinen Weg an den feuchten Innenwänden ihrer Muschi vorbei bahnte. Sie war jetzt ganz und gar offen und empfänglich für diese bisher unbekannten Fähigkeiten ihres Körpers. Trotz des Dildos hatten Janelles Finger nicht etwa aufgehört, ihr Werk fortzusetzen, sondern sie verwöhnten ihren Kitzler in einem stets gleichbleibenden Rhythmus – unerbittlich, unermüdlich. Christinas Körper schien nur noch aus dieser kleinen Lustknospe zu bestehen.

Der Vibrator steckte jetzt tief in ihrem Fötzchen und füllte es ganz aus.

»Oh, Janelle ...«, war alles, was Christina noch keuchen konnte. Immerhin schlug sie jetzt zum ersten Mal seit Beginn ihrer Lektion die Augen auf. Die Freundin kniete neben ihr. Ihre großen Brüste zitterten leicht von der Bewegung ihrer Hände und sie hatte die Augen fest auf Christinas Geschlecht gerichtet. Ihr Gesichtsausdruck war so konzentriert, dass Christina fast lachen musste. »Schließlich muss ich auf die Reaktionen deines Körpers achten, damit es auch was wird«, erklärte Janelle, als sie den etwas irritierten Blick ihrer Schülerin bemerkte.

Es dauerte nur einen kurzen Moment, bis Christina sich wieder ganz auf die Empfindungen in ihrem Inneren einlassen konnte. Ihre Erregung ging jetzt so weit, dass sie fast vergaß, wo sie sich befand, und das Gefühl hatte, ankerlos in einem Meer von Emotionen zu treiben. Janelle war längst dazu übergegangen, den Vibrator wie einen Schwanz einzusetzen und die Freundin damit zu ficken. Die Lust war so groß, dass Christina erneut die Augen schließen musste.

»Spürst du es?« Janelles Stimme war ganz sanft. Ohne auch nur einen Moment aus dem Rhythmus zu kommen, beugte sie sich vor und saugte einen von Christinas steinharten Nippeln in den Mund.

»Ah!« Christina reagierte sofort auf diesen Angriff auf ihre Sinne.

Nachdem Janelle bis zu diesem Punkt recht vorsichtig ans Werk gegangen war, erhöhte sie nun ihr Tempo. Sie bearbeitete den Kitzler fester, und auch die Stöße mit dem Vibrator wurden schneller und gingen immer tiefer.

Christina war jetzt so weit, eine innere Grenze zu überschreiten. Auf dieser Seite der Grenze hatte sie die totale Kontrolle über die Macht der neuen Erfahrung. Sie konnte jederzeit einschreiten und die Hand der Freundin wegstoßen. Doch jenseits dieser Grenze, auf der anderen Seite, gab es kein Verlangen nach Kontrolle und keine Zweifel. Es gab nur Gefühl. Christina tat den entscheidenden Schritt und spürte, wie sie fiel. Ohne Angst. Und immer weiter, als würde sie von einer hohen Klippe in einen tiefen, dunklen Abgrund stürzen, der nur aus Lust bestand. Ihr Körper bäumte sich auf, die Muskeln spannten sich an, und das Feuerwerk der Reize in ihren Nervenbahnen schien nie wieder enden zu wollen. Irgendwann rollten die Augen in ihren Höhlen nach hinten und Christinas ganzer Körper wurde steif wie ein Brett.

Es schien eine Ewigkeit zu dauern, bis der Höhepunkt sie wieder freigab, bevor ihre Muskeln sich wieder entspannten und ihr Körper zurück auf das weiche Bett sank. Die Wärme, die Christina in diesem Moment umspielte, verschaffte ihr genau die Gewissheit, die bisher nur eine Ahnung gewesen war: Sie hatte noch nie zuvor einen echten Orgasmus erlebt.

Janelle ließ sie in Ruhe und zog den Vibrator nicht sofort aus ihrer Mitte. Nein, sie ließ der Freundin Zeit, bis ihr Körper das Spielzeug von selbst wieder freigab. Das Austreten des Phallus erzeugte ein Nachbeben in Christinas Körper, das sich wie ein Echo des soeben erlebten Höhepunkts anfühlte. Es katapultierte die erschöpfte Frau endgültig aus der Welt satter Glückseligkeit, in der sie diese scheinbare Unendlichkeit verbracht hatte. Als sie die Augen öffnete, sah sie direkt in die Augen ihrer Freundin.

»Ach Janelle, was hast du da nur mit mir gemacht?«

Janelle lächelte. »Nein, das hast *du* gemacht! Ich habe es auch gespürt …«

»Wirklich?« Christina schien in den Augen der Freundin förmlich zu versinken.

»Natürlich. Wenn das kein Orgasmus war, dann weiß ich es auch nicht.«

Christina lachte kurz auf, verfiel dann aber in ein nachdenkliches Schweigen.

»Ich weiß genau, was du denkst«, sagte Janelle in die Stille hinein.

»Ach ja? Was denn?«

»Dass du jetzt eine Lesbe bist.« Ihre Lippen verzogen sich zu einem breiten Grinsen, das Christina jedoch nicht erwiderte.

»Bin ich denn eine?«

»So ein Quatsch. Und selbst wenn.«

»Bist du eine Lesbe?«

»Ach Chris, das lässt sich nicht so leicht einordnen …«

»Aber du hast doch gesagt, dass du es auch schon mit anderen Frauen getan hast.«

»Ich erklär dir jetzt mal was. Für mich ist Sex einfach nur Sex. Ich habe Spaß daran. So war es schon immer. Ich hatte die wundervollsten Erlebnisse – sowohl mit Männern als auch mit Frauen. Sicher, es gibt Unterschiede, aber ich bin ebenso wenig eine Lesbe, wie du eine bist. Ich wollte dir einfach nur zeigen, wozu dein Körper in der Lage ist. Das hätte sicher auch mit einem Mann funktioniert. Es ist nur eine Frage der Bereitschaft und des Einfühlungsvermögens. Und gefallen hat es dir ja ganz offensichtlich«, fügte sie hinzu.

»Danke«, entfuhr es Christina ohne nachzudenken. Sie spürte deutlich, wie ihre Augen sich mit Tränen füllten, die nicht nur Erleichterung widerspiegelten, sondern auch ein Glücksgefühl begleiteten, das ein »Danke« mehr als rechtfertigte. Es fühlte sich an, als wäre eine Last von ihren Schultern genommen, die es ihr bisher verwehrt hatte, sich körperlich für jemanden zu öffnen. Nun schwelgte sie in dem Gefühl, alles erreichen und sich alles nehmen zu können, was sie wollte.

Christina sah an ihrem nackten Leib herunter. Irgendetwas schien sich verändert zu haben. Brüste, Bauch, Beine – natürlich waren ihre Problemzonen nicht wie von Zauberhand durch einen einzigen Orgasmus verschwunden. Der Unterschied lag einfach darin, dass ihr Blickwinkel sich durch das eben Erlebte verschoben hatte. Fast als wäre ihre Wahrnehmung durch die Heftigkeit des Höhepunkts auf eine andere Ebene katapultiert worden. Eine Ebene, auf der nicht nur das Auge allein, sondern eine tief empfundene Sinnlichkeit den Maßstab bildete. Christina fühlte sich zufrieden wie ein satter Säugling. Jede Faser ihres Körpers war entspannt, und sie konnte selbst kaum glauben, dass sie sich in diesem Moment wirklich schön fühlte.

Ohne nachzudenken und ohne ihre sexuell aufgeheizten Gefühle zu unterdrücken, setzte Christina sich auf, griff mit der Hand in Janelles dunkelbraunes Haar und zog sie zu einem tiefen Kuss zu sich heran. Dabei ging sie in keiner Weise zögerlich vor. Sie küsste Janelle hart auf die Lippen und setzte auch ihre Zunge ein, um ihrer spontan empfundenen Leidenschaft und Sinnlichkeit Ausdruck zu verleihen. Gleichzeitig griff sie wie in Trance an eine der üppigen Brüste ihrer Freundin, knetete sie leicht und kniff dann sachte in den Nippel. Der Kuss der beiden Frauen war lang, tief und fegte alle Hemmungen und Überlegungen beiseite. Christina hatte noch nie die Lippen einer Frau auf den ihren gespürt. Sie waren herrlich weich, feucht und großzügig in ihren Zärtlichkeiten.

»Oh, Chris …«, hauchte Janelle in Christinas lüstern geöffneten Mund hinein.

»Jetzt lass mich«, flüsterte die junge Deutsche. Janelle

musste nicht fragen, was sie meinte. »Lass mich. Ich will es unbedingt.«

Einen kurzen Moment lang sahen die beiden Frauen sich tief in die Augen. Ihre Gesichter waren nur Zentimeter voneinander entfernt. Janelle legte eine Hand auf die Wange der Freundin, in deren Zügen nichts als Leidenschaft geschrieben stand. Das war Janelle wichtig. Sie wollte nicht, dass Christina hinterher etwas bereute.

Die brünette Schönheit legte sich auf den Rücken. Christina zögerte nicht lange, setzte sich auf die Knie und benutzte nun beide Hände, um die Brüste ihrer Freundin zu kneten. Irgendwo weit in ihrem Hinterkopf flammten zwar immer wieder Fragen auf – was tat sie hier nur, was bedeutete das alles, war sie jetzt völlig durchgedreht? –, aber sie ignorierte sie standhaft. Im Vergleich zu dem, was sie in diesem Moment empfand, waren alle Fragen unwichtig. Alles, was zählte, waren die herrlichen Gefühle, die durch ihren Körper strömten. Gefühle, die sie einfach befriedigen musste.

Ihre Hände ließen nun von Janelles Brüsten ab und wanderten zu ihrer Taille. Sie steckte zwei Finger unter das Bündchen des knappen Seidenhöschens und zog es hinunter. Janelle hob den Po etwas an, damit es leichter über die Hüften ging, und streckte dabei ganz schamlos ihre Möse in die Höhe. Die Schamhaare waren zwar ebenso borstig und lockig wie bei Christina, gleichzeitig aber zu einer perfekten, geometrischen Form getrimmt.

Nachdem Christina den Slip über Janelles Füße gezogen hatte, beugte sie sich vor und gab der Freundin gezielte Küsse auf die Füße, die Knöchel und schließlich auf die Knie. Von dort arbeitete sie sich langsam weiter hoch. Mit jedem Kuss spreizte Janelle die Beine etwas mehr, sodass Christina bald Janelles Schamlippen sehen konnte. Ihre gestutzten Haare überließen nichts der Fantasie. Jedes Detail ihrer Anatomie war zu erkennen: die fleischigen, äußeren Schamlippen, der rosarote innere Ring und die Hautfalten, hinter denen sich der Kitzler der Freundin verbarg. Der Anblick löste eine Explosion stechender Geilheit in der unerfahrenen Frau aus. Noch nie hatte sie eine Frau so offen gesehen. Christinas Mund war jetzt bei den Oberschenkeln angelangt, an denen sie gierig leckte. Janelles Haut war herrlich weich – fast wie Seide, nur voller Leben und Wärme.

»Das musst du jetzt aber nicht tun«, murmelte Janelle leise, auch wenn sie hoffte, die Freundin würde ihren Einwand übergehen.

Jetzt war es an Christina, die Freundin mit einem »Pst« zum Schweigen zu bringen.

Ihr Mund war nur noch Millimeter von Janelles Geschlecht entfernt, sodass Christina bereits den schweren Duft ihrer sexuellen Erregung riechen konnte. Ihre Muschi war klitschnass und glitzerte in dem gedämpften Licht. Noch nie hatte Christina etwas so sehr gewollt. Ihr Herz klopfte fast noch schneller, als es kurz vor ihrem eigenen Höhepunkt geklopft hatte. Janelles Schamlippen schienen sie förmlich anzulächeln, und sie begann ganz sachte mit dem Mund darüberzustreichen.

Es dauerte nicht lange, bis sie schließlich die Zunge in die heiße, feuchte Spalte stieß. Christina hatte zwar keine rechte Ahnung, was sie zu tun hatte, aber sie folgte ihren Instinkten und versuchte sich zu erinnern, was Janelle getan hatte, um sie zu verwöhnen. Als ihre Zunge über die kleine, rosa Knospe des Kitzlers glitt, hörte sie die Freundin aufstöhnen. Immer wieder umkreiste sie mit der Zungenspitze den winzigen Knopf und leckte abwechselnd über die Innenseiten ihrer Schamlippen. Janelles Lustlaute hatte sich längst von einem kurzen Aufstöhnen in ein dauerhaftes Keuchen verwandelt.

Die Reaktionen ihrer Freundin spornten Christina so sehr an, dass sie erst zwei, dann drei Finger in das offene Geschlecht steckte. Es war das erste Mal, dass sie das herrliche Gefühl eines engen, seidig weichen Fötzchens spürte, das sich um ihre Finger zusammenzog. So viel erste Male …

Christina ging nach einem ganz gewissen Rhythmus vor – genau wie die Freundin es vorhin bei ihr getan hatte. Ihre Finger ahmten einen Schwanz nach, der wieder und wieder in Janelles Muschi stieß, und ihre Zunge spielte weiter an dem geschwollenen Kitzler herum.

»O ja, ja, ja«, stieß die erregte Freundin keuchend hervor.

Christina war ganz erstaunt, wie deutlich sie Janelles Emotionen spüren konnte und so genau wusste, wann es ihr kam. Der ganze Körper schien auf die unerfahrene, aber dennoch sehr effektive Behandlung zu reagieren.

»Hör nicht auf«, bettelte Janelle und fuhr mit den Händen durch das Haar ihrer Gespielin.

Doch Christina dachte gar nicht daran aufzuhören. Die Zunge kreiste und die Finger bohrten. Sie versuchte, sich ganz auf den Rhythmus ihrer Bewegungen zu konzentrieren. Nicht ganz einfach, denn das war alles so neu, so schwer zu begreifen. Niemals hätte sie sich vorstellen können, jemals etwas Derartiges zu tun – selbst in ihren wildesten Träumen nicht. Niemals hätte sie geglaubt, dass es sich so anfühlen würde, eine andere Frau zu befriedigen. Die Gefühle, die in Janelles Körper aufstiegen, waren so transparent, so einfach zu erkennen, Christina glaubte fast, es wären ihre eigenen.

»Es kommt mir gleich«, keuchte Janelle unnötigerweise.

Noch fast bevor die Worte aus ihrem Mund gekommen waren, bäumte die bespielte Frau sich mit steifen Muskeln auf. Genau in diesem Moment stieß Christina ihre Finger so weit es ging in die Mitte der Freundin und presste die Zunge instinktiv auf ihren Kitzler. Janelles Körper begann unkontrolliert zu zittern. Sie stieß einen lauten Schrei aus, der ganz tief aus ihren Lungen zu kommen schien, und hielt Christinas Kopf gleichzeitig wie einen Schraubstock fest. Nach und nach erfasste der Orgasmus ihren gesamten Körper. Es war wie ein Gewitter, das noch lange Zeit nachgrollte, auch als es schon längst vorübergezogen war.

»O Gott ...«, stieß Janelle schließlich irgendwann hervor. Sie war völlig erschöpft. »Wo hast du das denn gelernt?«

»Das hast du mir beigebracht«, entgegnete Christina knapp.

»Dann bist du ein echtes Naturtalent. Das ist ja unglaublich.«

»Ich glaube, es lag daran, dass ich es selbst unbedingt wollte.

Christina beugte sich vor und gab der Freundin einen sanften Kuss auf den Mund. Ihre Lippen waren noch ganz feucht von Janelles Lustsäften.

»Du schmeckst köstlich«, entfuhr es Christina mit verklärter Miene.

»Danke schön.«

»Nein, Janelle. Ich danke *dir*«, erklärte die junge Frau mit einer Ernsthaftigkeit, die der Freundin verriet, dass gerade ein schwerer Stein von ihrem Herzen gefallen war.

»Es war mir ein Vergnügen«, erwiderte Janelle augenzwinkernd und setzte sich auf. »Und jetzt komm. Ich glaube, du hast dir ein schönes heißes Bad verdient.«

»Kannst du Gedanken lesen? Das wäre jetzt genau das Richtige.«

Janelle durchquerte den Raum und betrat das angrenzende Bad. Dort ließ sie heißes Wasser laufen und goss mit einem großzügigen Schwung goldgelbes Badeöl in den Strahl.

»Gut, dass wir nicht schon auf der Uni damit angefangen haben. Sonst hätte ich meinen Abschluss niemals geschafft«, rief Christina ihr aus dem Schlafzimmer zu.

»Da ist was dran. Aber die Zeiten sind ja glücklicherweise vorbei. Jetzt komm, sonst wird das Wasser kalt. Und in einer lauwarmen Wanne kuschelt es sich nur halb so schön.«

Christina zuckte kurz zusammen, bevor ein breites Grinsen über ihr Gesicht huschte. Die Lektion schien noch nicht beendet zu sein.

***

»Ich wusste doch, dass du die Richtige für mein Anliegen bist«, erklärte Christina, als die beiden Frauen es sich nach dem entspannenden Bad erneut auf dem Bett bequem gemacht hatten.

»Aber das eben war nur die erste Lektion.«

»Ich bin dabei! Was kommt als Nächstes?« Christina schaute ihre Freundin begeistert an.

»Das liegt ganz in deiner eigenen Hand. Ich schätze mal, du hast heute gespürt, zu welchen Dingen du in der Lage bist. Ich jedenfalls habe es sehr deutlich gespürt. Und zwar am ganzen Körper. So einem sinnlichen Menschen wie dir begegnet man selten.« Sie drückte der Freundin einen kurzen Kuss auf die Nasenspitze und lächelte sie versonnen an. »Glaub mir, du hast die besten Voraussetzungen, alles zu erreichen, was du willst. Und ich möchte die Erste sein, die von deinen Erfolgen erfährt. Und zwar en detail.«

Christina zog die Stirn in Falten. »Ich wünschte, ich wäre ebenso von meinen Fähigkeiten überzeugt wie du.«

»Du musst einfach nur ins kalte Wasser springen.«

»Ich springe aber lieber mit dir in eine heiße Wanne«, erwiderte Christina und kicherte.

»Ich mein's ernst, Chris. Wenn du dich einmal überwunden hast, deinen Bedürfnissen ohne Angst nachzugeben, dann kommt der Rest von ganz allein.« Die Freundin blickte sie voller Ernst, aber auch Zuneigung in den Augen an.

»Du hast recht«, entgegnete Christina mit einem Mal entschlossen. »Neuer Look, neuer Körper, neue Einstellung.«

»Und neue Klamotten und neue Unterwäsche.«

»Auf jeden Fall.«

»Dann ruf mich doch einfach an, wenn du aus deinem Beauty-Resort zurück bist. Vielleicht können wir ja zusammen losziehen und dich neu einkleiden.«

»Mach ich.«

Christina betrachtete den nackten Körper ihrer Freundin und sah dann auf ihren eigenen hinab. Auf sie wirkte der Kontrast schon nicht mehr so extrem wie noch vor ein paar Stunden. Was ein guter Orgasmus doch mit der eigenen Wahrnehmung anstellen kann, dachte sie bei sich. Es mochte Einbildung sein, aber Christina meinte, bereits eine etwas schmalere Taille, einen im Ansatz definierten Bauch und schlanker geformte Schenkel zu erkennen. Oder war es einfach nur, dass die Rundungen einen harmonischeren Schwung hatten? Egal!

Die beiden Frauen unterhielten sich angeregt, verfielen aber auch immer wieder in Schweigen, um die totale Entspannung zu genießen, die sie sich gegenseitig beschert hatten. Janelles Hand ruhte auf Christinas Oberschenkel.

»O Mann, das hätte ich ja fast vergessen!«, entfuhr es der brünetten Frau mit einem Mal, und sie sprang abrupt vom Bett auf.

»Was ist denn?«

»Der wartet ja schon ’ne viertel Stunde auf mich.«

»Wer?«

»Niemand, den du kennst. Ich erzähl’ dir beim nächsten Besuch davon.«

»Na, du machst es aber spannend.«

»Ich muss jetzt einfach nur dringend los!« Janelle verbreitete eine gewisse Hektik, als sie einen Wandschrank neben dem Badezimmereingang öffnete. Christina hatte noch gar nicht bemerkt, dass vom Schlafzimmer offenbar ein weiterer, kleiner Raum abging. Janelle verschwand für zwei Minuten hinter der Tür, kam mit einem in einer Plastikhülle verstauten Outfit wieder heraus und verließ das Schlafzimmer. »Ich bin gleich wieder da«, teilte sie der überraschten Freundin mit und war weg.

Christina lag jetzt allein auf dem Bett. Allein mit ihren Gedanken, Gefühlen und Gelüsten. Sie wurde ganz unruhig von diesem inneren Feuerwerk und stand schließlich auf, um sich nicht ganz in der Träumerei zu verlieren. Sie schlenderte durch die Wohnung. Ein Windhauch drang durch die geöffnete Terrassentür herein. Die junge Frau fröstelte fast etwas und ging zurück ins Schlafzimmer, wo ihre Sachen lagen. Nachdem sie sich angezogen hatte, Janelle aber immer noch nicht zurückgekehrt war, schlenderte sie voller Neugierde zu der mysteriösen Tür in der Wand. Als sie sie geöffnet hatte, stellte die junge Frau neidvoll fest, dass es sich um einen großen begehbaren Kleiderschrank handelte. Ihre Augen wanderten über die zahlreichen Bügel, die mit den wunderschönsten Kleidern behängt waren. Es dauerte nicht lange, bis sie neben den verschiedenen Röcken, Blusen und Hosen eine separat hängende Stange entdeckte, auf der eine ganze Sammlung etwas bizarrerer Outfits aufgereiht war. Und zwar Outfits aus schwarzem Leder und, sogar noch ungewöhnlicher, aus glänzendem, dünnen Gummi. Christina unterzog die Ansammlung einer genaueren Untersuchung und strich sachte mit der Hand über die Materialien.

In einer Art Schirmständer neben der Kleiderstange waren unterschiedliche Arten von Reitgerten aufbewahrt, und an der gegenüberliegenden Wand stand eine Kommode mit diversen Schubladen. Christina wollte sie gerade neugierig öffnen, als sie plötzlich ein Geräusch im Schlafzimmer hörte. Janelle. Blitzschnell verließ die aufgeregte Frau das Ankleidezimmer, um ihre Freundin neben dem Bett stehen zu sehen.

»Ich wollte nur mal …«, begann sie entschuldigend.

»Schon gut, ich habe nur noch etwas für dich geholt«, wurde sie von der Freundin unterbrochen. Janelle trug einen schwarzen Satinmantel, den sie eng um ihren Körper geschlungen hatte. Unterhalb des Knies war zu erkennen, dass sie durchsichtige, schwarze Strümpfe mit Naht und sehr lang geschnittene Lederstiefel mit hohem Absatz trug. Christina konnte nur ahnen, was sich unter dem Mantel verbarg, aber nach Janelles hochgeschnürten Brüsten und dem Muster, das sich unter dem Satinmantel abzeichnete, zu urteilen, handelte es sich um eine Art Korsett. Christina war äußerst fasziniert von dem Anblick und brannte vor Neugierde.

»Muss ich mich wirklich bis zum nächsten Mal gedulden, bis du mir deinen Aufzug erklärst?«

»Ich fürchte ja. Ich muss jetzt wirklich dringend los.«

Die beiden Frauen verließen das Schlafzimmer, durchquerten die Wohnung und standen schließlich vor der geöffneten Eingangstür.

»Reitest du eigentlich?«, fragte Christina, als ihr schon im Türrahmen stehend die Reitgerten wieder einfielen.

»Nur im übertragenen Sinne«, erwiderte Janelle und grinste übers ganze Gesicht. »Hier!«, fügte sie mit entschlossener Stimme hinzu und reichte der Freundin eine Tasche voller Bücher.

»Was ist das?«

»Ein bisschen was zu lesen. Den praktischen Teil hast du bestanden, jetzt geht's an die Theorie.«

»Theorie? Welche Theorie?«

»Lies einfach. Schließlich brauchst du für das Beauty-

Resort doch auch ein bisschen Lektüre. Vorausgesetzt die vielen schicken Trainer lassen dir überhaupt Zeit zum Lesen und stürzen sich nicht alle sofort auf dich. Oder du dich auf sie.«

»Jetzt hör aber auf«, schaltete Christina sich fast ein wenig ängstlich ein. »Von null auf hundert ist mir ehrlich gesagt ein bisschen schnell. Ich fange doch gerade erst an.«

»Schau einfach mal in die Bücher rein und lass den Inhalt ein bisschen sacken. Nach unserem Abend heute bin ich ganz sicher, dass du Dinge darin finden wirst, mit denen du auch etwas anfangen kannst«, erwiderte Janelle.

»Na gut. Wenn du meinst.«

»Und ruf an, wenn du wieder da bist.«

»Sehr gern. Ich kann's kaum erwarten.«

»Ich muss sagen, nach dem, was ich gerade mit dir erlebt habe, geht es mir ganz ähnlich.«

Die beiden Frauen küssten sich auf die Wangen – nicht auf den Mund –, und Christina ging so beschwingten Schrittes zum Lift, man hätte meinen können, sie würde hüpfen.

Kapitel 4

Man konnte es wohl nur als Glück bezeichnen, dass das *Lumley Beauty Resort* seinen Gästen Bademäntel und Trainingsanzüge zur Verfügung stellte. Als Christina nämlich nach vierzehn Tagen sportlicher Betätigung und entsprechender Ernährungsumstellung dort eintraf, wollte von ihrer alten Garderobe kein Stück mehr so recht passen. Ein unbestreitbarer Beweis ihrer Erfolge, aber es gab einen Wermutstropfen: Die durch die Gewichtsreduzierung entstandenen Hautlappen waren unter der Kleidung zwar nicht zu sehen und beeinträchtigten die Silhouette nicht, dennoch waren sie für Christina immer noch ein Dorn im Auge. Sie würde ihre Zeit im Beauty-Resort also nicht nur für Gesichtsbehandlungen, Massagen und Kosmetiktipps nutzen, sondern sich auch um die Perfektionierung ihrer Figur kümmern.

Bei der Ankunft hing ihre alte Garderobe an ihr herab, als gehörte sie einer anderen Person, und auch der Stil und die Farben entsprachen einfach nicht mehr ihrem neuen Erscheinungsbild. Christina sollte es wissen, denn in den vergangenen Tagen hatte sie gar nicht mehr aufhören können, sich selbst zu betrachten. So war es ihr bereits mehrfach passiert, dass sie sich in einer Schaufensterscheibe oder auch im eigenen Badezimmerspiegel nicht recht wiedererkannt hatte. Es bedurfte jeweils eines kurzen Innehaltens und Starrens, um zu erkennen, dass die schlanke, wohlgeformte Frau, die ihr da entgegenblickte, tatsächlich sie selbst war. Endlich hatte sie eine Taille! Endlich hatte sie nicht mehr das Gefühl, ihre Figur unter weiten Pullovern und Röcken verstecken zu müssen! Endlich konnte sie sich Gedanken machen, welche Farbe ihr wohl am besten stand, ohne darüber nachdenken zu müssen, ob der Ton sie eventuell fülliger erscheinen ließ. Hinzu kamen die gesundheitlichen Aspekte ihres neuen Fitnessregimes – seit sie ein kleines Kind war, hatte sie sich nicht mehr so fit und voller Energie gefühlt.

Aber das alles waren nur die Äußerlichkeiten. Die Erlebnisse der letzten Wochen – die Sabotage ihrer Beförderung, die durchwachten Nächte voller Grübeleien und schließlich die Begegnung mit Janelle – hatten auch ihr Selbstwertgefühl und die Einstellung zum Thema Sex grundlegend verändert.

War die »schönste Sache« zwischen Mann und Frau vor ein paar Wochen noch eher lästige Pflicht für sie gewesen, wenn es darum ging, sich einen Mann zu angeln, so hatte sie jetzt, nachdem sie ihren ersten richtigen Höhepunkt erlebt hatte, einen völlig anderen Blickwinkel auf das Thema. Die körperliche Ekstase, die sie mit Janelle (und danach auch ein paar Mal mit sich selbst) empfunden hatte, schien eine Art Krampf in ihrem Inneren gelöst zu haben, der sie bisher davon abgehalten hatte, sich körperlich völlig gehen zu lassen. Und das war, wie sie jetzt wusste, eine der wichtigsten Voraussetzungen, um seinem Körper diese unbeschreiblichen Gefühle zu entlocken. Christina wusste, dass ihre innere Verkrampfung auch deshalb so stark gewesen war, weil sie sich bisher in ihrer Haut nicht sonderlich wohl gefühlt hatte. Doch seitdem sie gemerkt hatte, dass es durchaus in ihrer Macht stand, etwas daran zu ändern, war ihr Kopf immer wieder mit den sinnlichsten Bildern angefüllt. Die sportliche Betätigung und ihre Ernährungsumstellung hatten nicht nur dafür gesorgt, dass ihr Körper besser aussah, sondern auch, dass sie ihn viel mehr spürte und wertschätzte. Es war fast, als würde er zu ihr sprechen und sie permanent mit einem leichten Summen für all die Mühen belohnen. Alles in ihr schien förmlich zu vibrieren, und der einzige Vergleich, der Christina zu diesem Phänomen einfiel, war das Erwachen der Natur im Frühling.

Das *Lumley Beauty Resort* war ursprünglich ein großes Landhaus gewesen, das in der Nähe eines kleinen Ortes zwischen Cardiff und Newport auf einem Hügel thronte. Das Haus stammte aus dem achtzehnten Jahrhundert und war in einen riesigen Park mit weiten Rasenflächen, kleinen Hainen aus Zedern, Eichen und Nadelbäumen und äußerst akkurat angelegten riesigen Blumenbeeten eingebettet. Man hatte das einem Landgut ähnliche Gebäude erst vor drei Jahren umgebaut, um es seinem heutigen Zweck zuzuführen. Die scheinbar endlose Anzahl von Räumen war in luxuriöse Suiten mit eigenem Badezimmer umgewandelt worden, die keine Wünsche offen ließen. Außerdem konnte man auf dem Gelände so gut wie jede Art von Sport treiben. In den ehemaligen Ställen war eine Schwimmhalle mit drei großzügigen Becken untergebracht, hinter einer Reihe von hoch gewachsenen Laubbäumen verbargen sich Tennisplätze, und auf der Rückseite des Hauses erstreckte sich ein sehr gepflegt wirkender Golfplatz. Das hauseigene Fitnessstudio war mit Rudermaschinen, Steppern und einer ganzen Reihe von Geräten ausgestattet, mit denen man jedes erdenkliche Körperteil trainieren konnte. Selbst eine Anlage zum Bogenschießen gehörte zu den körperlichen Ertüchtigungen, denen sich die zumeist gut betuchte Klientel dieses Etablissements hingeben konnte.

Christina war diese Art von Luxus in keiner Weise gewöhnt, bereute es aber nicht eine Sekunde, dass sie sich nach eingehender Recherche ausgerechnet diesen Ort ausgesucht hatte. Ihr Körper war mittlerweile recht gut in Schuss, jetzt musste das Geld ihrer Tante Edith nur noch für den Feinschliff sorgen.

Doch der Luxus der Anlage war nicht das Einzige, wofür Christina mit dem Geld ihrer Tante bezahlt hatte. Als man sie zum ersten Mal auf ihr Zimmer mit Blick auf den Golfplatz führte, stieß sie einen kleinen Schrei des Entzückens aus. Die Suite, in der sie untergebracht war, hatte eine Deckenhöhe von eindrucksvollen vier Metern – etwa doppelt so hoch wie ihre eigene Wohnung in London. Sie bestand aus einem großen Wohnzimmer, dem etwas kleineren Schlafraum und einem überaus einladenden Badezimmer mit einer altmodisch wirkenden, aber mit vielen Extras ausgestatteten Badewanne. Es war dem Innenarchitekten gelungen, trotz der eher schlichten Einrichtung eine überaus wohnliche, gemütliche Atmosphäre zu schaffen, die durch das stete Ticken einer alten Wanduhr noch verstärkt wurde. Gegenüber dem riesigen Bett befand sich ein ebenfalls recht großer Kamin, der jetzt im Sommer zwar keinerlei Funktion für sie hatte, dem Raum aber allein durch seine Existenz etwas Wohliges verlieh. Frische Blumen in den Suiten schienen eine Selbstverständlichkeit zu sein, denn in jedem Raum stand ein großer Strauß mit kunstvoll arrangierten Wildblumen – sogar im Badezimmer.

Nachdem Christina ihr Zuhause für die nächsten zwei Wochen genauestens unter die Lupe genommen und zu ihrer Freude tatsächlich auch noch einen kleinen Balkon entdeckt hatte, zog sie sich schnell ihren neuen, weißen Trainingsanzug über und ließ sich von einer der Angestellten über das Gelände führen. Nach Besichtigung des Fitnessstudios fand die junge Frau sich in einem kleinen Nebenraum wieder, wo all ihre körperlichen Parameter gemessen und notiert wurden. Aufgrund dieser Werte würde man ein Fitnessprogramm erstellen, um auch noch die letzten ihrer Problemzonen zu beseitigen.

Nun war es an der Zeit, ihren persönlichen Trainer für die Zeit ihres Aufenthalts kennenzulernen. Jeder Gast bekam einen weiblichen oder männlichen Berater zur Seite gestellt, der die jeweiligen Fortschritte dokumentierte, sich Verbesserungsvorschläge einfallen ließ und den Aufenthalt im Beauty-Resort für den Gast so angenehm wie möglich gestalten sollte.

Steve Carmichael kam genau in dem Moment um die Ecke gebogen, als man Christina den Pool im hauseigenen Spa zeigte. Er trug ein dunkelblaues Sweatshirt mit passenden Shorts, weiße Turnschuhe und hielt ein Klemmbrett in der Hand.

»Sie sind Christina Haller, richtig?«, fragte er.

»Richtig.«

»Steve. Ihr Trainer«, stellte er sich vor. »Ich übernehme von hier an, Jennifer«, sagte er zu dem Mädchen gewandt, das sich bisher um den neuen Gast gekümmert hatte.

»Ich wünsche Ihnen eine schöne Zeit bei uns«, verabschiedete sich die junge Frau und verschwand mit leisen Schritten.

»Einen Moment, ich muss noch kurz ein paar Daten eintragen«, bat ihr neuer Trainer um Geduld. Der Stift, den er dazu benutzte, sah in seiner großen Hand geradezu winzig aus. Christina nutzte die Gelegenheit und ließ ihren Blick von Kopf bis Fuß über seinen Körper wandern. Seine Silhouette entsprach genau dem, was man sich unter einem Fitnesstrainer vorstellte. Breite Schultern, schlanke Taille und eine Ausstrahlung, die so voller körperlicher Energie war, dass Christina schon jetzt Mühe hatte, den Mann nicht allein unter erotischen Aspekten zu sehen.

»Freut mich sehr, Sie kennenzulernen«, nahm sie den Gesprächsfaden mit ihrem neuen Trainer auf, als er sein Klemmbrett schließlich beiseitelegte.

»Ganz meinerseits«, erwiderte der junge Mann mit einem strahlenden Lächeln, das eine Reihe makelloser Zähne freilegte. »Setzen wir uns doch einen Moment. Ich möchte Ihnen zunächst ein paar Fragen stellen.«

Er zeigte auf einen kleinen Tisch neben einem der Becken. »Darf ich Ihnen vielleicht ein Wasser oder sonst etwas holen?«

»Ein Wasser wäre großartig.«

»Ich bin gleich wieder da«, erklärte er und legte das Klemmbrett auf den Tisch.

Er stand auf und ging zu einer kleinen Bar am anderen Ende des riesigen, fast hallenartigen Gebäudes. Christina schaute ihm nach. Seine nackten Beine waren muskulös und über und über mit hellem Haar bedeckt. Sie wusste nicht so recht, woran es lag, aber irgendwie versetzte der Anblick ihr einen kleinen Stich.

Auch als er mit einer Kanne Wasser und zwei Gläsern, Eiswürfeln und einer Schale mit Zitronenscheiben wieder auf sie zukam, konnte die junge Frau den Blick kaum von ihm wenden. Er hatte blondes, völlig glattes Haar, das ihm in einem Scheitel immer wieder in die Stirn fiel. Sein Gesicht war etwas länglich, aber er hatte ein markantes Kinn, sehr große, blaue Augen und eine lange, wie gemeißelt wirkende Nase. Ein überaus attraktiver Mann, befand Christina in Gedanken, als er sich wieder zu ihr an den Tisch setzte.

Nachdem er das Tablett abgestellt hatte, nahm er das obligatorische Klemmbrett zur Hand und fing an, seinem neuen Schützling einige Fragen zu stellen.

»Was würden Sie sagen, ist der Hauptgrund für Ihren Aufenthalt bei uns?«, fragte er und schenkte gleichzeitig das Wasser ein.

»Was genau meinen Sie damit?« Christina ließ eine Scheibe Zitrone in ihr Wasser gleiten.

»Na ja, wollen Sie abnehmen, wollen Sie bestimmte Körperregionen straffen oder nur einfach mal ein bisschen abschalten? Es gibt eine Menge Gründe, weshalb unsere Gäste zu uns kommen.«

»Ich will einfach meinen Typ verändern. Ich möchte also auf jeden Fall ein paar der Schönheitsbehandlungen in Anspruch nehmen, mich bezüglich Kosmetik beraten lassen und mir eventuell eine neue Frisur zulegen.«

»Ist das alles?«, fragte der junge Mann. Sein Tonfall wirkte fast ein wenig enttäuscht.

»Nein, natürlich nicht. Ich habe vor einigen Wochen

damit begonnen, Sport zu treiben, und dabei an die zwölf Kilo abgenommen. Und damit möchte ich gern unter professioneller Anleitung weitermachen, um das Ergebnis noch zu verfeinern. Ich will richtig fit werden. So fit wie es nur irgend geht.«

»Wirklich?« Steve Carmichaels Ton klang schon etwas zufriedener.

»Ja, wirklich.«

»Großartig! Viele Besucher – besonders Frauen – kommen nur hierher, um sich ein bisschen verwöhnen zu lassen. Wir haben nicht viele Gäste, die so entschlossen sind und genau wissen, was sie wollen.«

»Wenn mein Aufenthalt hier beendet ist, möchte ich mich einfach rundum wohl in meiner Haut fühlen.«

»Kein Problem.«

»Wann fangen wir an?«

»Ich werde ein Programm für Sie zusammenstellen. Aber dazu muss ich erstmal Ihre Belastbarkeit testen. Ist es Ihnen recht, wenn wir uns in zwei Stunden im Fitnessstudio treffen?«

»Einverstanden.«

»Gut. Und essen Sie nicht zu viel zu Mittag. Ein voller Bauch trainiert nicht gern.« Steve zwinkerte ihr vielsagend zu. Was für ein attraktiver Kerl!

***

Wie versprochen betrat Steve um genau zwei Uhr das Fitnessstudio, wo Christina bereits ungeduldig auf ihn wartete. Nachdem er ihr ein paar Aufwärmübungen gezeigt hatte, ging es zum Kardio-Test auf das Laufband, wo neben dem Puls und der Dauer, wann er sich wieder beruhigt, auch die Atemluft gemessen wurde, um mit den Ergebnissen Rückschlüsse auf Christinas Stoffwechsel zu ziehen. Nach diesen Tests erklärte er ihr die einzelnen Maschinen und für welche Körperregionen sie gedacht waren. Auf einer Tabelle wurde festgehalten, wie viele Sätze sie an den einzelnen Geräten durchzuführen hatte. Nach dem Workout hieß es für Christina eine halbe Stunde Schwimmen mit anschließendem Saunagang und schließlich eine halbe Stunde Ruhen. Ansonsten war für den ersten Tag nichts geplant.

Das Sport-Programm für den zweiten Tag war schon etwas ausführlicher und damit natürlich auch anstrengender gestaltet. Ab neun Uhr ging es für eineinhalb Stunden an die Geräte und für eine weitere in den Pool. Am dritten Tag erweiterte Steve ihr Pensum um das Doppelte und fügte ihrem Fitnessregime einen Cycling-Kurs und zu guter Letzt eine Yoga-Gruppe hinzu.

Schon nach einigen Tagen konnte Christina Dinge tun, zu denen sie vorher beim besten Willen nicht in der Lage gewesen war. So konnte sie ohne Problem mit den Fingern ihre Zehenspitzen berühren, bekam endlich einen vernünftigen Liegestütz hin und schaffte sogar mehr Klimmzüge, als jeder andere weibliche Gast. Die größte Motivation zog sie allerdings aus der spürbaren und sichtbaren Veränderung ihres Körpers. Christinas Bauch wurde immer flacher. Der Busen, der vorher kaum Spannung gehabt hatte, schien mit der Stärkung ihrer Brustmuskulatur immer weiter ihren Oberkörper hinauf zu wandern und mit jedem Tag strammer zu werden. Ihre ehemals formlosen Oberschenkel entwickelten lange, sehnige Muskeln, die genau dort Konturen formten, wo vorher nur ein glatter Speckmantel die Muskeln verhüllt hatte.

Die Tage mit Körperertüchtigung ausgefüllt, waren die Nächte in ihrer Suite umso entspannender. Bereits nach zwei Tagen hatte Christina es sich zur Angewohnheit gemacht, abends ein langes Bad in der großzügigen Wanne ihres Zimmers zu nehmen. Eigentlich war Christina bisher kein Badewannentyp gewesen. Wasser- und Zeitverschwendung waren bisher ihre Argumente gegen das wohltuende Suhlen im heißen Wasser gewesen. Doch hier im Beauty-Resort kam ihr weder das Wasser noch die Zeit verschwendet vor, wenn sie nach der Inspektion auf Fortschritte langsam anfing, ihren Körper auch nach anderen Dingen abzusuchen. Hätte sie früher gewusst, wie herrlich es war, sich in einer warmen Wanne mit hauchzarten Berührungen zu verwöhnen und dabei wie in eine warme, weiche Decke gehüllt immer mehr Lust aus ihm herauszukitzeln, wäre sie schon viel früher dazu übergegangen, ihre Tage so zu beenden. Herrlich erschöpft schnappte sie sich nach solch einer Spezialbehandlung noch ein Buch, mit dem sie dann auf dem riesigen Bett selig entschlummerte.

Doch ihr Schlafbedürfnis war keineswegs nur einer körperlichen Erschöpfung zuzuschreiben. Nein, es war die totale Entspannung, die ihren früher recht unruhigen Schlaf in etwas verwandelte, das selbst Morpheus nicht hätte erholsamer gestalten können. Noch nie in ihrem Leben hatte Christina so wenig Stress empfunden wie an diesem Ort.

Ihr Körper fühlte sich völlig anders an als noch wenige Wochen zuvor. Lebendig – wie eine Maschine, die jahrelang ungeölt und unbenutzt in der Ecke gestanden hatte, um nun endlich ihrer Bestimmung zugeführt zu werden. Dass diese Lebendigkeit auch für einen besseren

Schlaf sorgte, schien eigentlich ein Paradoxon, war aber andererseits nur der Ausschlag des Pendels in die entgegengesetzte Richtung. Hellwach und tiefenentspannt ging Christina mehr und mehr im gleichmäßigen Atem des Lebens auf und fand ihren ganz eigenen Rhythmus.

***

Am Morgen des fünften Tages beschloss Christina, dass es nun an der Zeit war, sich um den Teil ihres Körpers zu kümmern, dem sich nicht durch Dehnübungen, Fitnessgeräte und dergleichen beikommen ließ: ihr Gesicht. So ging sie nach der ersten Trainingseinheit schnurstracks in den gediegenen Frisiersalon mit angeschlossenem Kosmetikstudio, der in einem Pavillon hinter der Schwimmhalle untergebracht war.

Allein der neue Haarschnitt nahm zwei Stunden ihres Tages in Anspruch. Der junge, offensichtlich homosexuelle Friseur (Christina meinte, einen Hauch von grauem Lidschatten auf seinen Augen zu erkennen) schnitt ihr ohnehin schon recht kurzes Haar zu einem fedrigen, gestuften Bob und färbte es in einem satten, eher roten als braunen Ton, der mit ein paar noch helleren Strähnchen für eine füllige Struktur sorgte. Die Frisur stand ihr großartig. Es sah gut aus und es fühlte sich gut an.

Als Nächstes ließ sie sich ausführlich von der erfahrenen, schon etwas älteren Kosmetikerin beraten, welches Make-up zu ihrer neuen Erscheinung und der neuen Frisur passen könnte. Christina hatte bisher noch nie besonders viel Wert auf Make-up gelegt. Anders als Janelle. Und auch anders als Joan. Aber besser spät als nie, dachte sie bei sich.

Die Kosmetikerin schien aufrichtig erstaunt darüber, dass Christina nicht einmal mit grundlegenden Kenntnissen über Make-up aufwarten konnte. Aber sie war überaus geduldig, und die beiden Frauen experimentierten nicht nur mit verschiedenen Farben, die zu Christinas neuer Haarfarbe passen konnten, sie beschäftigten sich auch mit den Grundtechniken, die beim Auftragen von Rouge, Lidschatten und Lippenstift zu beachten waren. Sie zeigte ihrer Kundin, wie man die Wangenknochen und die Augen betonen und eventuelle kleine Schwachstellen kaschieren konnte. Es war der jungen Deutschen fast peinlich, dass sie bisher so wenig Erfahrung auf diesem Gebiet hatte, aber ihre Beraterin schien sich regelrecht zu freuen, ihre Erfahrungen an eine so offensichtliche Novizin weitergeben zu können. Als Christina am Ende ihrer Sitzung fragte, wie man künstliche Wimpern befestigt, war die Dame nicht mehr zu bremsen und hielt ihr einen langen Vortrag über die Geschichte der Kosmetik. Als die junge Frau den Salon schließlich verließ, schien sie mit so ziemlich jedem kosmetischen Artikel Bekanntschaft gemacht zu haben, den es gab.

Vorm Zubettgehen saß Christina sehr lange vor ihrem Frisiertisch und starrte ungläubig ihr Spiegelbild an. Die neue, noch kürzere Frisur betonte ihren langen, jetzt sehr elegant wirkenden Hals, definierte ihre Kinnlinie und umrahmte ihr markantes Gesicht auch dann noch in schmeichelnder Weise, als das Make-up längst entfernt war.

Im Bett musste sie dann allerdings wieder an die Erlebnisse mit Janelle denken. Besonders abends überkamen sie die Erinnerungen an den allerersten Orgasmus ihres Lebens. Wieder und wieder dachte sie an die zärtlichen Hände, die liebevollen Zuwendungen und den herrlichen Körper der Freundin. Und noch immer reichten diese Gedanken aus, um ihre Finger wie von selbst unter die Bettdecke gleiten zu lassen und sich mit geschlossenen Augen zu verwöhnen. Sehr schnell hatte sich auf ihrem Körper eine Art Landkarte herausgebildet, die Christina nur mit den Fingern »abfahren« musste, um zum Ziel zu kommen. Der erste Stopp waren ihre Brustwarzen, über die sie so lange federleicht mit den Fingerspitzen strich, bis ihre Nippel vor Prallheit fast schmerzten. Nach einer kurzen Pause, die dazu diente, Luft zu holen und dem Orgasmus nicht zu schnell entgegenzusteuern, wanderten ihre Hände langsam über den nackten Bauch, bis sie am Schamhaaransatz die Grenze zu ihrem Geschlecht erreichten. Dort angekommen, kämmte sie mit den Fingerspitzen durch ihren feuchten Busch, um irgendwann einen der Handlanger als Kundschafter in ihr Fötzchen zu stecken. Je länger ihre Reise dauerte, desto mehr Finger verschwanden in ihrem Loch und desto lauter wurde ihr Stöhnen. In der Regel war sie zu diesem Zeitpunkt schon so aufgeheizt, dass ein paar kurze Berührungen ihres Kitzlers ausreichten, um sie in ein zuckendes Bündel der Lust zu verwandeln, das mit fast hysterischen Lauten auf das grelle Licht ihres Höhepunkts zuraste.

So war es auch heute Abend. Der einzige Unterschied bestand darin, dass die Gedanken an Janelle nach dem Orgasmus nicht mehr nur sinnlicher, sondern auch besorgter Natur waren. Zwar hatte sie der Freundin geglaubt, dass ihr gemeinsames Abenteuer sie nicht zu einer Lesbe machte, aber zwischen Glauben und Wissen gab es immer noch einen himmelweiten Unterschied. Der erste richtige Orgasmus und all die anderen Gefühle, die sie mit Janelle erlebt hatte – und die immer noch einen Schauer der Erregung durch ihren Körper jagten, wenn sie daran dachte –, waren nicht mal im Ansatz mit ihren sexuellen Begegnungen mit Männern zu vergleichen. Vor Janelle hatte sie geglaubt, dass es einfach nur an ihr lag, dass sie eben kein besonders sexueller Mensch wäre oder, schlicht gesagt, einfach keinen Bock auf Sex hätte. Doch jetzt beschlich sie das Gefühl, dass es nicht allein Janelles »Handreichungen« gewesen waren, die sie so unerwartet hatten erblühen lassen, sondern eher die Tatsache, dass es eine Frau gewesen war, die sie verführt hatte. Genau das war die geheime Zutat des Cocktails gewesen, der ihren sexuellen Appetit angeregt hatte.

Vielleicht lag sie mit ihrer Ahnung doch falsch. Der Sex mit Janelle hatte ihr sehr gefallen, und Christina konnte sich gut vorstellen, sich noch einmal mit der alten Freundin oder auch mit anderen Frauen zu vergnügen. Aber eigentlich war es eher die Aufmerksamkeit von Männern, nach der sie sich wirklich sehnte. Schließlich war ihr erklärtes Ziel bei dieser Aktion gewesen, sich ein Äußeres zuzulegen, mit dem sie bei Männern Erfolg hatte. Ob nun aus emotionalen oder karrieredienlichen Gründen. Es wäre wirklich eine Ironie des Schicksals, wenn sie nun herausfinden sollte, dass ihre Zielgruppe doch eine völlig andere war.

Es gab nur einen Weg, das herauszufinden. Jetzt, wo sie einen Großteil ihres Körperfetts wegtrainiert, ihre Muskeln definiert und auch ihren Kopf einer Generalüberholung unterzogen hatte, war es Zeit für einen ersten Test. Christina wollte Gewissheit, ob all ihre Bemühungen auch zu Ergebnissen führten – und vor allem auch zu den Ergebnissen, die ihr vorschwebten. Der Gedanke machte ihr ebenso viel Angst, wie er sie erregte. Wenn es nun nicht funktionierte? Das neue Gesicht, die neue Frisur und auch der neue Körper waren noch kein Garant dafür, dass sie jetzt anziehender auf Männer wirkte. Schließlich waren gutes Aussehen und Attraktivität nicht dasselbe.

Ihre erste Woche im *Lumley Beauty Resort* näherte sich langsam dem Ende, und Christina schlief zum ersten Mal unruhig. Immer wieder drehte und wälzte sie sich und war einfach nicht in der Lage, die negativen Gedanken abzuschütteln, die sie überkommen hatten.

Doch als sie am nächsten Morgen aufwachte und das durch die Jalousien strömende Sonnenlicht auf ihrem Gesicht spürte, fühlte sie sich bereits eindeutig besser. Es hatte keinen Sinn mehr, noch länger zu warten. Ihr Entschluss stand unumstößlich fest. Sie duschte und schlüpfte eilig in ihr neues Sport-Outfit, dass sie in dem kleinen Bekleidungsgeschäft auf dem Gelände erworben hatte. Es war das erste Mal für Christina, dass sie Leggings trug, doch sie schmeichelten ihren schlanken Beinen ebenso, wie das knappe Trikot ihre mittlerweile festen und knackigen Brüste betonte.

Ihr Zielobjekt wartete bereits im Fitnessstudio auf sie. Bisher war ihr auf dem gesamten Gelände noch niemand begegnet, der besser für ihre ganz besonderen Bedürfnisse geeignet schien. Und wenn sie einige seiner Blicke richtig gedeutet hatte, dann schien dem ersten praktischen Test ihrer Anziehungskraft eigentlich nichts mehr im Wege zu stehen.

»Darf ich Ihnen eine Frage stellen, Steve?«

»Aber natürlich.«

»Finden Sie, dass ich mich verändert habe? Meinen Körper, meine ich?«

»Und wie!«

»Wirklich?«

»Ja. Ich erkenne jeden Tag eine Verbesserung. Sie geben hier wirklich alles, und ich bewundere Ihre Entschlossenheit.«

»Ach ja?«

»Aber sicher. Sie haben sich etwas in den Kopf gesetzt und es kurzerhand in die Tat umgesetzt. Wenn das nicht bewundernswert ist, dann weiß ich auch nicht.«

»Ich habe mich nur gefragt …«

»Was?«

»Nun, ich weiß, dass das eigentlich nicht erlaubt ist, aber … was halten Sie davon, wenn wir heute zusammen zu Abend essen?«

»Oh …« Das Lächeln auf Steves Gesicht verschwand, und Christina wusste sofort, dass sie die falsche Frage gestellt hatte.

»Tut mir leid …«, begann sie.

»Nein«, wurde sie von Steve unterbrochen, »es ist nur … Das wäre ganz und gar gegen die Bestimmungen des Hauses. Es ist uns nicht erlaubt, mit Gästen des Instituts auszugehen.«

»Natürlich. Wie dumm von mir.«

»Ich würde ansonsten wirklich gern …«

»Nein, nein«, würgte sie ihn ab. Christina wollte keine Entschuldigungen hören. »Ich verstehe schon.«

Ihre schlimmsten Befürchtungen schienen bestätigt. Christina machte ein paar kurze Aufwärmübungen und stellte sich dann auf den Stepper, wo sie Schrittstärke und zu trainierende Zeit auf das Doppelte einstellte. Nach fünf Minuten lief ihr zwar schon der Schweiß von der Stirn, aber die junge Frau ließ nicht nach. Der Zorn über sich selbst spornte Christina zu Höchstleistungen an. Wie hatte sie nur so dumm sein können? Wie hatte sie glauben können, dass all das investierte Geld und die Mühen ihren Erfolg bei Männern erhöhen könnten? Trotz des Gesichts, das sie im Spiegel sah, trotz des Körpers, den sie des Nachts spürte, wenn sie sich selbst streichelte – die Einstellung zu sich selbst war immer noch von Zweifeln bestimmt. Sie war das Mädchen, das niemandem auffiel und das niemand begehrte. Christina war ernsthaft deprimiert.

Nachdem die Wut von einem allgemeinen Gefühl der Sinnlosigkeit ersetzt worden war, beendete sie ihr Trainingsprogramm völlig demotiviert. Was sollte das alles überhaupt? Was hatten all die harte Arbeit und Entsagungen für einen Sinn, wenn sie immer noch abgelehnt wurde? Seit Beginn ihrer Diät hatte sie nicht mehr so ein starkes Bedürfnis nach Schokolade verspürt. Gleich morgen würde sie ins Dorf fahren und das ganze Süßwarenregal des hiesigen Lebensmittelhändlers aufkaufen.

Nach dem Abendessen – das ihre momentanen Gelüste natürlich in keiner Weise befriedigte – zog Christina ihre Sportsachen aus, stellte sich kurz unter die Dusche und ging dann zu Bett. Dort stellte sie voller Erleichterung fest, dass der Schlaf trotz allem nicht lange auf sich warten ließ.

Es war schon nach Mitternacht, als sie plötzlich von einem Geräusch geweckt wurde. Christina lauschte und hielt den Atem an. Ihr Herz klopfte. Sie hatte keine

Ahnung, was sie da geweckt hatte, bis es ein zweites Mal an der Tür klopfte. Sie setzte sich auf. »Wer ist da?«

»Steve«, erklang es flüsternd von der anderen Seite der Tür.

Christina schlüpfte aus dem Bett und warf sich den weißen Bademantel über, der an der Badezimmertür hing. Als sie öffnete, hatte ihr Herzschlag sich schon etwas beruhigt. Obwohl der Flur völlig leer war, kam Steve auf Zehenspitzen in ihr Zimmer geschlichen und sah sich dabei immer wieder nervös um. Er hatte eine große Einkaufstasche aus Nylon bei sich.

»Was wollen Sie denn hier?«, fragte Christina und versuchte, sich so gut es ging den Schlaf aus den Augen zu wischen.

»Wenn mich jemand sieht, fliege ich sofort raus.«

»Wieso das denn?«

»Ich hab' Ihnen doch gesagt, dass wir das eigentlich nicht dürfen.«

»Was nicht dürfen?«

»Uns privat mit den Gästen zu treffen. Hier, das habe ich für uns mitgebracht.« Steve öffnete den Beutel und förderte eine Flasche Wein, eine eingeschweißte Packung Lachs, ein paar eingepackte Scheiben Brot und etwas Butter zutage und stellte das Ganze auf Christinas Nachttisch ab.

»Mehr hab' ich so kurzfristig nicht besorgen können.«

»Ich dachte, Sie …«

»Was?« Er öffnete die Weinflasche und zog zwei Plastikbecher aus seinem Beutel. »Verzeihung, aber richtige Gläser konnte ich auch nicht auftreiben.«

Christina setzte sich auf die Bettkante. In ihren Augen standen Tränen.

»Was dachten Sie?«, nahm er ihre Frage wieder auf und reichte der verstört wirkenden Frau einen Plastikbecher mit Wein. Dann setzte er sich dicht neben sie.

»Na ja, ich …« Christina fehlten die Worte.

»Hören Sie, ich muss einfach nur vorsichtig sein. Das ist alles. Ich kann es mir wirklich nicht leisten, diesen Job zu verlieren. Sie haben doch wohl nicht geglaubt, dass es an Ihnen liegt, oder? Das wäre wirklich albern. Schließlich sind Sie die tollste Frau auf dem ganzen Gelände.«

»Was sagen Sie da?«

»Ich sagte, Sie sind die attraktivste Frau …« Er unterbrach seinen Satz scheinbar amüsiert. »Jetzt hören Sie aber auf. Das kriegen Sie doch bestimmt jeden Tag zu hören.«

»Nicht unbedingt jeden Tag. Sprechen Sie es also ruhig aus.«

»Was? Dass Sie wunderschön sind?«

»Ja. Genau das.«

»Christina, du bist wunderschön«, erklärte er, zum vertraulichen Du wechselnd, und sah ihr dabei mit aufrichtigem Blick in die Augen. »Und nicht nur das. Du hast einfach eine umwerfende Ausstrahlung.«

Christina spürte erneut, wie ihr Tränen in die Augen stiegen.

»Zum Wohl«, sagte Steve scheinbar unbeeindruckt und erhob seinen Plastikbecher.

»Ach Steve …« Sie stieß mit ihrem Becher gegen den seinen und nahm einen Schluck von dem etwas zu warmen Wein. Doch es war kein Alkohol mehr nötig, um Christina ein High zu verschaffen. »Ich brauche keinen

Wein«, erklärte sie entschlossen, während die Freude über ihren Irrtum einem völlig anderen Gefühl Platz machte.

»Was willst du denn?«

Die junge Frau antwortete nicht, sondern nahm das Gesicht ihres Gegenübers in beide Hände. Steve fiel eine vorwitzige dunkelblonde Strähne ins Gesicht. Christina strich sie sanft zurück. Sie konnte deutlich den Blick in seinen Augen erkennen. Noch nie zuvor hatte sie jemand so angesehen. Noch nie zuvor hatte ihr ein Mann gesagt, dass sie wunderschön und umwerfend sei. Und noch nie zuvor war jemand so überrascht von ihrem fehlenden Selbstbewusstsein gewesen.

»Ich will, dass du mit mir schläfst, Steve«, brachte sie ganz schlicht hervor und war selbst erstaunt über ihren Wagemut.

»Du bist wirklich sehr direkt«, war die etwas verblüffte, aber hoch erfreute Reaktion ihres Trainers.

Christina antwortete nicht. Stattdessen küsste sie ihn mit rasendem Herzen und bebendem Körper direkt auf den Mund. Steve zögerte nicht lang und ließ seine Zunge sinnlich zwischen ihre Lippen gleiten. Ohne den Kuss zu unterbrechen sanken die beiden aufs Bett. Steves Hände waren überall. Irgendwann fanden seine zitternden Finger den Gürtel ihres Bademantels, öffneten ihn und schoben den Frotteestoff über ihre Schultern. Jetzt massierten seine Hände ihre Brüste. Christinas Nippel standen steif ab. Er spielte erst mit dem einen, dann mit dem anderen, um irgendwann mit beiden Händen ihre festen Fleischhügel zu kneten.

»Wunderschön«, hauchte er, während sein Mund zu ihrem Hals wanderte. Für Christina war sein Ausspruch wie ein magisches Wort. Ihr Geschlecht pulsierte wie verrückt.

Während seine Lippen vom Hals zu ihren Brüsten strichen, glitten die Hände sanft über ihren Bauch, sodass Christina von einer erneuten Lustwelle erfasst wurde. Ihr Körper fühlte sich unter seinen zärtlichen, streichelnden Bewegungen einfach herrlich an: die Brüste fest und stramm, die Taille schmal und definiert und der Bauch nicht zu hart und nicht zu weich. Die junge Frau sah an sich hinab, um zu sehen, wie ihr Körper von den Händen ihres Liebhabers liebkost wurde. Es war das erste Mal, dass ein Mann ihren »neuen« Körper erkundete. Diese Erfahrung war ein unbeschreiblicher Höhenflug, und Christina spürte, wie ihre Muschi förmlich zerfloss.

Schließlich gelangten Steves Finger an ihr Schamhaardreieck, das er so lange durchkämmte, bis er den Schlitz ihrer Muschi entdeckt hatte. Der eifrige Jüngling schien keinerlei Probleme zu haben, ihren Kitzler zu finden. Für Christina fühlte die kleine Knospe sich wie ein losgelöster Körperteil an. Sie war geschwollen, feucht und voller Leben. Steve nahm den gesamten, mandelförmigen Knopf zwischen Zeigefinger und Daumen und rieb ihn immer wieder von oben nach unten. Zur gleichen Zeit schien sein Mund sich auf ihren Brüsten festgesaugt zu haben, so, als wollte er ihre gesamte Oberweite in seinen Mund aufnehmen. Dabei flitzte seine Zunge immer wieder über ihre steinharten Zitzen.

Christina wusste, dass sie jeden Moment kommen würde. Es war Steve tatsächlich gelungen, ihr jede Hemmung zu nehmen. Es war die Art, wie er ihren Körper anbetete, die ihren Kopf endgültig von allen Barrieren befreite. Christinas Körper zitterte mit derselben Leidenschaft, wie er es bei der Begegnung mit Janelle getan hatte. Nein, die Leidenschaft in diesem Moment schien sogar noch größer zu sein. Sie spürte einfach mehr. Ihr neuer, mit vibrierenden Muskeln und Nerven überzogener Körper bescherte der lüsternen Frau Gefühle, die sie noch nie zuvor gehabt hatte. Es schien fast, als hätte das Training für eine gesteigerte Sensibilität und Gefühlsbereitschaft gesorgt.

»O ja! Oh …«, keuchte sie laut. Christinas Körper wand und krümmte sich unter den geschickten Händen ihres Lehrers. »Ich komme gleich«, stöhnte sie, um ihn anzufeuern, gleichzeitig aber auch, um sich selbst endlich diese Worte sagen zu hören.

»Ich spüre es«, murmelte Steve, den Mund immer noch auf ihre Brüste gepresst.

Bei diesen Worten fühlte Christina, wie die erste Orgasmuswelle in ihrem Körper herantoste. Steve legte sich neben sie und presste seine Erektion fest gegen ihre Hüfte. Dabei war dies erst der Anfang ihres Höhepunkts. Christina gab sich alle Mühe, ihre Augen offen zu halten, um ihren schlanken, fitten Körper bei seiner Reaktion zu beobachten, aber es hatte keinen Sinn. Hinter der ersten Welle bäumte sich bereits die zweite auf und dahinter schon die dritte. Die unbeschreiblichen Gefühle verlangten ihre vollste Aufmerksamkeit. Für etwas anderes war kein Platz. Aber auch wenn Christinas Augen geschlossen waren, so lief ihr inneres Auge vor Bildern doch förmlich über. Während die angestauten Wellen der Lust sich schließlich am Strand ihrer Begierden brachen und ihr gesamtes Sein von einer Welle köstlichster Gefühle überflutet wurde, schlug sie die Lider auf und sah in Steves bewundernde Augen. Und es war genau dieser Blick, der ihre Erregung in die Unendlichkeit katapultierte. Völlig überwältigt schrie sie kurz auf und gab sich dann wollüstig stöhnend dem ersten richtigen Orgasmus mit einem Mann hin.

Steve ließ seiner Gespielin Zeit, sich von ihrem gewaltigen Höhepunkt zu erholen. Nach einer Weile zog er das Sweatshirt über den Kopf und entledigte sich mit einer Handbewegung seiner Trainingshose und seines Slips.

Christina öffnete die Augen, als die leisen Geräusche seines Strips zu ihr durchdrangen. Voller Staunen starrte sie auf seinen Körper. Er war hart und kräftig, jeder Muskel schien definiert, und es ließ sich nicht ein Gramm Fett finden. Steves Brust war von demselben blonden Haar überzogen, das sie auch an seinen Beinen bemerkt hatte. Der Schwanz zwischen den Beinen des starken, jungen Mannes stand in fast perfektem rechtem Winkel ab. Sein Organ war beschnitten, und die Eichel sah so prall und glänzend aus, als hätte er sie vor ihrem Zusammentreffen noch schnell poliert. In dem winzigen Schlitz seiner Speerspitze glitzerten bereits mehrere Wollusttropfen.

Steve umfasste den steifen Stab mit einer Faust und begann ihn frenetisch zu wichsen.

Dieser Anblick war eindeutig zu viel für Christina. Sie entledigte sich gänzlich ihres Bademantels und warf ihn zu Boden. Dann fegte sie mit einer Handbewegung sämtliches Bettzeug von ihrem Lager und legte sich auf die völlig leere Matratze. Dort eiferten ihre Hände den seinen nach, und sie fing an, ihr eigenes Geschlecht zu berühren und zu liebkosen. Sie war erstaunt, wie heiß sich die Spalte zwischen ihren Schamlippen anfühlte, fast als würde sie brennen. Doch der Schlitz war nicht nur heiß, er war so nass, dass sich der Saft bereits den Weg zu ihrem Po gebahnt hatte. Die erste Berührung ihres Kitzlers erzeugte einen fast stechenden Lustschmerz. Christina beobachtete, wie Steves Faust an seinem Schwanz auf und nieder flitzte und seine Eichel dabei immer wieder zwischen seinen Händen verschwand, um kurz darauf erneut aufzutauchen – fast wie ein Auge, das ihr zwischen seinem Daumen und seinem Zeigefinger zublinzelte. Nach und nach passte sie sich dem Rhythmus ihres Gegenübers an und bearbeitete ihren Kitzler im selben Tempo. Noch nie hatte sie etwas Erregenderes erlebt, als Steve zu beobachten und gleichzeitig zu sehen, wie er sie beobachtete. Christina sah zu ihrer Hand hinab. Der Anblick ihres eigenen Körpers überraschte sie noch immer. Selbst im Liegen ragten ihre Brüste voller Festigkeit nach oben, und auch die Schenkel schienen mittlerweile aus jedem Blickwinkel ein Genuss für das Auge zu sein. Es wäre ein Leichtes gewesen, von der eigenen Hand zum Höhepunkt gebracht zu werden. Aber das wollte sie nicht.

»Fick mich, Steve!«, sagte sie voller Ernst in der Stimme, nahm die Hand von ihrer Möse und spreizte die Beine. »Bitte, fick mich!«

Steves Bewegungen waren so schnell und fließend, dass sie später nicht mehr wusste, wie es zu ihrer Vereinigung gekommen war. In dem Moment wirkte er wie eine Wildkatze, die von einem Baum hinabspringt, um seine Beute anzufallen. Eben lag sie noch ganz allein auf dem Bett, und jetzt bedeckte ein Mann ihren gesamten Körper. Eben war sie noch ganz leer und jetzt war sie ganz ausgefüllt. Sein Schwanz steckte bis zum Anschlag in ihrer Muschi, sein Mund war auf ihren Hals gepresst, und seine Brust zerdrückte fast die ihre. Einen langen Augenblick schien es, als würde Steve sich bis auf ein leichtes Rotieren des Beckens gar nicht bewegen. Sein Prügel war tiefer in Christina vergraben, als je etwas in ihr Inneres vorgedrungen war. Sie glich einer Blüte, die sich immer weiter für ihn öffnete, und er brauchte keinerlei Druck, um bis ans Ende ihrer geschmolzenen Lustgrotte vorzudringen.

Jetzt fing er langsam an, sie richtig zu ficken. Ohne jede Mühe glitt sein Schwanz immer wieder ganz tief in sie hinein. Sein Tempo war genau richtig – ein langsames, volles Hineinstoßen, gefolgt von einem ebenso langsamen, auskostenden Herausziehen. Vor und zurück. Steve hatte den Arm um ihren Hals gelegt und presste ihren Körper so fest es ging an sich. Seine harten Muskeln fühlten sich einfach herrlich an. Jetzt wurden die Stöße nach und nach schneller, und sein Riemen tauchte mit höherem Tempo und größerer Dringlichkeit in den Fluss ihrer Säfte. Und schon bald kam der Punkt, an dem die Dringlichkeit zu einer Unausweichlichkeit wurde. Bald wurde die Gier, in ihrer Körpermitte abzuspritzen, so groß, dass sie die Vorherrschaft übernahm.

Es kam ihm – Christina spürte es genau. Sie fühlte, wie ihm der Saft aus den Eiern in die Eichel stieg und das Organ dadurch noch mehr anschwoll. Den Überblick über ihre eigenen Orgasmen hatte sie längst verloren. Sie war gekommen, als er in sie eingedrungen war, als er langsam angefangen hatte, sie zu ficken, und auch jetzt beim Finale spürte sie, wie sie unausweichlich von ihrer Lust fortgerissen wurde. Christina glaubte zu schreien, gab aber keinen Laut von sich. Die zahlreichen Höhepunkte hatten ihre Muschi so weit geöffnet, dass Steve mittlerweile fast zu ihrer Gebärmutter vorgedrungen sein musste. So fühlte es sich zumindest an …

So etwas wie Kontrolle oder auch nur Bewusstsein gab es jetzt nicht mehr. Es gab nur noch Myriaden von Explosionen in ihrem Körper, die jede einzelne Nervenzelle erfassten und ihr ein Hochgefühl bescherten, das die beste Wunderdroge in den Schatten stellte.

Als sein Tempo sich irgendwann entschleunigte, wusste Christina, dass er kurz davor stand.

»Tu es! Spritz mich voll!«, brachte sie nur noch keuchend hervor.

Und genau das tat er. Mit einem letzten, tiefen Stoß drang er in ihre Muschi und überflutete sie mit den zähen Tropfen seines Saftes.

Danach lagen die beiden aneinandergeklammert wie zwei Schiffbrüchige auf einem Floß da. Minutenlang. Die Gewaltigkeit ihrer Körperreaktionen hatte sie so erschöpft, dass es Ewigkeiten daucrte, wieder auf einen festen Boden zu kommen, der ein Gespräch ermöglichte.

»Oh, Steve«, brachte Christina schließlich irgendwann mit Tränen in den Augen hervor.

»Du bist unbeschreiblich«, war seine fast ungläubig hervorgebrachte, aufrichtig bewundernde Reaktion.

Steve hatte sich wieder auf die Seite gerollt und schaute sie auf einen Ellenbogen gestützt an. »Was für ein Körper! Was für ein hinreißendes Gesicht! Und was für eine Leidenschaft!«

»Das hat vorher noch nie jemand zu mir gesagt.«

Er lachte. »Hör auf. Das kriegst du doch bestimmt von jedem zu hören, der auch nur entfernt mit dir zu tun hat. Das kann gar nicht anders sein, sexy wie du bist.«

»Glaub mir, solch ein Kompliment höre ich zum allerersten Mal von einem Mann.«

»Wenn du darauf bestehst, dass ich dir das glaube, kann ich nur sagen, dass du es ganz sicher nicht zum letzten Mal gehört hast.« Die Aufrichtigkeit in seiner Stimme berührte Christina so sehr, dass sie tatsächlich leise zu schluchzen begann. Ihr plötzlicher Gefühlsausbruch verwirrte Steve sichtlich.

»Was ist denn los?«, fragte er bestürzt.

»Ach nichts. Es tut nur so gut, dass du das zu mir sagst.«

»Wenn du deshalb weinst, sollte ich mich mit Komplimenten wohl besser zurückhalten«, lachte er und schaute ihr zärtlich in die Augen.

»Nein, bitte nicht.«

»Ich könnte dir zum Beispiel sagen, dass deine neue Haarfarbe mich beim ersten Anblick an Rotkäppchen erinnert hat.«

Jetzt musste auch Christina lachen. »An Rotkäppchen? Es reicht also nicht mal für die Prinzessinnenrolle?«

»Wer will denn schon eine Prinzessin? Mein Rotkäppchen ist mir viel lieber.« Sein Blick war so warm und voller Gefühl, dass Christina gar nicht anders konnte, als sich eng an ihn zu kuscheln und den Kopf auf seine breite Brust zu legen. *Mein Rotkäppchen*, dachte sie und driftete mit einem breiten Lächeln im Gesicht in einen tiefen Schlaf.

***

Noch nie in ihrem Leben hatte Christina sich dem Himmel so nah gefühlt wie in ihrer zweiten Woche im *Lumley Beauty Resort*. Tagsüber trainierte sie im Fitnessstudio, spielte Tennis und schwamm – natürlich alles unter Steves fachmännischer Aufsicht und ständiger Ermutigung. Ihr Körper wurde mit jedem Tag stärker und fester. Ihre Bewegungen waren koordinierter, die Reflexe schneller, und ihr gesamtes körperliches Erscheinungsbild schien einen radikalen Wandel vollzogen zu haben. Doch auch am Abend war Christina alles andere als faul und reizte ihre Kräfte zusammen mit Steve bis zum Äußersten aus. Sobald ihr Trainer das Arbeitspensum des Tages hinter sich gebracht hatte, schlich er von allen anderen unbemerkt in ihr Zimmer, wo Christina den jungen Mann benutzte, um an ihrer sexuellen Technik zu arbeiten. Glücklicherweise war Steve auch in dieser Disziplin ein überaus engagierter Lehrmeister. Nacht für Nacht wurde Christinas Körper zu sexuellen Höchstleistungen getrieben, von denen sie niemals gedacht hätte, dass sie sich so gut anfühlen könnten.

Ihre ganz und gar alberne Sorge, dass sie nach dem Erlebnis mit Janelle nur noch auf Frauen abfahren würde, war natürlich längst verschwunden. Ihre Freundin hatte recht gehabt, und Christina verstand erst jetzt, was sie mit ihren Worten gemeint hatte. Alles war Sex. Und wenn sie jetzt an die Begegnung mit der ehemaligen Kommilitonin dachte, zuckte sie nicht mehr vor peinlicher Berührtheit zusammen, sondern eher vor schierer Lust. Was die alte Freundin wohl zu ihrem neuen Look sagen würde? Steve jedenfalls schien mit jedem Tag – und vor allem mit jeder Nacht – begeisterter von ihr zu sein. Und Christina hatte keine Hemmungen, all die Jahre der halbherzigen Höhepunkte wettzumachen, indem sie bei jeder Begegnung mit ihrem süßen Trainer mehrere Orgasmen davontrug. Sie kam mit seinem Schwanz in ihrer Muschi, mit Hilfe seiner Finger und seinem Mund. Sie kam, als er vor ihr wichste und seinen heißen Saft auf ihre Titten spritzte. Und sie kam, als sie sich auf seiner Brust sitzend mehrere eigene Finger in die Muschi steckte und ihren Kitzler bearbeitete. Mit einem Mal schienen die Fähigkeiten ihres Körpers keine Grenzen mehr zu kennen.

Steve war ein wundervoller Liebhaber. Die bloße Kraft und Stärke seiner Muskeln war eine göttliche Ergänzung zu seinen herausragenden sexuellen Möglichkeiten. Doch das war nicht alles, was die Verbindung der beiden immer enger werden ließ. Nach einigen weiteren Tagen begann Christina in den entspannten Momenten nach dem Sex ihre Geschichte zu erzählen. Es war eine völlig neue Erfahrung für sie, sich einem Mann auf dieser Ebene anzuvertrauen, aber Steve enttäuschte sie nicht. Er hörte zu, stellte Fragen und gab ihr das Gefühl von Verständnis, ja sogar Bewunderung für ihre Entschlossenheit und ihr Durchhaltevermögen. Steve berichtete auch von eigenen Unsicherheiten und nahm ihr damit das Gefühl, der einzige Mensch mit Problemen zu sein. Konnte es sein, dass sie in den vergangenen Wochen nicht nur eine neue Einstellung, einen neuen Körper, sondern auch einen neuen Mann gefunden hatte? Sie konnten zusammen lachen, zusammen Spaß haben, sich aber auch über ernstere Themen sehr wahrhaftig austauschen. Christina spürte jedenfalls etwas, was sie seit der Schule nicht mehr erlebt hatte: die sprichwörtlichen Schmetterlinge im Bauch. Sie war verknallt und überaus verwirrt, denn das passte nun überhaupt nicht in ihren Plan. Doch die Gefühle der beiden schienen durchaus auf Gegenseitigkeit zu beruhen, wie Christina deutlich spürte, wenn Steve sie ansah – voller Verlangen, aber auch voller Gefühl und unausgesprochener Liebesschwüre.

Gleichzeitig hatte sie aber auch gespürt, wie andere Männer sie ansahen. Besonders dann, wenn sie in ihrem knapp geschnittenen Badeanzug mit sehr hohem Beinausschnitt am Swimmingpool lag. Sie hatte gesehen, wie die Männer auf ihre langen Beine, die schmale Taille und die knackigen, festen Brüste starrten. Und Christina hatte nicht vor, sich das Vergnügen zu verwehren, das manche Frauen jeden Tag erlebten: Männer, die sich ihnen winselnd zu Füßen warfen und bereit waren, alles zu tun, um sie irgendwie ins Bett zu kriegen. Schon allein dieser Gedanke ließ ihren Körper vor Erregung beben. Das war es also, was all die schönen Frauen spürten und was ihnen diese nur schwer zu beschreibende Aura verlieh. Es war Macht. Und um diese Macht auszubauen, hatte Christina Janelle beim Wort genommen.

Die praktischen Übungen mit der Freundin und vor allem mit Steve waren überaus wertvoll gewesen, aber Christina wurde auch beim Thema Sex einem Klischee von den Deutschen wirklich gerecht – sie war ein überaus gründlicher Mensch. Und um ihren neuen Körper in vollem Umfang zu ihrem Vorteil nutzen zu können, bedurfte es auch einer gewissen theoretischen Fortbildung. Sie wusste recht wenig über Sex – auch wenn ihre Kenntnisse mit jedem Tag zunahmen. Schließlich war ihr Sexleben vor der Verwandlung stark begrenzt gewesen, und sie hatte auch nie einen Mann gehabt, der mehr als nur Missionar spielen wollte. So waren ihr andere Spielarten bisher verborgen geblieben.

Christina war nicht naiv. Natürlich wusste sie, dass es noch andere Praktiken gab als diejenigen, die sie bisher ausprobiert hatte. Nur waren diese Spielarten für sie hinter einem undurchdringlichen Vorhang aus Scham und Unerreichbarkeit verborgen geblieben. Die Enttäuschung in ihrem tiefsten Inneren versuchte sie zu lindern, indem sie sich glauben machte, derlei Dinge würden sie sowieso gar nicht interessieren. Bis jetzt.

Jetzt war alles anders. Sex faszinierte sie über alle Maßen, und sie war wild entschlossen, so viel wie möglich zu lernen und zu erfahren. Die Lektüre, die Janelle ihr nach den gemeinsamen Stunden in die Hand gedrückt hatte, war ein guter Anfang.

Notizen musste sie sich keine machen, denn der Inhalt von Janelles Büchern brannte sich der neugierigen Christina förmlich ins Gedächtnis und öffnete ihr die Augen für eine Welt, von deren Existenz sie bisher so gut wie nichts gewusst hatte.

Doch was sie bei der Lektüre dieser Fachliteratur am meisten erstaunte, war ihre eigene Reaktion. Vor zwei Monaten hätte sie diese Bücher niemals in die Hand genommen. Und wenn sie doch aus Versehen darüber gestolpert wäre, hätte sie den Inhalt als völligen Unsinn abgetan. Aber jetzt fand sie die teilweise bebilderten Informationen absolut faszinierend und hatte einige Passagen sogar wieder und wieder gelesen. Einige der ausgefallenneren Praktiken stießen sie zwar immer noch ab – so konnte sie sich zum Beispiel nicht vorstellen, von jemandem gefistet zu werden –, aber die Geschichten über Dominanz und Unterwerfung, die Beschreibungen von Cross-Dressing und bizarren Kostümen und selbst die Schilderung über Spanking-Sessions berührten sie auf eine Weise, wie sie es niemals erwartet hätte.

Doch was ihre Fantasie mit Abstand am meisten anregte, war die Vorstellung, dass sich hinter verschlossenen Türen Millionen von Männern und Frauen genau diesen beschriebenen Gelüsten hingaben. Ganz gewöhnliche Menschen. Menschen, die sie vielleicht sogar kannte.

Die Triebfeder sexuellen Verhaltens war offensichtlich doch nicht so eindimensional, wie es den Anschein hatte. Und jeder Fetisch, jede abwegige Spielart ließ sich psychologisch erklären und deuten. Quintessenz aber war, dass die eigene Sexualität sich schlichtweg über das definieren sollte, was einen Menschen anmacht. Und wenn dieser Mensch eher von bizarren Praktiken angeregt wurde, warum nicht? Solange dabei niemand zu Schaden kam …

»Es ist alles Sex«, hatte Janelle gesagt. Und dieses »alles« schien mehr zu beinhalten, als Christina sich jemals hätte erträumen lassen.

***

Es war Christinas letzte Nacht im *Lumley Beauty Resort*. Sie lag nackt unter ihrer Bettdecke. Ein Geräusch hatte sie geweckt, und sie wusste auch sofort, was es war. Jemand hatte die Zimmertür geöffnet, war eingetreten und hatte diese dann wieder geschlossen.

Christina konnte nicht sehen, wer es war. Sie spürte nur, wie ein paar Augen auf ihren Körper unter der Decke starrten. Aber es war nicht nur ein Augenpaar, es waren zwei! Christina war wie erstarrt.

Plötzlich spürte sie, wie eine Hand ihre Brust umfasste, an deren einzelnen Fingern selbst im Dunkeln Ringe und große Edelsteine funkelten. Es war die Hand einer Frau. Und direkt daneben packte die raue, behaarte Pranke eines Mannes ihre andere Brust und strich unter der weißen Decke über Arme und Schultern.

Plötzlich war ihr ganzer Körper von neugierigen Händen bedeckt. Ihre Haut wurde geküsst und geleckt. Die Hand der Frau wanderte zwischen ihre Beine, die Oberschenkel hinauf und drang schließlich mit zwei Fingern in sie ein. Tief, ganz tief wanderten die sensiblen Botschafter der Fremden in ihr Inneres, bis Christina das Gefühl hatte, sie nicht weiter in sich aufnehmen zu können. Gleichzeitig zog der über ihr stehende Mann die Bettdecke ganz von ihrem Leib, beugte sich dann zu ihr hinab und schob seine Zunge zwischen Christinas Lippen.

Sie wollte sich bewegen, doch es gelang ihr nicht. Sie wollte schreien, doch ihre Zunge war gelähmt. Sie wollte kommen, doch sie konnte nicht. Christina wusste, dass die ungebetenen Gäste dies nicht zulassen würden.

Plötzlich erkannte sie die Frau. Es war Janelle. Sie lag nackt und mit gespreizten Beinen neben ihr auf dem Bett. Der Mann lag auf ihr und stieß seinen Schwanz in ihr bereites Fötzchen. Christina hörte Janelle stöhnen. Sie wollte ihr helfen, wollte spüren, wie es der Freundin kam, wollte den Mann wegschubsen und seinen Schwanz durch ihre Zunge ersetzen. Mit einem Mal konnte sie sich wieder bewegen. Sie schaute an sich hinab und sah einen völlig erschlafften Körper mit hängenden Brüsten. Von irgendwoher erklang ein lautes Lachen …

»Was?!« Steve fuhr erschrocken aus dem Schlaf hoch. Christina hatte so laut geschluchzt, dass sie ihn damit geweckt hatte.

»Entschuldige, bitte. Ich hatte wohl einen Albtraum.« Ihr Herz raste, als hätte sie gerade einen Geist gesehen. Und genau das war es auch – sie hatte den Geist der alten Christina Haller gesehen.

»Alles in Ordnung?« Steve umarmte sie schläfrig.

»Jetzt ja.«

Er fühlte sich einfach wundervoll an. Sie küsste seinen Hals, seine Brust und ließ ihre Hand gleichzeitig zu seinem Schwanz gleiten, der sich unter ihrer Berührung sofort versteifte.

»Darauf wolltest du also hinaus, du kleiner Nimmersatt«, lachte Steve.

»Na ja, wenn wir beide schon mal wach sind …«

Christina befreite sich aus seiner Umarmung, rutschte etwas weiter auf dem Bett hinab und nahm seinen mittlerweile steinharten Riemen zwischen die Lippen. Es schien ihr nur fair, ihn mit einem kleinen Blowjob dafür zu entschädigen, dass sie ihn geweckt hatte.

***

An ihrem letzten Morgen im *Lumley Beauty Resort* erwachte Christina mit sehr gemischten Gefühlen. Einerseits konnte sie es kaum erwarten, nach London zurückzukehren, um endlich ihre beruflichen Pläne in die Tat umzusetzen. Andererseits fiel es ihr trotzdem sehr schwer, die heile Welt dieses Ortes und die Leidenschaft, die sie mit Steve gelebt hatte, hinter sich zu lassen.

Seitdem die beiden ihrer Lust und ihrer Zuneigung zum ersten Mal nachgegeben hatten, war das gemeinsame Frühstück in Christinas Zimmer (den Balkon konnten sie trotz des warmen Wetters nicht benutzen, um Steve nicht in Schwierigkeiten zu bringen) zu einem festen Ritual geworden. Doch an diesem Morgen war ihr ansonsten so fröhlicher Start in den Tag ganz und gar überschattet von Christinas Abreise am frühen Nachmittag. Beide redeten nicht viel und lächelten sich nur ab und zu voller Wohlwollen und in gegenseitigem Verständnis an. Gerade als Christina nach einer erneuten Schweigeminute etwas sagen wollte, um den Abschied irgendwie zu entspannen, sah Steve sie mit überaus ernster Miene an.

»Ich muss dir was sagen, Chris«, begann er sehr zögerlich. Es schien ihm sehr schwerzufallen, die richtigen Worte zu finden, denn nach dieser Eröffnung verfiel er zunächst wieder in Schweigen und starrte auf seinen Teller.

»Ist das jetzt ein Cliffhanger, oder kommt da noch was?«, versuchte Christina es mit einem Scherz, nachdem ihr Geliebter keine Anstalten zu machen schien, seine Offenbarung fortzusetzen.

»Ach, es fällt mir nur so verdammt schwer, dich gehen zu lassen …«

»Das weiß ich doch, Steve. Meinst du, mir fällt es leicht, mich schon wieder von dir zu verabschieden? Schließlich haben wir uns gerade erst gefunden.«

»Genau das ist es ja«, entgegnete der fast ein wenig verzweifelt wirkende Mann. »Ich möchte dich noch viel besser kennenlernen. Ich möchte Zeit mit dir verbringen. Ich möchte dir noch näher kommen. Und ich möchte mit dir schlafen. Andauernd. Überall.«

Die Aufrichtigkeit seiner Worte verschlug Christina fast den Atem, und sie musste sich sammeln, bevor sie ihm antworten konnte.

»Versteh mich doch, Steve. Meine gesamte Vergangenheit hat dafür gesorgt, dass ich jetzt an diesem Punkt stehe. Und wenn ich jetzt nicht das tue, was ich mir vorgenommen habe, dann bin ich nicht mehr die neue, sondern wieder die alte Christina.«

Sie wusste, dass ihre Worte für jemanden wie Steve wahrscheinlich völlig unverständlich waren. Und das nicht nur, weil er ein Mann war, sondern weil er sich wahrscheinlich noch nie so minderwertig gefühlt hatte wie Christina bisher.

»Aber an der alten Christina kann doch nicht alles schlecht gewesen sein, oder?«, fragte er mit zaghafter Stimme.

»Natürlich war an der alten Christina nicht alles schlecht. Du hast mal gesagt, du würdest mich für meine Entschlossenheit bewundern. Diese Entschlossenheit hatte die alte Christina nicht. Die hat sich höchstens mal schmollend in die Ecke verzogen, wenn sie wieder mal ausgebootet, abgehängt, übergangen oder einfach nicht beachtet wurde. Aber ansonsten hat die alte Christina einfach brav weiter funktioniert und sich damit abgefunden, dass die Bedürfnisse anderer Leute ihr Schicksal bestimmten.« Es fiel Christina überaus schwer, ihren Standpunkt zu erklären, und Steves zweifelnder Gesichtsausdruck verriet ihr deutlich, dass er sie nicht recht verstand – auch wenn er sich große Mühe gab.

»Aber so ist das nun mal im Leben, Chris. Die einen finden dich toll, die anderen können nichts mit dir anfangen. Glaubst du, mir treten alle Menschen mit demselben Wohlwollen gegenüber?« Steve hatte offensichtlich ein ganzes Plädoyer im Kopf, um seine Geliebte von ihren Plänen abzubringen.

»Der Unterschied ist nur, dass du dir nicht so viel daraus machst. Vielleicht liegt es auch daran, dass ich als Deutsche hier eigentlich eine Fremde bin. Ich war so voller Pläne, als ich vor ein paar Jahren in London ankam. Aber bisher konnte ich einfach keinen davon in die Tat umsetzen. Und ich bin überzeugt, dass ich mir in den letzten Wochen sowohl den richtigen Körper als auch die richtige Einstellung erkämpft habe, um das zu ändern. Wenn dir wirklich etwas an mir und meinem Glück liegt …«

»Natürlich liegt mir etwas an dir. Sehr viel sogar. Ich bin nur nicht sicher, ob das der richtige Weg ist, um glücklich zu werden«, unterbrach er Christinas Erklärungen.

Christina sagte einige Sekunden nichts und nahm einen Schluck von ihrem mittlerweile lauwarmen Kaffee. Langsam beschlich sie ein wenig das Gefühl, auf der Anklagebank zu sitzen und sich verteidigen zu müssen. Tief in ihrem Inneren wusste sie zwar, dass Steves Worte nicht unbedingt falsch waren, aber die verletzte, zu kurz gekommene Frau in ihr schrie so laut, dass ihre Ohren beinahe taub wurden.

»Für mich ist es im Moment aber der einzige Weg«,

brach Christina ihr kurzes Schweigen und schaute Steve ebenso trotzig wie verständnissuchend an.

»Dann will ich dir diesen Weg auch nicht versperren. Wenn du ihn gehen musst, dann geh ihn. Aber eins wüsste ich noch gern, Chris.«

»Ja?«

»Tauchen in diesen Überlegungen von dir eigentlich auch irgendwo mal Gefühle auf? Wenn man dir zuhört, hat man nämlich den Eindruck, als ginge es dir nur um andere Dinge.«

Christina war wie vor den Kopf gestoßen. »Was ist denn aus dem Steve geworden, der vor ein paar Tagen noch absolutes Verständnis für meine Lage gezeigt hat?«, fragte sie mit leiser Stimme.

»Ich versuche natürlich immer noch, Verständnis für dich aufzubringen, aber den Steve, den du vor ein paar Tagen kennengelernt hast, gibt es eben nicht mehr.«

»Ich verstehe nicht, was du meinst.«

»Der Steve, den du vor ein paar Tagen kennengelernt hast, war noch nicht in dich verliebt.« Der Blick in seinen blauen Augen hatte etwas fast Beschwörendes bekommen.

Sein Geständnis war für Christina wie ein Schlag in die Magengrube. Der bis zu diesem Moment unumstößliche Glauben an die Notwendigkeit ihres Vorhabens geriet durch diesen einen Satz gehörig ins Wanken. Ihr Hirn arbeitete auf Hochtouren, wie sie darauf nun reagieren sollte. Alles über den Haufen werfen und sich auf ein Leben mit dem blonden Hünen einlassen, für den sie ebenfalls starke Gefühle hegte? Oder aber sich dem Rausch des Begehrtseins hingeben, von dem sie hier im Beauty-Resort bereits gekostet hatte und der sie vielleicht ganz nach oben bringen konnte? Ihre jahrelang eingeübten Mechanismen, die Verletzungen in ihrer Vergangenheit und vielleicht auch eine gewisse deutsche Sturheit sorgten dafür, dass das Entscheidungsbarometer in eine ganz bestimmte Richtung ausschlug.

»Das hast du mir bisher noch nie gesagt«, erwiderte sie ausweichend.

»So lange weiß ich es auch noch nicht. Aber jetzt, da es mir klar ist, konnte ich es einfach nicht mehr länger für mich behalten.«

»Ich will dich nicht verletzen, Steve«, begann sie mit aufrichtiger Stimme, »aber darauf kann ich mich im Moment einfach nicht einlassen. Auch ich habe Gefühle für dich, aber solange ich meine Mission nicht erfüllt habe, kann ich nicht an ein gemeinsames Leben mit dir denken.« Schon als sie das letzte Wort ausgesprochen hatte, wusste Christina, dass sich eine Tür geschlossen hatte, die sich vielleicht nicht so ohne Weiteres wieder öffnen ließ.

Steve schaute sie mit traurigen Augen an. Er war zu klug und zu ehrlich, auch zu sich selbst, um nicht zu begreifen, dass sie nicht bereit war, ihm und seiner Liebe zu vertrauen. Nein, die »neue Chris« war noch nicht bereit für die größte Verwandlung, die ein Mensch durchmacht, wenn er sich ganz für einen anderen Menschen öffnet.

»Ich hoffe nur, dass aus deiner Mission keine Mission Impossible wird. Alles Gute, Chris.« Er stand abrupt auf, gab ihr einen letzten Kuss auf den Mund und verließ das Zimmer.

Wie versteinert blieb Christina sitzen und starrte nachdenklich hinaus auf den Golfplatz. Als irgendwann die Wanduhr in ihrem Zimmer halb zwölf schlug, wurde ihr klar, dass sie sich schon fast zu lange ihren Grübeleien hingegeben hatte, um noch rechtzeitig den Zug nach London zu erwischen. Blitzschnell griff sie nach ihren bereits gepackten Taschen, schaute sich noch einmal kurz im Raum um und griff dann zum Hörer, um ein Taxi zum Bahnhof zu bestellen.

»Ich hab' es sehr eilig!«, waren die ersten Worte, die sie dem Taxifahrer entgegenrief, nachdem sie förmlich im Sprint die Treppen hinuntergelaufen war.

»Eile mit Weile? Oder Eile mit Vollgas?«, fragte der rothaarige Mann mit starkem schottischen Akzent.

»Eile mit Vollgas, bitte«, erwiderte Christina ganz außer Atem und warf sich auf den Rücksitz des sehr altmodisch wirkenden Wagens. Sie war fast froh, dass sie sich so hetzen musste, denn alles andere hätte geheißen, dass das Gespräch mit Steve noch tiefer in ihr Bewusstsein gedrungen wäre und sie vielleicht doch noch zur Umkehr bewegt hätte. Sein sehr plötzlicher Abgang vor einigen Minuten hatte sie mehr verunsichert, als sie sich selbst eingestehen wollte. Sie spürte deutlich, dass die eigene Sturheit sie nicht nur überraschte, sondern dass ein Teil von ihr auch das ungute Gefühl hatte, einen großen Fehler zu begehen. Und dieses Gefühl wurde noch verstärkt, als ihr Handy mit einem Wasserplätschern (sie liebte diesen Klingelton) den Erhalt einer SMS verkündete. Christina wusste sofort, dass die Kurzmitteilung von ihm war, und genau das war auch der Grund, weshalb sie ihr Telefon ausstellte, ohne die Nachricht gelesen zu haben.

Später im Zug, als Christina sich weitaus sicherer war, den Absprung wirklich geschafft zu haben, stellte sie das

Handy wieder an und rief die Liste mit den Kurzmitteilungen auf. Sie hatte tatsächlich recht gehabt – die SMS war von ihm.

Liebe Chris! Das Herz hat seine Vernunft, die der Verstand nicht kennt. Wir werden uns wiedersehen! S.

***

Christina legte den Kopf gegen die vibrierende Fensterscheibe des Zuges und starrte hinaus in die vorbeirasende Landschaft. Noch nie in ihrem Leben hatte sie sich so hin- und hergerissen gefühlt.

Kapitel 5

»Chris? Bist du's wirklich?« Janelle breitete die Arme aus, als sie auf der Hogan Street eine Frau erblickte, die ihrer Freundin zwar ähnlich sah, gleichzeitig aber doch ein völlig anderer Mensch zu sein schien.

Christina, die selbst immer noch unter dem Zauber ihrer Transformation stand, konnte bei dieser Begrüßung nur breit grinsen. Janelle war die erste Person aus ihrem Umfeld, die sie nach dem Aufenthalt im *Lumley Beauty Resort* zu Gesicht bekam. Und die junge Deutsche hatte sich alle Mühe gegeben, die drastische Veränderung ihrer Silhouette durch ein Outfit zu betonen, das ihrer neuen Figur schmeichelte. Untypischerweise waren die Straßen Londons in gleißendes Sonnenlicht getaucht, und es war so warm, dass sie etwas sehr Luftiges gewählt hatte, um sich der alten Freundin vorzustellen. Christina trug eine rote Bluse, die sie gerade so weit aufgeknöpft hatte, dass der Ansatz ihrer prallen Brüste zu sehen war. Die Schöße der Bluse waren zu einem Knoten gebunden, sodass ein guter Teil ihres mittlerweile flachen Bauches darunter hervorschaute. Dazu hatte sie einen weißen Rock gewählt, der bis zu den Knien reichte und durch seinen engen Schnitt zusätzlich ihre Beine ins rechte Licht rückte. Am besten aber gefielen Christina die neuen Schuhe: ein Paar ebenfalls rote Riemchensandalen, deren Absätze zwar nicht wahnsinnig hoch, aber dafür sehr schmal waren.

Das Urteil der Freundin über ihre Verwandlung war überaus wichtig für sie. War es doch Janelle gewesen, die den letzten Ausschlag dafür gegeben hatte, dass sie ihren Plan so energisch in die Tat umsetzte.

Und Janelles Reaktion enttäuschte sie nicht. Im Gegenteil. Es war Christina fast ein bisschen peinlich, mit welcher Verve die Freundin ihrer Begeisterung freien Lauf ließ. Und das auf offener Straße.

»Das kann nicht sein! Das glaub' ich einfach nicht! Du siehst von oben bis unten einfach umwerfend aus.« Janelles Stimme war so laut, dass einige Passanten sich im Vorbeigehen nach den beiden Frauen umdrehten. Einige lächelten, andere schüttelten den Kopf. Doch Janelle schien das überhaupt nicht zu tangieren. Sie setzte ihre Lobeshymnen in voller Lautstärke fort und konnte sich gar nicht wieder beruhigen.

»Die Haare! Die Figur! Die Klamotten!«

»Jetzt hör mal auf«, schaltete Christina sich lachend ein. »Die Leute gucken ja schon.«

»Na, das war doch wohl auch Zweck der Übung. Du wirst dich ohnehin daran gewöhnen müssen, dass die Menschen dich jetzt anstarren. So eine Erscheinung sieht man wirklich nicht alle Tage. Ich fand dich ja schon vor dem Beauty-Resort sehr … attraktiv«, erklärte sie mit einem Augenzwinkern, »aber das hier haut mich jetzt echt um!«

Christina strahlte vor Seligkeit. Zwar fand sie sich mittlerweile auch mehr als ansehnlich, aber diese Kanonade von Komplimenten tat so gut, sie hätte vor Freude zerspringen können.

Nachdem die beiden Freundinnen sich mehrmals ausgelassen umarmt hatten, machten sie sich auf den Weg in ein kleines Dessousgeschäft, in dem es laut Janelle die ausgefallensten Kreationen der ganzen Stadt gab. Christina war froh, dass die erfahrene Freundin ihr wie versprochen bei der Auswahl schöner Unterwäsche helfen wollte.

Der kleine Laden lag in einer Seitenstraße, und schon das Schaufenster war so dekoriert, dass es sowohl Männer als auch Frauen anzog. Die gesamte Scheibe war mit schwarzem Karton verhängt, in den tischtennisballgroße, kreisrunde Löcher geschnitten waren. Man konnte einfach nicht anders, als durch die Löcher ins Innere zu lugen. Doch Christina und Janelle hielten sich nicht lange mit bloßem Gucken auf. Nachdem sie den Laden betreten und Janelle mit schlafwandlerischer Sicherheit einige besonders aufreizende Wäscheteile für Christina ausgewählt hatte, ging es sofort ans Anprobieren. Bei dem ersten Set – einer Kombination in Schwarz, die aus Korsage, Slip und Strümpfen bestand – hielt es Janelle noch auf dem Sofa vor den Umkleidekabinen. Aber schon als Christina mit der zweiten Kreation – einem blauen, durchsichtigen Hemdchen mit passendem Tanga-Slip – hinter dem Vorhang verschwand, sprang sie auf, um ihr nachzueilen.

»Ich helf dir mal ein bisschen. Du kennst dich ja noch nicht so sehr aus«, teilte sie der Freundin mit, als sie den Vorhang beiseiteschob und sich kurzerhand zu Christina in die großzügige Kabine gesellte.

Christina konnte sich ein Schmunzeln nicht verkneifen. »Ach, hör doch auf, du willst doch nur sehen, ob ich mittlerweile eine bessere Figur als du habe.«

Janelle fühlte sich ertappt und lächelte, fasste die halbnackte Christina am Arm und drehte sie auf der Stelle, sodass sie den schlanken, festen Körper von allen Seiten begutachten konnte.

»Mensch, Chris, du hast dich wirklich ins Zeug gelegt …«, staunte sie und nickte anerkennend. »Wäre ich stutenbissig, würde ich sofort jeden Kontakt zu dir einstellen.«

Christina wusste, dass dieses etwas ruppig vorgetragene Kompliment ihr sagen sollte, dass Janelle Hochachtung, Freude und vielleicht sogar ein kleines bisschen Neid empfand. »Oh, bitte nicht«, erwiderte sie in gespielt bestürztem Tonfall, freute sich innerlich aber sehr über die bewundernden Blicke auf ihren neuen Körper.

Nachdem Janelle die blau-durchsichtige Kombination für gut befunden hatte, griff Christina schließlich nach dem dritten Set – einem aufreizenden, türkisfarbenen Straps-Top mit hebenden Bügel-Cups, passendem Tanga und schwarzen Nylonstrümpfen mit breitem Spitzenrand. Als sie die Strümpfe an den Strapsen befestigt hatte und sich im Spiegel betrachtete, wurde ihr wieder einmal bewusst, dass all die Mühen sich wirklich gelohnt hatten. Der eingearbeitete Push-up-Effekt ließ ihre Brüste hervorquellen, als würden sie von unsichtbaren Händen nach oben gedrückt, und ihr Po sah in dem knappen Tanga-Slip so prall aus, dass Christina gar nicht recht glauben konnte, dass er zu ihrem Körper gehörte.

Janelle, deren fröhliches Geplapper bisher durch den ganzen Laden getönt hatte, verschlug es jetzt glatt die Sprache.

»Du siehst wirklich waffenscheinpflichtig aus, Chris. Wenn Hugo Stevens dich so sieht, fällt er garantiert hintenüber«, war das Erste, was sie sagen konnte, nachdem sie sich etwas von diesem Schock erholt hatte.

»Wenn er vorher noch meine Beförderung abnickt, soll mir das nur recht sein«, erwiderte Christina keck. »Findest du es wirklich schön? Nicht zu übertrieben?«

»Was redest du denn da? Die Farbe, der Schnitt und vor allem dein Body! Deine Brüste sehen aus wie gemalt. Ganz zu schweigen von deinem knackigen, süßen Hintern. Wir sollten jetzt besser raus hier, sonst fall ich noch in der Kabine über dich her.«

Die beiden fröhlich schwatzenden Frauen wühlten sich noch eine ganze Weile durch die diversen Auslagen und Regale des kleinen Geschäftes, bevor sie mit zwei großen Tüten beladen wieder auf die Straße traten. Christina hatte fünf Spitzenslips in diversen Farben, zwei verschiedene Korsagen-Sets und einige Packungen Nylons erstanden und war sehr zufrieden mit ihrem Einkauf. Die größte Begeisterung löste allerdings ein rotes Bustier mit schwarzen Floralstickereien bei ihr aus, das sie in letzter Minute in einer Ecke des Ladens entdeckt hatte. Es war ohne Träger, aber mit einer Zierschnürung gearbeitet, sodass ihr Oberkörper aussah, als wäre er von einem Künstler bemalt worden. Vor ein paar Wochen hätte die junge Frau noch nicht einmal gewagt, das freizügige, aber elegante Teil in einem Laden in die Hand zu nehmen, geschweige denn es anzuprobieren. Und jetzt hatte sie es sogar gekauft. Und zwar mit der Gewissheit, dass sie es auch tragen würde. Diese Tatsache bescherte Christina ein unglaubliches Hochgefühl – so als hätte sie eine Prüfung bestanden.

»Kaffee?«, fragte Janelle knapp und holte die Freundin damit wieder in die Gegenwart zurück.

»O ja, Kaffee. Ich kenne da eine kleine Rösterei mit Ausschank. Und die haben einen schönen Garten, in dem man sitzen kann«, schlug Christina vor.

»Na, dann nichts wie hin.«

Das kleine Café lag nur wenige Schritte von der Hauptstraße entfernt an einem kleinen, aber um diese Zeit noch recht belebten Platz. In kurzer Entfernung sah man einige Skateboarder, die verbotenerweise dabei waren, irgendwelche Stahlgeländer für ihre Kunststücke zu missbrauchen.

Es war allerdings nicht leicht, bei diesem Wetter noch einen Platz in dem kleinen Garten des Cafés zu ergattern, aber die beiden Frauen hatten Glück und fanden tatsächlich ein Tischchen, das unter einem Baum stand, der wohltuenden Schatten spendete.

»Und du meinst, ich habe das Richtige gekauft?«, fragte Christina erneut, um sich noch ein wenig mehr an Janelles Begeisterung weiden zu können.

»Genau das Richtige! Ich habe dich ja schon vorhin auf der Straße kaum erkannt. Aber in den Dessous siehst du wirklich wie ein anderer Mensch aus. Diese Figur. Fast, als hätte doch irgendjemand an dir rumgeschnippelt.«

»Nein, nein, keine Sorge. Rumgeschnippelt hat niemand an mir. Höchstens rumgefummelt.« Christina warf der neugierig schauenden Janelle ihr spitzbübischstes Lächeln zu.

»Ich wusste es doch! Dieser gesunde Teint, dieses Strahlen in deinen Augen – das können unmöglich nur irgendwelche Feuchtigkeitscremes sein. Du hast jemanden kennengelernt, hab ich recht?«

»Ja, du hast recht. Er ist Fitnesstrainer in einem der Studios im Beauty-Resort.« Christina kam sich wie eine Vierzehnjährige vor, als sie der Freundin mit hochrotem Kopf von ihrer Eroberung berichtete. »Steve ist sein Name, und er ist einfach … Er ist einfach …«, sie suchte nach dem richtigen Wort.

»Göttlich? Himmlisch? Der tollste Junge aller Zeiten?« Auch Janelle schien bei dem Thema gegen pubertäre Auswüchse nicht gefeit zu sein.

»Er ist wirklich ein ganz außergewöhnlicher Mann«, erklärte Christina nun mit etwas ernsterer Stimme. Dann beugte sie sich vor und flüsterte ihrer Freundin fast verschwörerisch ins Ohr: »Und wir hatten fantastischen Sex! Ich hätte nie gedacht, dass ich mich jemals so fallen lassen könnte wie bei ihm. Er hat etwas an sich, das …« Und wieder fehlten ihr die Worte.

»Lass mal. Ich verstehe schon. Du bist bis über beide Ohren verknallt. Ich wusste doch, dass hinter diesem Strahlen in deinem Gesicht mehr steckt als nur ein bisschen Sport.«

»Ein bisschen Sport? Sehr witzig. Du hast ja keine Ahnung, wie ich mich geschunden habe. Jeden Tag ab neun Uhr morgens volles Programm. Steve hat mich ganz schön rangenommen.«

»Das kann ich mir vorstellen«, erwiderte Janelle mit zweideutigem Grinsen.

»Ja, ja, mach du nur deine Scherze. Aber ich bin wirklich stolz auf das, was ich erreicht habe.« Christina war fast ein wenig erbost über die Sprüche der Freundin.

»Aber natürlich, Süße. Das kannst du auch sein. Ich bin einfach nur so begeistert, dass du zu deinem neuen Körper gleich noch einen passenden Mann dazu bekommen hast«, beeilte Janelle sich, die Freundin wieder zu beruhigen.

»Moment mal, von ›haben‹ war nicht die Rede. Steve und ich hatten zwar eine schöne Zeit zusammen, aber das heißt nicht, dass wir jetzt zusammen sind oder so was.«

»Ach nein?« Janelle gab sich alle Mühe, die Enttäuschung in ihrer Stimme zu verbergen.

»Nein. Hast du vergessen, weshalb ich all die Mühen auf mich genommen und eine Menge Geld auf den Kopf gehauen habe?«

»Nein, hab' ich nicht. Aber ich dachte …«

»Wenn ich meine Pläne wirklich in die Tat umsetzen will«, unterbrach Christina die Einwände, »dann kann ich mir jetzt keine Beziehung leisten. Obwohl Steve tatsächlich gesagt hat, dass er sich was Ernsteres zwischen uns vorstellen könnte. Am letzten Tag hat er mir sogar so was wie eine Liebeserklärung gemacht.«

Der letzte Satz von Christina kam mit einer solchen Verklärtheit in der Stimme, dass Janelle einfach nicht an sich halten konnte.

»Was? Er hat dir eine Liebeserklärung gemacht? Wie süß ist das denn? Weißt du, wann mir so etwas das letzte Mal passiert ist? Ach, das weiß ich schon gar nicht mehr.«

Janelles Begeisterung über die Eroberung der Freundin schien keine Grenzen zu kennen. Christina dagegen war etwas irritiert von der Reaktion der Freundin. Hatte Janelle ihr Vorhaben, sich die Stufen der Karriereleiter nicht mehr von irgendwelchen aufreizend gekleideten Kolleginnen versperren zu lassen, so wenig ernst genommen? Hatte sie geglaubt, dass sie sich von einem verliebten Mann davon abhalten lassen würde, ihre Pläne durchzuziehen?

»Und wie sieht's bei dir aus?«, fragte Janelle und riss Christina damit aus ihren Überlegungen. »Bist du auch in ihn verliebt?«

»Kann sein, dass ich auch ein bisschen in ihn verliebt bin«, antwortete Christina ausweichend. »Aber wie gesagt, meine Prioritäten liegen momentan einfach woanders. Es ist so viel Neues auf mich eingestürzt. Das Erlebnis mit dir, meine Veränderung – ich kann es kaum erwarten, am Montag ins Büro zurückzukehren und mich an Hugo Stevens ranzumachen. Und er ist bestimmt nicht der Einzige, der ein Auge auf die neue Christina werfen wird.«

Wie aufs Stichwort erschien in diesem Moment der Kellner mit den zwei bestellten Campari-Gläsern und warf Christina beim Servieren einen anerkennenden Blick zu, der so begehrlich wirkte, dass sich auf dem Gesicht der jungen Frau ein Lächeln ausbreitete.

»Siehst du, genau das meine ich«, wandte sie sich erklärend an Janelle, als der junge Mann wieder im Inneren des Cafés verschwunden war. »Ich bin es einfach nicht gewöhnt, dass Männer mich so anschauen. Und ich muss ganz ehrlich sagen, dass diese Blicke süchtig machen können. Oder bin ich da zu oberflächlich?«

»Ach Quatsch! Ich weiß doch genau, was du meinst. Aber meiner Erfahrung nach verbraucht sich dieses Gefühl einfach zu schnell, als dass man sein Leben darauf aufbauen sollte. Es gibt außer bewundernden Blicken einfach noch mehr, was Männer einem geben können. Und sollten!«

»Allerdings. Und genau auf dieses ›mehr‹ habe ich

es abgesehen.« Christina erschrak selbst ein wenig, als sie begriff, wie berechnend ihre Worte wohl klingen mussten.

»Du weißt schon, dass ich damit eigentlich was anderes meinte, oder?«, wagte Janelle einen letzten Einwand.

»Natürlich. Aber versteh mich doch. Ich muss das jetzt einfach durchziehen. Die Beziehungen kommen später. Zusammen mit Haus und Garten und Hund. Jetzt, da ich endlich die Fäden in der Hand halten will, kann ich dieses Gängelband nicht brauchen. Und wenn die Männer wirklich so einfältig sind, wie ich langsam das Gefühl habe, wird Steve wahrscheinlich noch eine ganze Zeit lang warten müssen.«

»Ja, vielleicht«, erwiderte Janelle, aber ihre Worte klangen alles andere als sicher.

***

Christina ging an ihrem ersten Arbeitstag früher als sonst ins Büro. So konnte sie sich, noch bevor irgendjemand im Büro erschien, auf den neuesten Stand der Dinge bringen. Doch schon als die ersten Angestellten eintrafen, schien sich ein kleines Ritual für diesen Tag herauszukristallisieren. Die Reaktion der eintreffenden Kollegen beim Anblick von Christina war durchgängig dieselbe: Ungläubigkeit, gefolgt von Erstaunen und dann wieder Ungläubigkeit.

»Christina?!« Colleen Harpers Reaktion war typisch für die weiblichen Mitarbeiter.

»Ja, ich bin's.«

»Was ist denn mit dir passiert?«

»Mit mir? Was soll denn mit mir passiert sein?«, fragte

Christina. »Ich hab' mich im Urlaub nur ein bisschen um mich selbst gekümmert.«

»Das sehe ich. Bist du's wirklich?«

»Aber ja doch.«

»Unglaublich. Du siehst völlig verändert aus.«

»Ich weiß. Das war ja auch der Plan.«

»Wir müssen uns unbedingt mal treffen. Ich will jedes Detail erfahren. Nicht zu fassen …«

Christina war erfreut, dass sich zur ebenfalls erstaunten Reaktion der männlichen Kollegen auch noch eine andere Komponente zu mischen schien. So gelang es keinem der drei Männer, deren Schreibtisch in unmittelbarer Nähe von Christinas stand, seine Augen von der für sie neuen Schönheit loszureißen. Natürlich hatte sie ihre Garderobe überaus sorgfältig ausgewählt. Die Einkäufe der letzten Tage hatten Tante Ediths Erbschaft auf einen Betrag schrumpfen lassen, der nicht mal mehr für einen Gürtel gereicht hätte. An diesem Morgen trug sie einen cremefarbenen Rock, der so kurz war, dass er einen überaus günstigen Blick auf ihre langen, in schwarzen Nylonstrümpfen steckenden Beine gewährte. Und auch die Bluse trug wenig dazu bei, ihr neues, dralles Dekolletee zu verbergen.

Doch am meisten war Christina auf die Reaktion von Hugo Stevens gespannt. Schließlich war er in gewisser Weise für ihre Transformation verantwortlich. Ohne sein rüdes Übergehen bei der Beförderung hätte sie wohl nie den Mut aufgebracht, etwas an sich zu verändern.

Doch sie musste sich offensichtlich noch ein wenig gedulden, den persönlichen Triumph ihrer Transformation vor Hugo in vollen Zügen auszukosten. Als er gegen halb zwölf immer noch nicht im Büro erschienen war und Christina sich bei einer Kollegin nach seinem Verbleib erkundigt hatte, erfuhr sie, dass er drei Tage Urlaub hatte und erst Mitte der Woche wieder im Büro erscheinen würde. Zunächst war sie etwas enttäuscht, beschied dann aber für sich, dass Vorfreude doch eigentlich die schönste Freude ist. Außerdem entschädigten die tollpatschigen Annäherungsversuche einiger Kollegen, die ihr früher eher ausgewichen waren, sie vollends für die kurze Verzögerung ihrer Siegesfeier.

***

Es war bereits halb elf, als er am Mittwoch im Büro erschien und schnurstracks auf ihren Schreibtisch zumarschierte.

»Ist Christina noch nicht wieder da?«

»Doch«, erwiderte die junge Deutsche und schaute ihrem Chef direkt in die Augen.

Es dauerte einige Sekunden, bis der Groschen bei ihm fiel. »Christina?!«

»Ja.«

»Mein Gott, was ist denn mit Ihnen passiert?« Sein Mund stand sperrangelweit offen.

»Ich dachte, es wäre an der Zeit, dass ich mal ein paar Veränderungen an mir vornehme.«

»Das ist ja unglaublich. Ich meine, Ihre Haare, Ihr Gesicht, Ihre …« Er wollte wohl gerade »Brüste« sagen, hielt sich aber rechtzeitig zurück, um nicht in den Verdacht sexueller Belästigung zu geraten. »Ihre Statur«, brachte er stattdessen hervor.

»Ich weiß nicht recht, was Sie meinen«, erwiderte Christina, um seine Verlegenheit noch ein bisschen anzufeuern. Dabei genoss sie die stotternd vorgetragenen Komplimente ihres Vorgesetzten über alle Maßen. »Ich habe in den letzten Wochen nur ein bisschen mehr Sport getrieben als sonst«, log sie.

»Das sieht man. Sie sehen wirklich umwerfend aus.« Es klang, als würde er sein Kompliment ernst meinen.

»Danke, Mister Stevens.«

»Ich habe übrigens etwas mit Ihnen zu besprechen. Kommen Sie doch gegen fünf mal zu mir rüber.«

»Gut. Bis dahin müsste ich mich auch wieder ins Tagesgeschehen eingearbeitet haben.« Christina schenkte ihm ihr breitestes Lächeln, bevor er sich umdrehte und in seinem Büro verschwand.

Seit vier Wochen hatte Christina sich diese Begegnung wieder und wieder vorgestellt. Hugo Stevens war wie eine Hürde, wie eine Nagelprobe, die sie bestehen musste. Und er war die erste Testperson, bei der sie ihren Körper für den Zweck einsetzen würde, den sie sich vorgenommen hatte. Seinem Blick nach zu schließen – jenem Blick, den er jedes einzelne Mal draufgehabt hatte, wenn er auf der Schreibtischkante von Joan Harding saß – hatte sie erfolgreich sein sexuelles Interesse geweckt. Und am späten Nachmittag dieses Tages würde sie dafür sorgen, dass dieses Interesse auch in Zukunft Bestand haben würde.

Vielleicht war es ein Glück, dass Christina den Tag über so viel zu tun hatte, dass sie gar nicht darüber nachdenken konnte, was im Büro ihres Chefs eventuell auf sie zukam. Nach vier Wochen Abwesenheit gab es einiges aufzuarbeiten, und sie konnte es sich nicht leisten, ihre Gedanken schweifen zu lassen. Doch immer wenn sie kurz aufschaute und einen der männlichen

Kollegen dabei ertappte, wie er sie begierig anstarrte, ließ sie sich für einen kurzen Moment ablenken und gab sich einer gewissen diebischen Freude hin. Schwer vorstellbar, sich jemals an die Aufmerksamkeit zu gewöhnen, die ihr jetzt zuteilwurde. Vor einigen Wochen war sie noch niemandem aufgefallen. Im Gegenteil, die Männer hatten sie eigentlich wie Luft behandelt. Und jetzt wurde sie teilweise mit offen stehenden Mündern angestarrt. Es war nicht weiter schwer, sich auszumalen, was die Herren sich in ihren Köpfen ausmalten. Das waren Bilder, die ganz sicher nichts mit Ablage, Memos und dergleichen zu tun hatten.

Es wurde siebzehn Uhr, und Christina schien die Einladung in Hugo Stevens' Büro fast vergessen zu haben. *Schien* und *fast*. Als er mit ungeduldigem Blick in seiner Bürotür auftauchte und sie mit gekrümmtem Finger zu sich winkte, gab sie ihm zu verstehen, dass sie in einer Minute bei ihm sein würde. Sollte er ruhig ein bisschen warten. Ganz ohne Eile räumte Christina ihren Schreibtisch auf und kümmerte sich um alle Dinge, die noch vor Büroschluss zu erledigen waren. Schließlich war es bereits halb sechs, als sie in einem kleinen Handspiegel ein letztes Mal ihr Make-up überprüfte und sich dann langsam von ihrem Stuhl erhob.

Christina lächelte in sich hinein, als sie den Raum durchquerte und in Richtung von Hugo Stevens' Büro marschierte. Sie hatte sich ihre Vorgehensweise genauestens überlegt und klopfte nicht an.

»Setzen Sie sich, setzen Sie sich«, lud der Abteilungsleiter sie in sein Büro ein.

»Danke.«

Sie saß jetzt genau auf dem Stuhl, auf dem Joan Harding damals gesessen hatte, als Christina Zeugin des Tête-à-tête zwischen ihr und dem Abteilungsleiter geworden war. Sie schlug die Beine lasziv übereinander und ertappte Hugo Stevens dabei, wie er in der stillen Hoffnung, einen Blick auf ihr Höschen zu erhaschen, auf ihre Schenkel starrte.

»Also Sie sehen ja wirklich umwerfend aus, Chris.« Noch nie zuvor hatte er sie *Chris* genannt. Bisher war sie immer nur Miss Haller gewesen. »Wirklich unglaublich. Wie ein völlig anderer Mensch.«

»Vielen Dank, Hugo.« Auch sie nannte ihn jetzt zum ersten Mal bei seinem Vornamen. »Ich hoffe, das wird keinerlei Auswirkungen auf unsere Arbeitsbeziehung haben«, erklärte sie frech.

»Ganz sicher nicht. Und wenn, dann höchstens positive.« Seine Augen wanderten unverhohlen über ihren gesamten Körper.

»Und was wollten Sie mit mir besprechen?«, fragte Christina, als ob sie es nicht ganz genau wusste.

»Also … na ja …« Man sah dem hilflosen Mann deutlich an, dass er unter Hochdruck nach einer plausiblen Antwort auf ihre Frage suchte. »Ich dachte mir, wir sollten nach Ihrer Rückkehr einen möglichst unbeschwerten Neuanfang wagen. Ich meine, nach allem, was so gewesen ist. Möchten Sie vielleicht einen Drink? Spät genug ist es ja jetzt.«

Wann der lüsterne Bürochef wohl Joan den ersten Drink angeboten hatte? »Ja, danke. Sehr gern.«

Hugo Stevens stand auf und ging zur Minibar.

»Einen Cognac? Wodka? Oder vielleicht Whiskey?«

Joan hatte damals Whiskey getrunken. »Haben Sie auch Wein?«

»Nur weißen.«

»Perfekt.«

Er öffnete eine Flasche, schenkte ihr ein großes Weinglas voll und nahm sich selbst einen Whiskey. Nachdem sie angestoßen hatten, stellte er das Glas vor sich auf den Schreibtisch.

»Ich hatte Ihnen ja damals schon gesagt, was für eine wertvolle Mitarbeiterin Sie für uns sind, Chris.«

Durch die Glasscheiben des Raumes konnte Christina erkennen, wie das Büro draußen sich immer mehr leerte, bis sie und ihr Chef schließlich die einzig verbleibenden Anwesenden waren.

»Ich erinnere mich dunkel«, erwiderte sie und nippte an ihrem Wein. Ihr fiel auf, dass Hugo bereits stark transpirierte und sich ein leichter Schweißfilm auf Stirn und Oberlippe gelegt hatte. Er trug ein weißes Hemd und schwarze Hosen. Das Hemd war recht eng geschnitten, sodass der Stoff ein wenig Mühe hatte, seinen offenbar immer üppiger werdenden Rettungsring um die Hüften im Zaum zu halten.

»Ich dachte nur, dass ich Sie persönlich wieder in unserer Mitte willkommen heißen sollte. Ich bin ganz begeistert, dass Sie Ihren Urlaub in solch …«, er schien nach der richtigen Formulierung zu suchen, »in solch konstruktiver Art und Weise genutzt haben. Sie sehen großartig aus. Einfach nur großartig.«

»Und das habe ich nur Ihnen zu verdanken«, teilte sie dem aufrichtig überrascht wirkenden Hugo mit leicht gesenkter Stimme mit.

»Mir?«

»Na ja, wenn Sie nicht vorgeschlagen hätten, dass ich Urlaub nehme …«

»Ach ja, natürlich.«

»Sie sind also sozusagen mein Retter.« Sie neckte ihn, spielte mit ihm, und er schien es nicht mal zu merken. Sie sehnsuchtsvoll anzustarren schien alles, wozu der Boss jetzt noch in der Lage war.

»Wenn Sie es so formulieren wollen.«

»Ich wüsste nicht, wie ich es anders ausdrücken sollte«, erklärte sie und sah ihn mit einem Blick an, den sie sich vor vier Wochen bei Joan Harding abgeguckt hatte: herausfordernd, aber mit einer Prise Unschuld in den Augen.

»Ich werde natürlich zu meinem Wort stehen. Bei der nächsten Beförderung werden Sie auf jeden Fall berücksichtigt.«

»Wirklich?« Christina gab sich alle Mühe, dankbar zu klingen.

»Aber natürlich. Was denken Sie denn?«

»Und was glauben Sie, wann es so weit sein wird?« Sie nahm einen weiteren Schluck Wein und ließ ihre Zunge scheinbar spielerisch über den Rand des Glases wandern. Die alte Christina hätte so etwas niemals getan.

»Sicher schon bald.«

»Das hoffe ich doch. Aber ich glaube, ich sollte jetzt besser gehen. Das Büro ist ja schon ganz leer.«

»Haben Sie heute noch etwas Besonderes vor?«

»Nein, eigentlich nicht.«

»Dann leisten Sie mir doch noch ein bisschen länger Gesellschaft. Noch einen Schluck Wein?«

»Ach, wieso nicht?«

Hugo stand auf. Auf dem Weg zur Minibar strich er wie aus Versehen mit seinem Hosenbein gegen ihr Knie. Dann goss er einen weiteren großzügigen Schluck in ihr

Glas und schenkte sich selbst einen zweiten Whiskey ein.

»Danke schön.«

»Sehr, sehr gern.« Diesmal setzte Hugo sich nicht wieder an seinen Schreibtisch, sondern nahm mit bemüht lässiger Geste auf dem Sofa Platz, auf dem er Joan Harding gefickt hatte. Oder war es doch Joan gewesen, die ihn gefickt hatte?

»Ihre Frisur gefällt mir sehr gut«, sagte er und stellte sein Whiskeyglas auf den kleinen Beistelltisch neben dem Sofa.

»Darf ich Ihnen mal eine Frage stellen, Hugo?«

»Aber sicher.«

»Sie wissen ja, dass ich beruflich weiterkommen will. Und da habe ich mich gefragt, welche Qualifikationen Joan Harding hat, die ich nicht habe. Nicht, dass ich verbittert wäre, oder so etwas. Ich habe vollstes Verständnis für solche Entscheidungen.« Christina hatte ihren Stuhl so gedreht, dass sie ihm direkt gegenübersaß. Sie öffnete ihre überkreuzten Beine. Da das Sofa ein gutes Stuck niedriger war als ihr Stuhl, hätte Hugo jetzt eigentlich einen direkten Blick unter ihren Rock und zwischen ihre Beine haben müssen. Sie gönnte ihm den Anblick für ein paar Sekunden und schlug die Beine dann wieder übereinander.

»Im Moment fällt mir nicht eine Sache ein, die Sie nicht ebenso gut machen könnten.«

»Aber sie muss doch irgendeine besondere Fähigkeit haben.«

»Nicht jetzt«, erwiderte er ohne nachzudenken und starrte weiter auf die Unterseite ihrer Schenkel.

»Wie bitte?«

»Äh, ich … ich meine, jetzt wären Sie sicher bereit für eine Beförderung.«

»Ich habe Sie immer für einen sehr attraktiven Mann gehalten, Hugo.« Christina setzte ihre Körpersprache ein, um ihrem Ausspruch noch mehr Gewicht zu verleihen. »Ich weiß ja nicht, ob die Frage unbedingt passend ist, aber haben Sie jemals sexuelle Fantasien?« Wieder und wieder hatte sie diese Rede in den vergangenen vier Wochen geprobt. »Sie wissen doch sicher, was ich meine? Tagträume. Was würden Sie zum Beispiel tun, wenn es gar keine sexuellen Hemmungen gäbe, keinerlei Tabus? Wenn wir einfach nur das tun könnten, worauf wir Lust haben? Ich habe mir oft überlegt, wie es wohl wäre, wenn ich nach Büroschluss zu Ihnen käme und versuchen würde, Sie zu verführen. Vor vier Wochen hätten Sie mich ganz sicher noch nicht gewollt, hab' ich recht?«

»Aber natürlich hätte ich Sie gewollt.« Hugo schien nicht mal überrascht zu sein, welche Richtung die Konversation plötzlich einschlug.

»Das glaube ich Ihnen nicht, Hugo! Und genau das ist der Grund, warum ich mich entschlossen habe, etwas an mir zu verändern. Vor vier Wochen hätte ich niemals gewagt, über so etwas mit Ihnen zu sprechen.«

»Jetzt hören Sie aber auf«, wiegelte ihr Chef ab, grinste sie gleichzeitig aber ziemlich selbstgefällig an.

»Und dafür bin ich Ihnen überaus dankbar.« Christina stand auf und stellte sich direkt vor ihn.

»Ach ja?«

»Ja. Soll ich Ihnen vielleicht zeigen, wie dankbar ich bin?«

»Gott ja …«

Christina erinnerte sich, wie Joan sich breitbeinig auf seine Schenkel gesetzt hatte. Sie zog ihren Rock hoch. Hugo starrte auf die glänzenden, durchsichtigen Strümpfe und das winzige Spitzendreieck ihres schwarzen Höschens.

»Ach Hugo, wie lange habe ich mich danach gesehnt.« Christina erkannte sich selbst kaum wieder. Sie war wie in Trance. Natürlich war sie sich bewusst, dass sie gerade eine Rolle spielte, stellte gleichzeitig aber erfreut fest, dass ihr selten etwas mehr Spaß bereitet hatte.

Sie sank auf ihn nieder und presste ihren Unterleib in seinen Schritt. Ihr Gesicht näherte sich dem seinen, und sie fing an, mit der Zunge über seine Lippen zu lecken.

Hugo schien kein Mann der langsamen Annäherung zu sein, denn er drückte sie sofort an sich und erwiderte ihr zartes Zungenspiel, indem er ihr ohne Anlauf seine Zunge in den Mund schob. Sein Schwanz wurde unmittelbar steif. Christina zögerte nicht lange, sondern erwiderte seinen Zungenkuss scheinbar so leidenschaftlich, dass seine Erektion die Hose zu sprengen drohte.

»Bist du sicher, dass wir das tun sollten?«, fragte sie ihn flüsternd.

»Wieso denn nicht?«

»Es kommt mir so unmoralisch vor.«

»Aber es wird doch niemand davon erfahren.«

»Versprochen?«

»Versprochen.«

Es war so leicht, ihn zu manipulieren und ihn am Schwanz herumzuführen.

»Dann fick mich doch endlich, Hugo! Fick mich! Ich brauche es so dringend.« Zunächst war die Verführung ihres Chefs für Christina nur eine Performance gewesen, um ihn zu kompromittieren. Aber offensichtlich war diese Performance so überzeugend, dass sie auch bei ihr eine echte körperliche Leidenschaft weckte. Es war, als würde sie sich selbst von außen betrachten, und das Bild, das sich ihr dabei bot, erregte sie über alle Maßen.

»Schließ die Tür ab«, sagte er schwer atmend.

Christina erhob sich langsam von seinen Knien und drehte den Schlüssel in der Bürotür um. Ob er von Joan Harding wohl dasselbe verlangt hatte? Vor ihrem geistigen Auge erschien die Kollegin und zog sich langsam das enge rote Kleid über den Kopf. Als Christina wieder vor Hugo stand, zog sie den Reißverschluss ihres Rockes herunter, ließ ihn zu Boden fallen und trat aus dem Stoffbündel heraus. Dann knöpfte sie ihre Bluse auf, um dem hechelnden Mister Stevens einen Blick auf ihren schwarzen Push-up-BH zu gewähren, der ihre Brüste zu einem überaus dramatischen Dekolleté zusammenpresste. Die Augen fest auf ihren Chef gerichtet, stieg sie zuletzt aus ihren High Heels und entledigte sich mit streichenden Bewegungen schließlich auch ihrer Strümpfe und des Höschens. Dann zog sie die Schuhe wieder an.

Außer dem BH verbarg jetzt nichts mehr ihre unverschämte Nacktheit, und sie stand völlig bloß und auf hohen Absätzen direkt vor ihrem Chef. Christina kämmte mit den Fingern lasziv durch ihr dichtes Schamhaar und ließ dabei immer wieder wie aus Versehen ein oder zwei Finger in ihre Spalte eindringen.

Hugo starrte sie beinahe fassungslos an. Sein Blick verriet nur allzu deutlich, was er dachte. Sein Blick und das Zelt, zu dem der Vorderteil seiner Hose geworden war.

Christina ging auf die Knie, suchte kurz nach dem Reißverschluss seiner Anzughose und zog ihn schließlich langsam herunter. Der Stoff klappte auseinander wie ein sich öffnender Mund. Sie zögerte nicht lange und befreite den Lümmel mit einem Griff aus seinem Gefängnis.

»Aaah«, entfuhr es Christina begeistert, als er schließlich steif vor ihr stand und sie ihn endlich in den Mund nehmen konnte.

»Oh, Chris!«, stöhnte Hugo ganz weggetreten.

Ihr roter Schopf hüpfte auf und ab, während sie gleichzeitig mit der Hand seine Vorhaut zurückschob, um die empfindliche Eichel mit der Zunge zu verwöhnen.

»Oh, Chris!«, erklang es erneut. Er könnte sich ruhig mal was Neues einfallen lassen, dachte Christina bei sich.

Sie saugte und saugte. Sie saugte seinen Riemen so tief in ihren Mund, dass ihr die Spitze irgendwann gegen die Kehle stieß. Der Begriff Deep Throat kam ihr in den Sinn. Bisher hatte sie sich darunter nicht recht etwas vorstellen können. Doch jetzt, da Hugos Eichel ihren Hals kitzelte, stellte sie fest, dass auch diese sexuelle Praktik sie unglaublich scharf machte. Eine von vielen …

Obwohl Christinas sexuelle Erfahrungen sich bisher in Grenzen gehalten hatten, spürte sie doch instinktiv, dass ihr Gespiele schnell kurz vorm Höhepunkt stand, und verlangsamte ihr Tempo entsprechend. Was für ein berauschendes Gefühl, die absolute Kontrolle über ihn zu haben – *sie* war es, die ihn verführt hatte und nun über ihn herrschte.

Christina ließ seinen Schwanz aus ihrem Mund gleiten, setzte sich zurück auf die Fersen und schaute ihrem Chef direkt in die Augen. Dann leckte sie sich einmal kurz lüstern über die Lippen, griff gleichzeitig nach hinten und öffnete ihren BH. Der erste öffentliche Auftritt ihrer durch wochenlanges, hartes Brustmuskeltraining festen und prallen Titten. Steve zählte dabei nicht – dazu war bei ihm zu viel Gefühl im Spiel gewesen.

»Was für ein herrlicher Anblick«, murmelte Hugo ergeben.

Christina beugte sich vor, nahm seinen Schwanz zwischen ihre Brüste und fing dann langsam an, den steifen Prügel mit ihren Bällen zu massieren. Zugegeben, diese Praktik hatte sie sich von Joan abgeguckt. Aber sie war fest entschlossen, das kleine Luder ein für alle Mal aus Hugo Stevens' Kopf zu verbannen. Und als sie sah, wie der Mann gierig seine Hüften nach vorne schnellen ließ, da wusste sie, dass sie dieses Ziel so gut wie erreicht hatte. Doch das alles war nur das Vorspiel …

Christina stand auf und baute sich direkt vor ihrem Opfer auf. Dann ließ sie einen Finger zu ihrer Möse wandern, steckte ihn kurz in ihre Spalte, um ihn dann genüsslich abzulecken.

»Schmeckt gut …«, stöhnte sie und versuchte ihrer Stimme etwas möglichst Laszives zu geben.

»Das kann ich mir vorstellen.«

Sie drehte sich um, tat die drei Schritte bis zu seinem Schreibtisch und wischte die Papiere, an denen er gerade gearbeitet hatte, achtlos beiseite. Dann legte sie sich auf die Ellenbogen gestützt auf die Tischplatte und reckte ihren Po mit gespreizten Beinen in die Luft. Hugo konnte jetzt jedes einzelne Detail ihrer intimsten

Stellen sehen. Die geschwollenen, feucht glänzenden Schamlippen ebenso wie die verlockend engen Falten ihrer Rosette.

»Fick mich, Hugo!«, wiederholte sie. »Fick mich so hart es geht! Ich brauche es!« Zu ihrer eigenen Verwunderung stellte Christina fest, dass ihre Worte absolut der Wahrheit entsprachen. Ihr Körper schmerzte fast vor Erregung, und ihre Muschi schrie förmlich danach, gestopft zu werden. Es war der jungen Frau tatsächlich gelungen, sich selbst ebenso anzuturnen, wie sie ihren Boss angeturnt hatte.

Hugo stand auf, stellte sich hinter sie und ließ seine Hand über ihre Pospalte hin zu den Schamlippen gleiten. Doch Christina wollte nicht gestreichelt werden. Sie wollte kein Vorspiel und keine weiteren Zärtlichkeiten.

»Fick mich!«, forderte sie ihn mit noch entschlossenerer Stimme auf und reckte ihren Po weiter in die Höhe.

Hugo zögerte jetzt nicht mehr und zog Hose und Slip bis zu den Knien hinunter. Ebenso schnell wie sein Schwanz vorhin steif geworden war, steckte er jetzt zwischen ihren Schenkeln. Er packte sie bei den Hüften und strich mit seiner Eichel ein paar Mal über ihre Schamlippen. Nachdem Christina etwas weiter in die Knie gegangen war, spürte sie, wie Hugo seinen Riemen vor dem Eingang zu ihrer Muschi in Position brachte. Dann stieß er zu. Hart und ohne jede weitere Vorwarnung. Das Erlebnis machte Christina so sehr an, dass sie den herannahenden Orgasmus schon beim ersten Eindringen spürte. Dass Hugo sie tatsächlich begehrte und sie in der Lage war, dieses Begehren zu ihrem Vorteil zu nutzen, bescherte Christina ein unglaubliches Hochgefühl.

Wieder und wieder rammte Hugo seinen Schwanz in ihr Fötzchen. Seine Eier stießen gegen ihren Po und ihre Säfte flossen in derartigen Mengen, man hätte meinen können, *sie* würde *ihn* vollspritzen. Es dauerte nicht lange, bis ihr Körper zu beben anfing und sie von einer heftigen, fast schmerzhaften Orgasmuswelle erfasst wurde.

Aber das reichte noch nicht. »Tiefer!«, keuchte sie und warf den Kopf nach hinten.

Hugo tat wie ihm geheißen und rammte sein Geschlecht bis zum Anschlag in ihre klaffende, feuchte Spalte.

»Fester!« Die Worte hallten im Büro nach und machten sie fast ebenso sehr an wie Hugos Riemen. Sie hatte seine Begierde in der Hand. Sie konnte ihn zu allem bringen, was sie nur wollte. Sie hatte die Macht.

»Wie fühlt sich das an, Hugo? Ist es schön geil? Fühlt meine Fotze sich gut an?« Bei ihren wenigen Sexerlebnissen war Christina bisher immer das stille Mäuschen gewesen und hatte nie auch nur ein Wort gesagt. Doch jetzt wollte sie sprechen und sich selbst Worte wie »ficken« und »Fotze« sagen hören. Sie war wie im Rausch.

»Ja, ja …«, konnte der Diener ihrer Wünsche zwischen den Stößen nur noch keuchen. Es kam ihm. Das Sperma stieg ihm in den Schwanz, und sein ganzer Körper verspannte sich. Dennoch schien er zu zögern. Wie konnte er es nur zurückhalten, nach allem, was Christina getan hatte? Schließlich hatte sie sich wie eine Hure aufgeführt.

»Gib's mir! Los, gib mir deinen Saft!«, forderte sie ihn ein letztes Mal auf.

Und er gab es ihr. Er ließ seine Hüften vorschnellen und hielt dann an einer besonders engen Stelle ihrer Spalte inne. Danach brauchte er sich nicht mehr zu bewegen, denn sein Schwanz begann selbständig zu zucken und zu spritzen. Das Sperma benetzte die feuchten Wände ihrer engen, willigen Muschi und schien ihr Inneres förmlich zu überschwemmen.

Keiner von beiden bewegte sich, bis Hugos Schwanz schließlich wie von selbst aus ihrer Mitte herausrutschte. Die Hose schlackerte immer noch um die Knie, als er sich mit einem letzten, lauten Stöhnen auf das Sofa fallen ließ.

»Mein Gott!«

Hatte er das nicht auch gesagt, nachdem er Joan Harding gefickt hatte?

Christina drehte sich um und lehnte sich mit dem Po auf die Schreibtischkante. Sie war zwar ein wenig außer Atem, spürte aber gleichzeitig immer noch eine gewisse Koketterie in sich. Das Gefühl der Macht war einfach noch zu neu und erregend für sie, als dass sie es jetzt schon wieder aufgeben wollte. Hugo wirkte völlig erschöpft, aber das stachelte Christina nur noch mehr an.

»Ich habe in letzter Zeit viele Bücher gelesen.«

»Was für Bücher?« Er klang nicht sonderlich interessiert.

»Pornografische Bücher. Sehr drastische Lektüre mit expliziten Beschreibungen. Von vielen Praktiken hatte ich vorher nicht mal etwas gehört.«

»Was denn für Praktiken?« Hugos Stimme nahm auf einmal einen wesentlich aufmerksameren Ton an.

»Hast du nicht auch deine Fantasien, Hugo? Ich meine, nicht nur die ganz normalen Träumereien, sondern Fantasien. Worum würdest du eine Frau bitten, wenn du den Mut dazu hättest?«

»Fantasien hat doch jeder.«

»Ach ja?«

»Ich denke schon.«

»Und wie sehen deine aus?«

»Das kann ich dir unmöglich verraten.«

»Wieso nicht?«

»Ich hab' noch nie jemandem davon erzählt.«

»Tatsächlich? Wieso denn? Weil du nicht willst, dass die Fantasie zur Realität wird, oder weil es dir zu peinlich ist?«

»Nicht zu peinlich, sondern einfach zu persönlich.«

»Ich hatte gestern Nacht einen Traum«, log sie ihn an. »Einen ziemlich drastischen Traum.«

»War er sexuell?«

»Ja. Ein richtig feuchter Traum. Bis vor kurzem wusste ich nicht mal, dass auch Frauen feuchte Träume haben können.«

»Worum ging es denn?«

»Ich habe geträumt, dass ich etwas mit drei Männern hatte.«

»Gleich mit dreien?«

»Ja, genau. Und alle drei mussten bestraft werden.«

»Bestraft ...« Hugos Stimme nahm einen fast krächzenden Ton an.

»Sie brauchten alle drei ordentlich was auf den Hintern.« Christina hatte keine Ahnung, wie sie ausgerechnet auf so etwas kam, aber sie sah deutlich, wie Hugos schlaffer Schwanz bei der Beschreibung ihres Traumes zuckte.

»Ach wirklich? Und was hast du getan?« Der Riemen, der in den letzten Minuten regungslos auf seinem Schenkel geruht hatte, erhob sich wie ein schlafender Hund, der irgendwo ein Leckerli gewittert hatte.

»Das kann ich dir unmöglich verraten.«

»Wieso denn nicht?«

»Das ist viel zu persönlich.«

»Bitte. Bitte sag es mir doch.«

Hugos Schwanz war jetzt wieder genauso steif wie noch vor ein paar Minuten. Und man musste kein Einstein sein, um den Grund dafür zu kennen.

»Also, in meinem Traum hatte ich eine kleine Reitgerte dabei.« Bei ihren Worten musste Christina unwillkürlich an die Reitgerten in Janelles Schrank und an die Antwort der Freundin denken, als sie gefragt hatte, ob sie reiten würde. Doch dieser Gedanke störte sie jetzt nur, und sie wischte ihn kurzerhand beiseite.

»Ja?« Hugos Faust schloss sich um sein Gemächt – er wollte unbedingt, dass sie weitererzählte.

»Und dann habe ich alle drei angewiesen, sich nach vorn zu beugen.« Christina tastete sich mit ihrer Geschichte langsam voran, versuchte, sich vorzustellen, was er wohl hören wollte, und überlegte gleichzeitig intensiv, was sie in den Büchern alles gelesen hatte. »Ich wollte, dass ihre weißen Hintern ganz meiner Gnade ausgeliefert waren. Es war unglaublich erregend für mich.« In diesem Moment hatte die junge Deutsche das Gefühl, sie sollte in Werbefilmen mitspielen und nicht nur hinter den Kulissen wirken.

»Das hat dir also gefallen, was?«, fragte er und steigerte das Wichstempo seiner Faust ein wenig.

»Und wie. Ich habe gern die Oberhand über meine

Männer. Und deshalb wirst du jetzt auch gleich mal die Hand von deinem Ding nehmen. Ich habe dir nämlich nicht erlaubt zu wichsen.«

»Aber ich dachte …«

»Nimm sofort deine Hand da weg!«

»Ich hab' doch nur …« Hugos Stimme war jetzt schon fast mit der eines kleinen Jungen zu vergleichen, der in einer Ecke des Schulhofes beim Rauchen erwischt worden war.

»Steh auf! Und zwar sofort!« Christina war richtig stolz auf ihre Stimme. Sie klang kalt wie Eis – und das, ohne dass sie wusste, was eigentlich in sie gefahren war. Auf Hugo jedenfalls schien der Klang von Autorität eine überaus effektive Wirkung zu haben, denn er sprang sofort auf. Sein Schwanz war tatsächlich noch größer und steifer als bei ihrem ersten Spiel.

»Sieht ganz so aus, als müsste ich dir eine kleine Lektion erteilen, hab' ich recht?«

»Nein«, sagte er, meinte aber natürlich genau das Gegenteil.

»Ich werde dir jetzt deinen kleinen weißen Hintern versohlen! Genau wie ich es in meinem Traum getan habe. Na los, geh schon rüber zum Schreibtisch!«

Den Blick in Hugos Augen mit Erregung zu beschreiben, wäre nicht mehr ganz zutreffend gewesen. Der Mann sah aus, als wäre er gar nicht mehr anwesend. Wie weggetreten befolgte er unverzüglich den Befehl seiner strengen Sekretärin.

»Beug dich darüber, streck den Hintern hoch und halt den Kopf unten. Genau, wie ich es vorhin getan habe …«

Hugo streckte seinen überraschend ansehnlichen Po

in die Luft, während Christina sich im Raum umsah, um irgendetwas zu finden, das sie als Schlagwerkzeug zweckentfremden konnte. Schließlich blieb ihr Blick an einem langen Metalllineal auf seinem Schreibtisch hängen. Zwar hatte sie nicht die geringste Ahnung, wie sie diese Nummer fortsetzen sollte, aber bisher schien es ganz gut zu funktionieren. Hugos Vorlieben waren mittlerweile allerdings auch nicht mehr schwer zu erraten. Ohne einen weiteren Gedanken an Glaubwürdigkeit oder gar Körperverletzung zu verschwenden, nahm Christina das Lineal zur Hand und ließ es ohne zu zögern auf seiner rechten Pobacke niedergehen.

»Mitzählen!«, wies sie den gehorsamen Mister Stevens herrisch an. Das war genau das, was eine Frau in einem der Bücher gesagt hatte. Sie hatte allerdings noch ein »Wurm« hinzugefügt, was Christina sich bei ihrem Chef geflissentlich verkniff.

»Eins«, stöhnte er mit recht hoher Stimme.

Der zweite Schlag traf ihn auf die linke Backe seines Hinterteils, sodass jetzt beide Hälften von einem roten Striemen verziert waren.

»Du bekommst zehn Hiebe, weil du es gewagt hast, ohne Erlaubnis deinen Schwanz zu berühren.«

Auch wenn Christina eigentlich nur sagte, was ihr gerade in den Sinn kam, war sie selbst höchst begeistert von ihrer Performance. Sie hatte sich auf dieses Treffen wirklich gut vorbereitet. Ihre Stimme war fest, herrisch und dominant. Dabei kamen der Tonfall und auch die Bestrafungen ihr so natürlich vor, als hätte sie ihr ganzes Leben lang nichts anderes getan. Am erstaunlichsten war allerdings, dass diese sexuelle Variante sie auch selbst erregte. Kontrolle und Macht schienen genau das zu sein, was die bisher unbedarfte Christina aus der Reserve locken konnte.

»Drei«, zählte der gehorsame Hugo, als das Lineal erneut auf sein Hinterteil traf.

Das Zittern seines Körpers verriet, dass sie es niemals bis zehn schaffen würde. Wahrscheinlich nicht mal bis fünf. Sein Schwanz zuckte.

»Vier.« Dieser Schlag war wesentlich stärker als die letzten drei, doch die Schmerzwelle, die dabei durch seinen Körper jagen musste, schien sich fast unmittelbar in heiße, unkontrollierbare Lust zu verwandeln. Sein Schwanz drückte gegen die Unterseite des Schreibtisches und zuckte wie wild. Verzweifelt um Beherrschung bemüht, gab es jetzt aber offensichtlich kein Zurück mehr für ihn. Und genau in dem Moment, als der fünfte Schlag auf seinen Hintern traf, rutschte sein Schwanz von der Unter- auf die Oberkante des Schreibtisches und ergoss sich über die gesamte Oberfläche. Hugo zitterte am ganzen Körper.

»Tja, Mister Stevens …« Christina konnte sich einen triumphierenden Unterton in der Stimme nicht verkneifen.

»Oh, Christina …«, hauchte ihr Opfer nur noch.

Christina lächelte. Es stimmte also tatsächlich. Alles, was sie gelesen und während ihrer anderen Recherchen herausgefunden hatte, entsprach der Wahrheit. So ging es also hinter verschlossenen Türen zu. Dabei war es reiner Zufall gewesen, dass sie Hugo Stevens' Vorlieben entdeckt hatte.

»Du wirst doch nicht … Ich meine … Das bleibt doch unser kleines Geheimnis, oder, Chris?« Die Intensität seiner Geilheit stand in direktem Zusammenhang mit seiner Angst. Hugo nahm ein Taschentuch, wischte damit den Schreibtisch ab und zog dann Hose und Unterhose wieder hoch.

»Aber sicher, Hugo. Schließlich geht es niemanden etwas an, was zwei erwachsene Menschen privat miteinander tun.«

»Es war ja auch nur …«

»Ich weiß, was es war. Und es hat mir genauso viel Spaß gemacht wie dir.«

»Also bleibt die Sache unter uns, ja?«

»Natürlich.« Mehr gab es nicht zu sagen. Es war gar nicht nötig, ihrem Chef mitzuteilen, was sie tun würde, wenn er sie noch einmal bei der Beförderung übergehen sollte. Schließlich war er ein intelligenter Mann. Ein intelligenter Mann, der es gewohnt war, von Frauen manipuliert zu werden.

Christina las ihre Sachen vom Fußboden auf. Sie schloss ihren BH und zog sich dann Bluse und Rock über. Hugo hatte sich derweil erneut aufs Sofa geworfen. Er sah völlig erschöpft aus. Das Anziehen der Strümpfe ersparte sich Christina, stieg aber in ihren knappen Spitzenslip und zog ihn unter dem Rock hoch. Die Strümpfe waren sowieso hinüber. Sie knüllte die Nylonfetzen zusammen und ließ sie über seinem Schoß fallen, sodass sie seinen mittlerweile wieder erschlafften Schwanz bedeckten.

»Ein kleines Souvenir«, erklärte sie knapp.

Diesen Abend würde Hugo Stevens ganz sicher nicht vergessen. Dafür würde Christina schon sorgen.

Kapitel 6

Genau dreißig Tage später – Christina hatte den intimen Austausch mit Hugo Stevens rot in ihrem Kalender vermerkt – war sie dabei, ihre Schreibtischutensilien zusammenzupacken, um ihre neue Position als Produktionsassistentin anzutreten. Ihr ehemaliger Chef hatte tatsächlich Wort gehalten. Sofort, als die Stelle frei wurde, hatte er Christina in sein Büro bestellt und ihr in seiner ganz eigenen, geschraubten und selbstgefälligen Art erklärt, dass er vorhätte, sie für den Posten wärmstens zu empfehlen. Etwas anderes wäre ihm allerdings auch kaum übrig geblieben, denn jedes Mal, wenn er an ihrem Schreibtisch vorbeihuschte, hatte Christina vielsagend ihr Lineal genommen und scheinbar spielerisch damit gegen den Handballen geschlagen. Die Geste hatte ausgereicht, um Hugo Stevens' Körpersprache etwas durch und durch Unterwürfiges zu verleihen. Ganz abgesehen davon, war ihm die erotische Begegnung mit seiner Angestellten offenbar immer noch so peinlich, dass er zu Christinas großer Erleichterung bisher keine weiteren Annäherungsversuche gestartet hatte.

***

Es war *Witherman & Co.* vor einigen Monaten gelungen, einen Werbekunden an Land zu ziehen, für den die Agentur seitdem zwei sehr erfolgreich eingesetzte Spots gemacht hatte. Die Entwicklung einer guten, glaubwürdigen Werbefigur war bei der Schwemme von bereits vorhandenen Waschfrauen, Cappuccino-Trinkern und Allround-Müttern alles andere als einfach gewesen. Doch der nicht ganz ernst gemeinte Charakter des Übermachos *Miguel*, den die Entwicklungsabteilung für die neue Aftershave-Marke Spartacus aus dem Hut gezaubert hatte, war besonders in der Fernsehwerbung wie eine Bombe eingeschlagen. Die beiden Spots liefen rauf und runter, die Background-Musik hatte einer obskuren Band ihren ersten Hit beschert, und es gab sogar Erwägungen, die fiktive Werbefigur *Miguel* als Puppe herauszubringen. Ein derartiger Erfolg verlangte natürlich nach weiteren Spots, und *Witherman & Co.* hatte vor kurzem grünes Licht für vier weitere Werbefilme bekommen, die unter anderem auch in Kinos eingesetzt werden sollten und mit einem entsprechenden Budget ausgestattet waren. Das neuartige Konzept der Spots ging über normale Werbung hinaus und sah vor, die Figur des *Miguel* in kleine, jeweils vierminütige Geschichten zu verstricken, die ihn als Aushängeschild des modernen Mannes etablieren sollten. Drehort war ein kleiner Küstenort in Südfrankreich.

Der Auftrag war einer der größten und wichtigsten, den die Firma in den letzten Jahren ergattert hatte, und Christina wusste, dass es sich bei der Produktion um eine Chance handelte, die große Dinge für sie nach sich ziehen konnte.

So viel Glück schien ihr fast unheimlich, zugleich war sie aber auch zutiefst der Überzeugung, dass sie sich diese Chance wirklich und wahrhaftig verdient hatte. Dabei war sie nicht naiv. Die frisch beförderte junge

Frau war sich durchaus bewusst, dass sie jetzt beweisen musste, der schwierigen Aufgabe des Mädchens für alles (denn genau das war man als Produktionsassistentin) auch gewachsen zu sein.

Aber ihre Sterne standen gut, denn aufgrund des bereits eingefahrenen Erfolgs handelte sich bei ihrer ersten Produktion um einen offensichtlichen Selbstläufer. Zwar hatte sie Gerüchte über die Allüren des *Miguel*-Darstellers gehört, sich aber damit beruhigt, dass sie schließlich auch mit jemandem wie Hugo Stevens fertig geworden war.

Der Produzent der Werbefilmreihe und damit ihr neuer Chef unterschied sich sehr von ihrem früheren Vorgesetzten. Edward Steel sah aus wie ein Literaturprofessor aus irgendeiner englischen Universität. Er war groß und schlaksig und hatte einen üppigen, aber sehr gepflegten Bart. Seine Kleidung schien ausschließlich aus Sportsakkos mit den unvermeidlichen Lederflicken an den Ellenbogen, in den Knien bereits ausgebeulten Cordhosen und Wildlederhalbschuhen zu bestehen. Obwohl sein Outfit eine gewisse Weltfremdheit und Exzentrizität vermittelte, war er überaus gut und effizient in seinem Job. Er war es auch gewesen, der die Idee gehabt hatte, den Star der vor zwei Jahren abgesetzten Fernsehserie *Licht der Liebe* als *Miguel* zu casten. Dabei war es ein durchaus mühsames Unterfangen gewesen, Mike Williams davon zu überzeugen, dass es ganz sicher nicht unter seiner Würde sein würde, Werbespots zu drehen, sondern dass es sich im Gegenteil durchaus um die Chance für eine zweite Karriere handeln könnte. Mike Williams hatte anfangs nur zögerlich zugestimmt. Doch nach dem phänomenalen Erfolg der ersten beiden

Clips (und der Gage, die sein Bankkonto für einige Zeit mehr als ausgeglichen hatte) schien der Ex-Serienstar das Gefühl zu haben, dass der Verkaufserfolg des Aftershave ausschließlich ihm zu verdanken wäre.

Williams' Meinung von sich selbst – von seinem Talent und seinem Charme – hatte schon bei der Produktion der abgesetzten Fernsehserie seinesgleichen gesucht. Doch jetzt war sein Ego so angeschwollen, dass besonders Edward, der Produzent, große Schwierigkeiten hatte, vernünftige Arbeit abzuliefern.

Obwohl es sich »nur« um Werbung handelte, hatte der abgehalfterte Star absurde Extrawünsche. Man sollte ihm Tag und Nacht einen Chauffeur zur Verfügung stellen, er wollte einen eigenen Trailer für die Drehpausen, und das Catering musste von einem Pariser Restaurant kommen und extra eingeflogen werden. Als noch anstrengender und hinderlicher erwies sich allerdings seine neueste Manie, selbst erdachte Dialoge in die Drehbücher einbauen zu wollen und den Regisseur mit ständigen Anmerkungen bezüglich des Charakters seiner Figur in den Wahnsinn zu treiben.

Christinas erste Begegnung mit dem widerspenstigen Star fand schon eine Stunde nach ihrem Eintreffen in dem malerischen Dörfchen an der See statt. Natürlich hatte man sie vorgewarnt, doch die Berichte über sein Verhalten hatten bei ihr eher Trotz als Ängstlichkeit ausgelöst.

Ausgerechnet am Morgen von Christinas Ankunft hatte Mike Williams mal wieder einen Satz aus dem Drehbuch gestrichen, der ihm nicht passte, und war damit auf heftigen Widerstand beim Produzenten gestoßen. Williams' Reaktion auf das kategorische Nein von

Edward Steel bestand aus kindischem Schmollen, zu dem er sich in seinen weiß getünchten Trailer zurückgezogen hatte.

Leider gehörte es zu Christinas Aufgaben als Produktionsassistentin, alle Schauspieler am Set zu versammeln. So stand Christina bereits dreißig Minuten nach Arbeitsbeginn vor ihrer ersten großen Herausforderung. In diesem Moment verlangte es erhebliche Kraftanstrengung, sich nicht an ihren alten Arbeitsplatz zurückzusehnen.

»Mister Williams«, sagte sie mit fester Stimme, nachdem sie zweimal erfolglos gegen die Tür geklopft hatte.

Keine Antwort.

»Mister Williams!«, wiederholte sie erneut.

»Wer ist da?«

»Christina Haller.«

»Wer ist Christina Haller?«

»Ich bin die neue Produktionsassistentin.«

»Hauen Sie ab!«

»Könnte ich einen Moment mit Ihnen sprechen?«

»Nein.«

»Bitte …«

Schweigen im Inneren des Trailers. Christina hatte keine Ahnung, was den Mann schließlich doch bewog, seine Meinung zu ändern, aber nach einigen Sekunden flog die Tür auf und stieß sie dabei fast um. Als sie sich wieder etwas gefangen hatte und aufschaute, sah sie direkt in die funkelnden braunen Augen des Schauspielers. Der Mann wirkte tatsächlich noch attraktiver als auf dem Bildschirm. Der kantige Kiefer und die symmetrischen Gesichtszüge unter dem dichten schwarzen Haar verliehen ihm eine geradezu atemberaubende Männlichkeit.

»Kommen Sie herein.« Die Genervtheit in seiner Stimme war bereits etwas abgeschwächt und im Ton einer gewissen Neugierde gewichen.

Als Christina die vier Stufen erklomm, die in sein Reich führten, hatte sie das untrügliche Gefühl, sich damit in die Höhle des Löwen zu begeben.

»Sie sind also die neue Produktionsassistentin …« Sein Blick musterte sie von Kopf bis Fuß und hatte etwas durch und durch Abschätzendes. Vor ein paar Monaten noch wäre Christina bei einem derart prüfenden Blick in Grund und Boden versunken und hätte sofort begonnen, sich für ihre Existenz zu entschuldigen. Doch das war die alte Christina. Die neue Christina blieb einfach stehen und erwiderte seinen prüfenden Blick ganz unverhohlen.

»Edward hat Ihnen sicher schon einige Horrorgeschichten von mir erzählt. Was ich für ein Monster bin, wie arrogant ich bin und so weiter.« Der Schauspieler hatte einen recht breiten, nordischen Akzent, den er bei seinen bisherigen Rollen offenbar gut verstellt hatte, der ihm jetzt aber etwas sehr Gewöhnliches verlieh.

»Das könnte man so sagen«, erwiderte Christina schlicht.

»Und stimmen Sie mit ihm überein?«

»Noch kenne ich Sie ja nicht besonders gut. Aber jemand, der eine ganze Filmcrew warten lässt, weil er seinen Willen nicht bekommt, kann in meinen Augen kein besonders professioneller Schauspieler sein.«

Christinas Unverblümtheit schien ihre Wirkung nicht zu verfehlen. Er grinste sie frech an und setzte sich dann vor seinen Schminkspiegel.

»Sie sind ja sehr direkt.«

»Sie haben mich nach meiner Meinung gefragt.«

»Allerdings. Und Sie haben keinen Hehl daraus gemacht. Aber das ist bei schönen Frauen nichts Ungewöhnliches.«

Er versuchte es also mit Komplimenten – eine Vorgehensweise, die Christina noch nicht gewohnt war und die sie ein wenig überrumpelte.

»Ich nehme an, man hat Ihnen schon oft Komplimente für Ihr Aussehen gemacht?«

»Also eigentlich ...«

»Sie sind sehr schön«, schnitt Mike Williams ihr kurzerhand das Wort ab. »Glauben Sie mir, ich kann das beurteilen.«

»Danke«, war die einzige Erwiderung, die der verdutzten und ob seiner Arroganz leicht angewiderten Christina einfiel.

»Sind Sie verheiratet oder verlobt? Oder sind Sie eine von denen, die ihren Freund als Lebensabschnittsbegleiter bezeichnen?«

»Nichts von alledem.«

»Immerhin sagen Sie mir nicht, dass mich das nichts angeht. Ein kleiner Erfolg.« Er sah sie im Spiegelbild an und grinste breit.

»Das muss wohl daran liegen, dass es mir völlig gleichgültig ist, ob Sie über mein Privatleben informiert sind oder nicht.«

»Interessant.«

»Mister Williams, Sie wissen, dass Sie ein attraktiver Mann sind. Es gibt sicher viele Frauen, die jeden anderen für Sie stehen lassen würden, um ein Mal mit Ihnen in einem Raum zu sein. Also sparen wir uns doch die Spielchen.«

Mike lachte laut auf und schlug sich dabei tatsächlich auf die Schenkel.

»Okay, Miss Haller«, teilte er ihr mit Betonung auf *Miss* mit – aber er sprach dabei keineswegs mit einem »Fräulein«, sondern mit einer Frau im tiefsten Sinne. »Sagen Sie dem alten Steel, dass ich die Szene so drehe, wie er es will, wenn seine Produktionsassistentin heute mit mir zu Abend isst.«

»Ich würde sehr gern heute Abend mit Ihnen essen gehen«, erwiderte Christina mit ruhiger Stimme, auch wenn ihr alles andere als ruhig zumute war.

»Großartig. Aber lassen Sie uns das nicht an die große Glocke hängen. Ich hole Sie um acht Uhr ab.«

»Nein, ich komme zu Ihnen ins Hotel. Wir können doch auch dort essen.«

»Sie wissen wirklich, was Sie wollen. Sind Sie immer so entschlossen, Miss Haller?«

»Immer.«

Christina erwiderte sein erneutes Lächeln nicht, sondern drehte sich auf dem Absatz um und verließ grußlos den Trailer.

Als sie Edward Steel von ihrem Erfolg berichtete, hielt es ihn kaum auf seinem Sitz. »Wie um alles in der Welt haben Sie das denn hingekriegt?«, fragte der Produzent sie beinahe fassungslos.

»Berufsgeheimnis«, entgegnete sie augenzwinkernd und lächelte still in sich hinein.

***

Das *Hôtel Pigeonnier*, ein Steinhaus aus dem achtzehnten Jahrhundert, war klein, aber sehr exklusiv. Es lag in einer sehr ruhigen Gegend direkt am Meer, nur eine halbe Stunde vom Drehort entfernt. Das Personal dort hatte es sich zur Aufgabe gemacht, dem Gast jeden Wunsch von den Augen abzulesen. Und sei er noch so luxuriös und ausgefallen.

Christina stellte ihren Wagen auf dem Parkplatz hinter dem Gebäude ab. Das kleine Auto wirkte zwischen den diversen Bentleys und anderen Luxusmarken ein bisschen schäbig, aber schließlich war sie nicht hier, um mit ihrem Besitz zu protzen. Der Beweggrund, dass sie diesem Treffen zugestimmt hatte, war ein ganz anderer …

Sie hatte große Sorgfalt bei der Wahl ihrer Garderobe walten lassen. Sie wollte nicht zu sexy wirken, aber auch nicht zugeknöpft. Also hatte Christina sich für eine einfache weiße Bluse und einen schlichten schwarzen Rock entschieden, der knapp über dem Knie endete. Als einziges Accessoire hatte sie eine dicke goldene Brosche über der Brust platziert. Das Schuhwerk hingegen war nicht ganz so zurückhaltend wie der Rest ihres Looks, aber die High Heels aus schwarzem Leder mit den goldverzierten Riemchen waren einfach zu schick, um sie nicht zu ihrem Vorteil einzusetzen.

Seit dem ersten Zusammentreffen mit Mike Williams hatte sie viel über den Schauspieler nachdenken müssen. Sie fand ihn unhöflich, arrogant und eigentlich unerträglich. Gleichzeitig war er aber auch einer der attraktivsten Männer, denen sie je begegnet war. Attraktiver, als sie ihn vom Fernsehen in Erinnerung hatte (ja, auch Christina hatte während ihrer Couch-Potato-Zeit einige Folgen seiner abgesetzten Fernsehserie gesehen). Seine glühenden braunen Augen schienen sie förmlich aufzuspießen. Und zwar auf eine Weise, die ihr das Gefühl von Verletzbarkeit und Blöße gab.

Die junge Deutsche war sich durchaus bewusst, dass er die alte Christina wahrscheinlich niemals so angesehen, sondern einfach nur übersehen hätte. Aber sie war eben nicht mehr die alte Christina. Die alte Christina hätte sich womöglich nicht mal zu ihm hingezogen gefühlt. Denn genau so war es. Sie wollte ihn. Um der Produktion willen, um ihres neuen Jobs willen und – es ließ sich nicht leugnen – um ihrer Karriere willen. Sie war sich durchaus bewusst, dass es ihrem weiteren Aufstieg sicher nicht schaden könnte, Mike Williams näher kennenzulernen.

Als sie an der Rezeption nach Mister Williams' Suite fragte, schickte man sie eine kleine Treppe hinauf in den ersten Stock. Nachdem sie die mit dickem roten Teppich ausgelegte Eichentreppe erklommen hatte, gelangte sie auf einen langen Korridor, dessen Wände mit Porträts aus dem achtzehnten Jahrhundert geschmückt waren. Die einzelnen Zimmer waren nicht wie in anderen Hotels mit Nummern versehen, sondern nach berühmten Persönlichkeiten aus der Welt der Oper benannt. Mike Williams wohnte passenderweise in einer Suite, die den Namen *Paganini* trug.

Christina klopfte an die schwere Doppeltür, und eine herrische, geradezu donnernd laute Stimme rief »Herein!«. Na schön, der Mann hatte also auch eine Sprecherausbildung gehabt. Aber musste er unbedingt in diesem Moment damit angeben?

Als Christina die Tür öffnete, sah sie den Schauspieler auf einem Sofa direkt gegenüber sitzen. Es war das größte Möbelstück des Wohnzimmers der Suite, von deren zwei großen Fenstern man einen atemberaubenden Blick auf das Meer hatte. Mike Williams trug einen sehr kurzen dunkelgrünen Morgenmantel aus Seide, dessen Gürtel er nur sehr lose um seine Taille geschlungen hatte. Das Erste, was ihr auffiel, war der dichte schwarze Haarpelz, der seinen ganzen Körper bedeckte und genau so dunkel war wie die Haare auf seinem Kopf. Vor ihrem Gastgeber stand ein länglicher Couchtisch, auf dem ein antiker Kühler mit einer halb leeren Flasche *Bollinger*-Champagner und zwei Sektflöten aus Kristall standen.

»Guten Abend«, begrüßte Christina den Schauspieler fast formell.

»Wie schön, dass Sie tatsächlich gekommen sind. Champagner?«

»Sehr gern. Danke.«

Während Mike den Champagner einschenkte, setzte die etwas aufgeregte Christina sich auf einen Stuhl, der schräg neben dem Sofa stand. Als er sich vorbeugte, um an die Flasche zu gelangen, öffneten sich die Falten seines Morgenmantels und gewährten einen kurzen Blick auf seine Kronjuwelen. Genau wie der Rest seines Körpers war auch die Schamgegend überaus dicht behaart. Voller Erleichterung stellte Christina fest, dass sein Schwanz, obwohl er schlaff herunterhing, überdurchschnittlich groß zu sein schien. Trotz ihrer immer noch moderat zu nennenden Erfahrungen konnte sie sich nämlich kaum etwas Schlimmeres vorstellen als einen stark behaarten Mann, dessen Organ so klein war, dass es unter der Behaarung kaum zu erkennen war.

»Santé«, sagte er.

»Santé.« Die beiden saßen viel zu weit voneinander entfernt, um anstoßen zu können, und hoben lediglich die Gläser. Der Champagner hatte eine herrlich goldene

Farbe und schmeckte wirklich köstlich. Dass die gesamte Bewirtung dieses Abends auf seiner Spesenrechnung an *Witherman & Co.* auftauchen würde, hielt Christina nicht davon ab, das Glas recht schnell zu leeren und sich von dem Schauspieler nachschenken zu lassen.

Als Williams sich auf dem Sofa zurücklehnte, machte er sich nicht die Mühe, seinen Morgenmantel zu schließen. Christina ahnte, dass es sich um einen Test handelte, wie sie auf seine Freizügigkeit reagieren würde. Wahrscheinlich machte er das mit allen Frauen so. Diejenigen, die mit Tränen in den Augen und leise schluchzend hinausliefen, hatten ganz sicher keine Chance bei ihm. Aber Christina hatte nicht vor wegzulaufen.

»Der Champagner ist wirklich hervorragend«, sagte sie.

»Ja. Ich dachte mir, wenn schon, denn schon.« Er nahm einen Schluck aus seinem Kristallglas. »Entschuldigen Sie bitte meinen Aufzug. Aber nach einem Drehtag stelle ich mich gerne sofort unter die Dusche, und ich hatte keine Zeit, um …«

»Sie müssen sich nicht entschuldigen. Ich genieße einfach nur die Aussicht.« Christina starrte jetzt ganz unverhohlen zwischen seine Schenkel. Ihr Blick schien seinen Riemen geradezu anzustacheln, denn er richtete sich auf wie eine zusammengefallene Marionette, die man an den Fäden nach oben zog. »Er scheint die Aufmerksamkeit zu mögen«, sagte sie augenzwinkernd.

Mike schaute ebenfalls zwischen seine Beine. »Er mag Sie«, erwiderte er schlicht.

Christina nahm diesen Satz als ihr Signal. Sie stand auf und stellte ihr Glas zurück auf den Tisch.

»Ich dachte eigentlich, dass wir den Abend damit verbringen, über Ihre Schwierigkeiten mit dem Produzenten zu sprechen.«

»Doch, doch«, erwiderte er breit grinsend.

Christina stand jetzt direkt vor ihm und blickte erneut in seinen Schritt. Sein Schwanz war mittlerweile halb ausgefahren und die Vorhaut so weit zurückgerollt, dass sie seinen Schlitz sehen konnte.

»Ich finde, Sie sollten sich jetzt lieber bedecken. So lange dieses Ding auf mich gerichtet ist, kann ich mich nicht auf ein Gespräch über die Produktion konzentrieren.«

Im totalen Gegensatz zu ihren Worten setzte Christina sich neben den erregten Mann, griff nach dem lose geknoteten Gürtel des Morgenmantels und zog ihn auf. Dann ließ sie ihre Hand ohne weiteres Zögern hinab zu seinem Riemen gleiten. In dem Moment, als sie ihn berührte, wurde aus dem halb steifen Organ ein steinharter Knüppel.

»Sie sind ja wirklich sehr direkt.«

»Als indirekte Reaktion kann man das da aber auch nicht gerade bezeichnen«, konterte sie und zog gleichzeitig seine Vorhaut mit einer Handbewegung ganz zurück. Mike stöhnte mit einem leisen Zischen auf.

»Möchtest du, dass wir noch ein paar Belanglosigkeiten über den Job austauschen, bevor du mich fickst?«, fragte sie zum vertrauten Du wechselnd.

»Nein.«

»Dann sind wir ja schon zwei.«

Christina beugte sich vor, sodass ihr Mund direkt über seinem mittlerweile zuckenden Prügel schwebte und leckte mit der Zunge über seine freigelegte Eichel, um kurz darauf die gesamte Länge seines Schaftes wie eine große Eistüte abzuschlecken. Nachdem die Zunge ihren Dienst getan hatte, stülpte Christina ihren offenen Mund über das harte Organ und nahm es so tief in ihren Hals, dass sein borstiges Schamhaar ihre Lippen kitzelte. Auf und ab hüpfte ihr Kopf, und jedes Mal, wenn sie wieder an seiner Schwanzspitze anlangte, saugte sie so wild an seiner Eichel, dass Mike schon bald im Rhythmus ihrer Bewegungen stöhnte. Sein Prügel schien immer härter zu werden, fast als ob er bereits kurz vorm Abspritzen stände. Nicht, dass sie etwas dagegen gehabt hätte. Hauptsache, er amüsierte sich. Hauptsache, sie brannte sich ihm ins Gedächtnis. Hauptsache, Christina Haller war von nun an etwas ganz Besonderes für ihn. Aber Mike schaffte es irgendwie, die Kontrolle über seinen Abgang zu behalten.

Christina setzte sich auf und sah ihrem Gespielen direkt ins Gesicht.

»Willst du noch nicht kommen?«, fragte sie ihn.

Mike schlang seine Arme um ihren Hals, zog sie noch dichter zu sich heran und gab ihr einen Kuss auf die Lippen. Die Vereinigung ihrer Zungen bescherte Christina ein besonderes Geschmackserlebnis, denn sie konnte durch die Vermischung des Speichels seinen Schwanz schmecken.

Doch es dauerte nicht lange, bis sie sich aus seiner Umarmung befreite und aufstand. Mike sah sie mit fragendem Blick an.

Wie schon bei ihrem Erlebnis mit Hugo Stevens war Christina fasziniert davon, wie hingebungsvoll und flehend Männer dreinschauen konnten, wenn sie einem Höhepunkt entgegenfieberten. Ganz langsam und ohne den Blick von ihm abzuwenden, knöpfte sie ihre Bluse auf und zog sie aus ihrem Rock. Nachdem sie auch die Knöpfe am Ärmel geöffnet hatte, schob sie den weichen Stoff wie in Zeitlupe über ihre Schultern. Obwohl es sich bei ihrem zartrosa BH um einen Push-up handelte, wirkte er durch die Farbe fast mädchenhaft und stand in krassem Gegensatz zu ihrem überaus direkten Verhalten. Ihre Brüste quollen verführerisch über die satinbesetzten Ränder und ließen Mikes Augen tellergroß werden. Christina zog den Reißverschluss an der Rückseite ihres Rockes auf und ließ ihn zu Boden gleiten. Als Mike ihren dünnen, ebenfalls rosafarbenen Strapsgürtel erblickte, an dem ihre Strümpfe befestigt waren, drang ein fast rasselndes Stöhnen aus seiner Kehle. Der lüsterne Laut des Mannes war jedoch nicht allein der Tatsache zu verdanken, dass sie Strapse trug, sondern dass sich auf ihrem Seidenhöschen bereits ein kleiner, feuchter Fleck ausgebreitet hatte. Die offensichtliche Lust einer Frau begeisterte Männer doch immer wieder.

Sich ihrer Wirkung voll bewusst, hob Christina die Arme und verschränkte sie hinter ihrem Nacken, sodass er ihren Körper in seiner ganzen Pracht bewundern konnte. Aus seiner Schwanzspitze quoll bereits ein winzig kleiner Lusttropfen. Mike beugte sich vor, bis seine Nase nur noch Zentimeter von ihren Schenkeln entfernt war und sie seinen Atem auf ihrem hauchdünnen Slip spüren konnte.

»Wunderschön«, flüsterte er mit heiserer Stimme, steckte seine Finger unter das Bündchen und zog das Höschen ganz langsam und voller Vorfreude so weit herunter, dass Christina mühelos hinaussteigen konnte. Dann vergrub er sein Gesicht mit einem tiefen Seufzer zwischen ihren Schenkeln. Es dauerte nicht lange, und

Christina spürte, wie seine Zunge hervorschnellte, ihre Schamlippen teilte und sich gierig auf die Suche nach ihrem Kitzler machte.

Sie ließ ihre Finger durch sein dichtes schwarzes Haar gleiten und drückte ihre Mitte Halt suchend gegen sein Gesicht. Ihre Erregung wurde immer größer. Doch es waren nicht nur seine Zungenschläge, die sie aufheizten, sondern die ganze Situation. Bisher hatte sie sich so sehr darauf konzentriert, für ihn zu posen und ihn zu verführen, dass sie kaum an ihre eigenen Bedürfnisse gedacht hatte. Doch jetzt, da seine Zunge sich tief in ihre Mitte gebohrt und sie ihr Ziel erreicht hatte, brandete eine Lust durch ihren Körper, die sie fast ein wenig überraschte.

Die Finger immer noch in seinen Haaren vergraben, bog sie den Kopf ihres Gespielen nach hinten und schaute ihm direkt in die Augen. Dann beugte sie sich vor, um ihn auf den Mund zu küssen, der von ihren Säften ganz feucht war.

»Ich will deinen Schwanz in mir spüren«, stieß sie schließlich lüstern hervor und drückte ihn mit einer fast groben Handbewegung zurück auf das Sofa. Dann ließ sie sich mit gespreizten Beinen auf seinen Schenkeln nieder. Doch sie setzte sich nicht direkt auf sein Geschlecht, sondern platzierte sich so, dass die steinharte Luststange aufrecht vor ihrem Venushügel stand. Voller Geilheit versuchte Mike verzweifelt, sein Organ in die Nähe ihrer Möse zu stoßen, doch seine Position ließ nicht mehr als ein Reiben an ihren Schamhaaren zu. Christina beobachtete seine Bemühungen fast amüsiert, und in einem Anflug von Albernheit kam ihr der Satz »Möge die Macht mit dir sein« in den Sinn. Der Mann stand kurz vorm Betteln – ein sicheres Zeichen, dass die Macht mit ihr war. Ob das köstliche Gefühl, Männer ganz nach ihrem Willen zu manipulieren und zu Wachs in ihren Händen zu machen, sich irgendwann abnutzen würde? Egal.

Sie nahm seinen zuckenden Freund in die Hand, erhob sich ein kleines Stückchen und dirigierte ihn dann zwischen ihre Schamlippen. In dem Moment, als sie seine Eichel am Eingang ihres mittlerweile klitschnassen Fötzchens spürte, ließ sie sich mit einer fließenden Bewegung auf ihm nieder. Es geschah nicht langsam und bedächtig, sondern hart und schnell. Kein leichtes Traben zum Eingewöhnen, sondern ein scharfer Galopp ohne großen Anlauf.

Ihre prallen Brüste hüpften auf und ab und klatschten dabei immer wieder gegen sein Gesicht. Mikes Hände griffen instinktiv nach den einladenden Bällen und kneteten sie enthusiastisch. Als er schließlich anfing, ihre Nippel zwischen seinen Fingern hin- und herzurollen, war Christina schon fast so weit. Sie stellte ihr Auf und Nieder abrupt ein und presste ihre Muschi so fest es ging auf seinen Schwanz. Ihre inneren Muskeln zuckten – und genau dieses Zucken um das steinharte Organ trieb das Paar unaufhaltsam dem Punkt entgegen, den sie beide ersehnten. Das köstliche Gefühl des Ausgefülltseins ließ jeden einzelnen Nervenstrang ihres Körpers erbeben – wie die Stahlseile der Golden Gate Bridge, die bei einem Erdbeben erzittern. Christina sah zu dem stöhnenden Mann hinab, sah sein hochrotes, erregtes Gesicht und ihre Titten in seinen Händen. Der Anblick war der letzte Vorposten zu ihrem Höhepunkt, und dann gab es kein Zurück mehr. Ihr Körper begann hilflos zu zittern, und es war, als würde sie sich mit ihrem stakkatohaften »Ja, ja, ja!« selbst anfeuern.

Christinas Orgasmus schien Ewigkeiten zu dauern. Gerade, als sie glaubte, sie würde wieder zur Erde zurückkehren, rollte eine zweite und schließlich sogar eine dritte Welle heran, die sie mit rasender Geschwindigkeit forttrug.

Dann war es vorbei.

»Da hatte es aber jemand nötig«, erklärte Mike nach einer ganzen Weile, in der sie still in ihrer Position verharrt hatten.

Christina stieg wortlos von ihm herunter. Sein Schwanz war noch immer steinhart und stand in einer leichten Rechtskurve steil von seinen Lenden ab. Er glänzte von ihren Säften.

»Das kann man wohl so sagen«, erwiderte sie schließlich. »Und jetzt sag mir, wie ich dich erfreuen kann.«

Ohne etwas zu sagen stand er auf, nahm ihre Hand und führte sie ins Schlafzimmer.

Die Vorhänge waren zugezogen, sodass die Einrichtung nur schemenhaft zu erkennen war. Das Bett war schon zurückgeschlagen – so viel konnte Christina erkennen.

»Wirst du mir meine Wünsche erfüllen?«, fragte er.

»Ja.«

»Jeden?«

»Jeden?«, wiederholte sie. »Du machst mich neugierig.«

Mike gab ihr einen gefühlvollen Kuss auf den Mund. Sie spürte noch, wie seine Erektion sich gegen ihren Bauchnabel presste, bevor sie von dem mittlerweile mehr als gierigen Mann rückwärts aufs Bett gedrückt wurde.

Einmal in der liegenden Position, schlang Christina sofort ihre Beine um seine Lenden. Sein Schwanz stieß zwar fordernd zwischen ihre Beine, und sie spürte, wie er sich zuckend gegen ihre immer noch geschwollenen Schamlippen presste, aber er drang nicht in sie ein.

Zu ihrer Überraschung setzte Mike sich schließlich auf und machte Anstalten, sie auf den Bauch zu drehen. Sie ließ es zu und presste ihr Gesicht in das frisch duftende, weiche Kopfkissen. Die verführerische Kurve ihres Hinterteils stand auf erregende Weise vom Rest ihres Körpers ab.

»Was für ein süßer Po«, entfuhr es Mike. Christina hätte seine Worte als Kompliment nehmen können, aber es klang eigentlich eher, als würde er nur mit sich selbst sprechen.

Sie entgegnete nichts, sondern reckte ihr Hinterteil fast unbewusst noch etwas höher in die Luft.

Mikes Hand wanderte zwischen die tiefe Spalte, die ihre beiden Pobacken bildeten. Ihr Hintereingang war feucht von den Säften, die aus ihrer Muschi geströmt waren. Als er mit einem Finger über die kleine, zuckende Öffnung ihrer Rosette strich, stöhnte sie leise in das Kissen. Es dauerte nicht lange, und sie spürte, wie eben dieser Finger vorsichtig in ihr Allerheiligstes drang. Mike wusste offensichtlich genau, was er tat, denn nachdem er die empfindliche Öffnung eine Zeit lang bearbeitet hatte, spürte Christina, wie sie immer mehr entspannte. Schließlich legte Mike sich mit der ganzen Länge seines Körpers auf ihren Rücken und rieb seinen Schwanz zwischen ihren Pobacken.

Im Nachhinein war es ihr fast peinlich, wie spät sie begriff, was der Mann eigentlich mit ihr vorhatte. Er wollte sie in den Arsch ficken. Christina war noch nie in den Arsch gefickt worden. Zu ihrem eigenen Erstaunen machte ihr der Gedanke daran jedoch keine Angst, sondern jagte einen Schauer der Erregung durch ihren Körper. Zwar hatte sie gehört, dass diese Erfahrung durchaus schmerzen konnte – und Mike Williams war wirklich stark gebaut –, aber ihre Erregung war zu groß, um der Sache jetzt noch Einhalt gebieten zu können. Sie wollte es.

Als Mike seinen Prügel in Position brachte, begann sie wie zu seiner Bestätigung zu stöhnen. Er sollte wissen, dass sie bereit war und es ebenso wollte wie er.

Der Schauspieler brauchte keine weitere Ermutigung. Sein Schwanz war immer noch feucht von ihren Säften, sodass das Eindringen seiner Spitze relativ problemlos vonstattenging. Zum ersten Mal in ihrem Leben spürte sie die Härte und die Hitze eines Schwanzes in ihren Po dringen. Ihr Herz schlug wie wild, und das Blut schoss ihr in den Kopf, als würde sie erröten – ganz innerlich.

»Oh …«, stieß sie beinahe verwundert hervor.

Mike war noch nicht allzu tief eingedrungen und verlieh seinen Bewegungen jetzt etwas mehr Nachdruck.

Ihre Geilheit war geweckt. Sie wollte mehr, und er gab es ihr. Nach kurzer Zeit war fast sein gesamter Schwanz in ihrem süßen Hinterteil verschwunden. Er füllte sie so vollständig aus, wie sie noch nie ausgefüllt worden war.

Irgendwann wanderte seine Hand unter ihren Hüften hindurch zwischen ihre Beine, wo Mike schnell ihre Muschi fand und zwei Finger darin versenkte. Als die Finger anfingen, sich in ihr zu bewegen und sie zusammen mit seinem Schwanz zu bearbeiten, spürte Christina eine tiefe Dankbarkeit dafür, dass ihr zielstrebiger Partner sie dazu gebracht hatte, sich dieser sexuellen Spielart im wahrsten Sinne des Wortes zu öffnen.

Nach und nach entwickelte Mike einen gegenläufigen Rhythmus des Eindringens. Während er seinen Schwanz tief in ihren Po stieß, zog er die Finger jeweils ein Stückchen aus ihrer klitschnassen Muschi heraus. Rein und raus, rein und raus.

Noch nie in ihrem Leben hatte Christina derartige Gefühlswellen erlebt. Ihre Möse und ihre Rosette glühten, und jeder Zentimeter ihres Körpers schien einem ununterbrochenen Bombardement von kleinen Explosionen ausgesetzt zu sein. Es fühlte sich fast an, als hätte sie zwei Muschis, zwei offene Tore, die beide zu völlig ungeahnten Dimensionen der Lust führten.

Sie kam nicht in Wellen, die sich schließlich zu einem großen Orgasmus hochschaukelten, sondern in einer Abfolge von scharfen Spitzen, von denen jede einzelne stark genug war, um sie dauerhaft keuchen zu lassen. Jede Kontrolle, die sie vielleicht vorher noch über sich gehabt hatte, war verschwunden. Sie stöhnte, schluchzte und schnappte nach Luft.

Dann spürte sie seine Eichel in ihrem Po anschwellen. Christina hatte das Gefühl, von der zusätzlichen Verdickung zerrissen zu werden. Mikes Finger ließen jetzt von ihrer Möse ab und wandten sich stattdessen ihrem Kitzler zu. Ohne jede Feinmotorik – die hatte sie in diesem Moment auch gar nicht nötig – rubbelte er an ihrer dick geschwollenen Lustknospe, als wären seine Finger ein Radiergummi, die einen besonders hartnäckigen Bleistiftstrich auf einem Blatt Papier entfernen wollten.

Christina hätte eigentlich nicht gedacht, dass sie noch einmal kommen würde, aber es geschah. Ihr Körper ertrank förmlich in einem Lustgefühl und versuchte verzweifelt, mit etwas fertig zu werden, das er zuvor noch nie erfahren hatte. Mikes Stöße wurden immer schneller und begieriger, während er weiter ihren Kitzler rieb, der mittlerweile vor Geilheit brannte.

Schließlich kam der letzte Stoß. Er ging mit einem lauten Schrei einher, der nur von Mikes Höhepunkt herrühren konnte. Sein aus tiefstem Herzen und höchster Ekstase gebrüllter Laut gab Christina den Rest. Sie explodierte in einem Orgasmus, der sie in eine strahlende Welt schleuderte, die keine Schatten mehr kannte. Sie war der Ohnmacht nahe, und es dauerte sehr, sehr lange, bis die samtene Decke der Befriedigung gelüftet wurde und ihr grenzenloser Körper nach und nach wieder eine Kontur in der Realität seiner Umarmung fand.

Kapitel 7

Wollte man der Mehrzahl der Stimmen bei *Witherman & Co.* Glauben schenken, war der Dreh der vier Werbefilme für *Spartacus* eine der Produktionen im hektischen Geschäft der Werbung, die am reibungslosesten abgelaufen waren.

Nach dem rasanten Kennenlernen der beiden hatte Christina schnell begriffen, was nötig war, um den verwöhnten Schauspieler bei Laune zu halten. Ein bisschen mentale Zuwendung in Form von verständnisvollen Gesprächen über sein ach so anstrengendes Leben als Star und ein wenig körperliche Zuwendung in Form von sexuellen Gefälligkeiten – und schon funktionierte Mike wie eine gut geölte Maschine. Er war eigentlich ein netter Kerl, und die Anziehungskraft, die er ausstrahlte, war wirklich enorm. Doch trotz dieser beiden entscheidenden Vorzüge hatte Christina bereits nach einer knappen Woche bemerkt, wie seine anderen, nicht gerade angenehmen Charaktereigenschaften immer wieder in den Vordergrund drängten. Und das galt nicht nur für den Dreh, sondern auch für die Zeit, die sie abends gemeinsam in seiner Suite verbrachten. Bereits nach dem zweiten Tag war Christina von ihrem etwas schäbigen, kleinen Pensionszimmer in das vornehme *Hôtel Pigeonnier* gezogen, um ihrem Schützling jeden Wunsch sofort von den Augen ablesen zu können. Und er hatte viele Wünsche.

»Heute kann ich nur arbeiten, wenn …« schien einer seiner erklärten Lieblingssätze zu sein. Und die Dinge, die diesem Satzanfang folgten, waren teilweise so haarsträubend, man hätte meinen können, es mit einem ungezogenen Kind zu tun zu haben. So überraschte Mike sie am Morgen des fünften Drehtages tatsächlich mit der Forderung, zum Abendessen einen ganz bestimmten Wein aus einem 150 km entfernten Anbaugebiet probieren zu wollen. Christina verbrachte den halben Tag am Telefon, um seinen Wunsch zu erfüllen, nur um dann abends beim Essen seine verzogene Miene zu sehen, als er den edlen Tropfen probierte.

»Der ist ja viel zu sauer«, war seine jammernd vorgetragene Reaktion, die dafür sorgte, dass Christina zum ersten Mal schwer an sich halten musste, um nicht entnervt aus dem Zimmer zu laufen.

Bekam er seinen Willen, war Mike allerdings charmant und zuvorkommend und legte eine geradezu hündische Vernarrtheit für seine Bettgefährtin an den Tag.

Es hatte sich eingebürgert, dass die beiden nach dem Abendessen zum »entspannten Teil« übergingen – wie Mike sich ausdrückte. Dieser anfänglich noch sehr abwechslungsreiche und für Christina äußerst befriedigende »entspannte Teil« war zwar allein wegen der körperlichen Attribute des Mannes immer noch leidlich aufregend, doch auch hier ließ sich eine Tendenz zum Größenwahn erkennen. Mike schien schon nach kurzer Zeit nur noch die eigene Befriedigung im Kopf zu haben und meinte offensichtlich, dass Christinas sinnliche Wünsche schon allein durch seine Anwesenheit erfüllt wären. Außerdem stellte sie fest, dass seine Berührungen beim Sex immer gröber und seine zu Anfang noch gehauchten Komplimente einem Dirty Talk gewichen waren, der selbst nach männlichen Gesichtspunkten wenig Originelles hatte. Welche Frau ließ sich – selbst im Eifer des Gefechts – schon gern als Tittenluder bezeichnen?

»Ja, ja, du hast es schon nicht leicht«, entfuhr es Christina seufzend, als sie im Schlafzimmer der Suite in den Spiegel blickte. In den Worten schwang natürlich eine gewisse Ironie mit, denn eigentlich lief ja alles nach Plan. Sie hatte Erfolg im Job, weil sie Erfolg bei Männern hatte. Aber die aufgeregte Euphorie über ihre neuerliche Eroberung verschwand zusehends, und wie aus einem sich verflüchtigenden Nebel tauchten die Ecken und Kanten des Alltags auf, dessen Wege sie immer lustloser abschritt. Und die Fragen, die ihr Vorgehen aufwarf, ließen sich immer weniger verdrängen. Hätte ich diesen Erfolg auch, wenn ich keine Affäre mit dem wichtigsten Mann am Set hätte? Welche Rolle spielt meine eigentliche Leistung? Kann ich auch ohne Berechnung weiterkommen? Doch es waren nicht nur diese Fragen, die Christina immer häufiger an der Richtigkeit ihres Tuns zweifeln ließen. Auch die Gedanken an Steve schlichen sich in immer kürzer werdenden Abständen in ihren Kopf. Was würde er wohl zu alledem sagen? Würde er sie für ihre Entschlossenheit bewundern oder ihr Verhalten einfach nur als durchtrieben abtun?

In vollem Bewusstsein, dass eine moralische Instanz in diesem Moment einfach nur hinderlich war, riss Christina sich mit einem Ruck aus ihren Grübeleien. Sie trat vor das große Fenster im Wohnzimmer der Suite und schaute hinunter in den Garten des Hotels.

Es war Samstagabend, und vor etwa vier Stunden war

die letzte Klappe gefallen. Die Werbespots waren im Kasten, und die traditionelle Wrap-Party sollte hier im *Hôtel Pigeonnier* auf der großen Terrasse stattfinden.

Christina lugte verstohlen durch die Vorhänge der Suite, um zu sehen, welche Mitglieder der Crew sich bereits um den langen, rechteckigen Tisch versammelt hatten. Die meisten Kollegen waren schon erschienen, und auch Edward, der Produzent, hatte seinen Platz an der Stirnseite der langen, weiß gedeckten Tafel eingenommen.

Wenn sie die Gruppe recht überblicken konnte, fehlten eigentlich nur noch sie und Mike. Mike – wo steckte der Mann nur schon wieder? Unmittelbar nach Drehschluss hatte er sich mit den Worten entschuldigt, dass er noch etwas zu erledigen hätte, und war seitdem nicht mehr aufgetaucht.

Gerade als Christina sich entschlossen hatte, ohne ihn nach unten zu gehen, sah sie in der Auffahrt den leuchtend gelben Aston Martin Roadster vorfahren, den Mike sich für die Zeit der Dreharbeiten gemietet hatte (auch die Aufgabe, exakt diesen Wagen aufzutreiben, hatte zu Christinas Dienst am Star gehört). Der Sportwagen hielt natürlich mit einer Vollbremsung, sodass die groben Kieselsteine der Auffahrt nur so umherstoben. Typisch für Mike, auch mit einem Mietwagen so umzugehen, als hätte er noch zehn davon in der Garage stehen. Doch als der Schauspieler um das Auto herumgelaufen war und die Beifahrertür öffnete, begriff Christina allmählich, weshalb er mit dem männlichsten aller Versuche aufwartete, Eindruck zu schinden. Aus dem nicht gerade leicht zugänglichen Beifahrersitz krabbelte eine Frau, von der man zunächst nur die Beine erkennen konnte.

Aber was für Beine das waren! Sie steckten in langen schwarzen Strümpfen und schienen kein Ende nehmen zu wollen. Als es der Beifahrerin schließlich gelungen war, aus dem Wagen zu klettern, ohne dass ihr ultrakurzer dunkelgrauer Rock bis zur Brust hochrutschte, wurde Mikes auffällig bemühtes Verhalten noch wesentlich deutlicher. Obwohl Christina vom Fenster der Suite aus keine Einzelheiten erkennen konnte – dazu war die Auffahrt einfach zu weit entfernt –, war ihr sofort klar, dass es sich bei seiner Begleitung um ein ganz besonderes Wesen handelte. Die etwa vierzigjährige Frau war extrem schlank und sehr hoch aufgeschossen, und ihre ganze Körperhaltung verriet, dass es sich bei ihr um einen Menschen handelte, der sich seiner Wirkung absolut bewusst war. Zumindest von weitem wirkte sie kühl, ja fast arrogant.

Christina gingen tausend Gedanken auf einmal durch den Kopf. Wer war diese Frau? War Mike ihrer bereits überdrüssig geworden und hatte sich zum Ende der Dreharbeiten Ersatz gesucht? Stimmten die Behauptungen der Kollegen, dass der Mann bei seiner Partnerwahl sprunghaft wie ein Känguru war? Es gab nur eine Möglichkeit, der Identität der schönen Fremden auf die Spur zu kommen: Christina musste von ihrem Elfenbeinturm hinabsteigen und sich zu den anderen gesellen.

Blitzschnell hockte sie sich wieder vor den Spiegel und fing mit hektischen Bewegungen an, ihr Make-up aufzutragen. Als ihre Nervosität allerdings dafür sorgte, dass sie sich mit dem Kajalstift ins Auge stieß, mahnte sie sich eindringlich zur Ruhe. »Jetzt krieg dich mal wieder ein, Chris«, sagte sie laut zu sich selbst und musste unwillkürlich lächeln. Janelle hatte diesen Satz in ihren gemeinsamen Studientagen geprägt, wenn ihre Freundin sich mal wieder hektisch in irgendwelchen Nebenschauplätzen verlor.

Nachdem Christina sich einen kleinen Whiskey aus Mikes üppig gefüllter Bar genehmigt hatte, ging ihr Puls schon etwas regelmäßiger. Über einem der Stühle im Schlafzimmer hing das türkis-blaue Wickelkleid, das sie sich extra für diesen Abend in einer kleinen Boutique in der nächstgrößeren Stadt besorgt hatte. Die eher dunklen Farbtöne hatten sie irgendwie an Meerjungfrauen erinnert, und der sehr modebewussten Verkäuferin in der Boutique hatte es besonders zu Christinas errötetem Haar gefallen. Nur mit einem cremefarbenen Unterwäscheset bekleidet, nahm sie das hauchdünne Etwas hoch, ließ das herrlich weiche Material durch ihre Finger gleiten und schlüpfte dann hinein. Als sie vor den Spiegel trat, musste sie allerdings feststellen, dass der Stoff im Kunstlicht der Boutique nicht ganz so durchsichtig gewesen war, wie jetzt bei der schräg einfallenden Abendsonne. Doch der erste Schreck darüber wurde sofort von einem gewissen Trotz abgelöst, der ganz sicher mit dem Auftauchen von Mikes neuer Begleitung zu tun hatte. Zwar war das Verhältnis zu dem Schauspieler völlig ungeklärt, und Christina hatte keine Ahnung, ob es über die Dreharbeiten hinaus andauern würde, aber dennoch empfand sie die fremde Frau sofort als Bedrohung ihrer Position. Dabei sollte Mike doch eigentlich nur Mittel zum Zweck für sie sein. Sich der Schizophrenie ihrer Gefühle durchaus bewusst, warf sie einen letzten Blick in den Spiegel, schlüpfte in ihre weißen Riemchensandalen mit den Strasssteinen und machte sich entschlossen auf den Weg nach unten.

Das Personal des *Hôtel Pigeonnier* hatte sich beim Dekorieren der großen Fläche wirklich alle erdenkliche Mühe gegeben, dem Sprichwort *Leben wie Gott in Frankreich* neues Leben einzuhauchen. Auf der kleinen, efeubewachsenen Steinmauer, die die Terrasse zum Meer hin begrenzte, standen in regelmäßigen Abständen Windlichter, und die kleinen Zierpappeln auf der rechts angrenzenden Rasenfläche hingen voller weißer Glühbirnen. Die so in eine Mischung aus Kunst- und untergehendem Sonnenlicht getauchte Terrasse hatte ein mediterranes Flair, das die beschwörenden Beschreibungen der Urlaubskataloge tatsächlich wirklich werden ließ. Die mit weißen Tischtüchern ausgelegte lange Tafel war mit drei großen Blumenarrangements aus weißen Lilien geschmückt, zwischen denen ebenfalls Kerzen steckten, und in den Flügeltüren, die ins Innere des Hauses führten, standen bereits vier Kellner, um jedem der Gäste die Wünsche von den Augen abzulesen.

Christina spürte die Wärme der Terrakottafliesen durch die dünnen Sohlen ihrer Sandalen, als sie die Terrasse betrat. Es war zwanzig Uhr, und die Luft in dem offenen Raum war angefüllt von den Stimmen der Crewmitglieder, die sich teilweise aufjuchzend über die Schönheit dieses Ortes ausließen. Einige von ihnen sahen zum ersten Mal, in welchem Luxus ihr Hauptdarsteller für die Zeit der Dreharbeiten lebte, und so mischten sich auch einige verkniffene Kommentare zwischen die Reaktionen.

»Wir müssen in dieser abgerockten Pension hausen, und er vernügt sich hier mit seiner persönlichen Assistentin«, hörte sie einen der Lichtmänner murmeln, als sie sich der Gruppe näherte, die aus etwa fünfzehn Leuten bestand. Es war das erste Mal, dass Christina mitbekam, dass offenbar auch Kollegen gewisse Zweifel an ihrem Verhältnis zu Mike hatten. Und diese Erkenntnis trug nicht gerade dazu bei, dass sie sich wohler in ihrer Haut fühlte.

Der Schauspieler war noch immer nicht erschienen, sondern hatte sich mit seiner Begleitung an die Bar im Restaurant gesetzt, das von der Terrasse aus allerdings gut einsehbar war. So konnte Christina deutlich erkennen, wie die schwarzhaarige Fremde mehrfach lachend den Kopf in den Nacken warf. Doch ehe dieser Anblick sie weiter verunsichern konnte, hatte Edward, der Produzent, sie auch schon entdeckt. Er erhob sich von seinem Platz an der Stirnseite und kam ihr mit ausgestreckten Armen entgegen.

»Da ist ja unsere Heldin«, begrüßte er sie augenzwinkernd und gab ihr damit zu verstehen, dass er durchaus um die Probleme wusste, die sie bei der Erfüllung von Mikes Wünschen bisher gehabt hatte. »Dann können wir jetzt ja zum gemütlichen Teil übergehen.« Christina hatte große Mühe, sich ein Lachen zu verkneifen. Wenn der Gute dieselbe Vorstellung vom »gemütlichen Teil« hatte wie Mike, dann konnte das ja ein netter Abend werden, dachte sie schalkhaft, ließ sich aber natürlich nichts anmerken.

»Ich habe großartige Neuigkeiten für dich«, teilte er ihr mit, hakte sie kurzerhand unter und zog sie ein wenig fort von den anderen in Richtung Steinmauer. »Ich habe heute Nachmittag mit der Zentrale telefoniert und denen erzählt, was du hier für großartige Arbeit geleistet hast.«

»Ach …«, erwiderte Christina scheinbar ungerührt,

auch wenn sie innerlich vor Neugierde brannte, ob ihre Bemühungen wirklich so schnell Früchte tragen würden.

»Ohne dich wären die Dreharbeiten nie so problemlos vonstattengegangen, Chris. Mike ist ja wie ausgewechselt. Seitdem du dabei bist, ist er pünktlich am Set erschienen, wollte keine Änderungen mehr durchdrücken und war so relaxt wie selten. Du scheinst wirklich ein gutes Händchen für schwierige Fälle zu haben.«

»Man muss die Leute nur zu nehmen wissen«, entgegnete Christina und war sich der Zweideutigkeit ihrer Antwort durchaus bewusst.

»Für die Geschäftsführung von *Witherman & Co.* ist das eine ganz einfache Rechnung. In Zahlen ausgedrückt hast du der Firma sicher zwei bis drei Drehtage und damit Zehntausende von Pfund erspart. Ich könnte mir gut vorstellen, dass die Bosse eine Frau wie dich nicht lange auf eine höhere Position warten lassen.«

Am liebsten hätte Christina ihm von den drei Jahren des Wartens erzählt, in denen sie mehreren, weitaus unfähigeren Kollegen und Kolleginnen dabei zugesehen hatte, wie sie die Karriereleiter nach oben stolperten. Aber sie verkniff sich jede weitere Bemerkung darüber. Zu groß war der innere Freudensprung, den sie tat, als ausgerechnet der Produzent ihr realistische Hoffnungen auf eine weitere Beförderung machte. Natürlich war sie davon ausgegangen, dass der Einsatz, den sie bei der Betreuung von Mike gezeigt hatte, sich in irgendeiner Weise auszahlen würde. Dass ein weiterer Aufstieg allerdings so schnell möglich sein sollte, wenn man nur auf die richtigen Knöpfe (genauer gesagt die richtigen Körperteile) drückte, kam dann doch recht überraschend.

»Das wäre natürlich fantastisch«, erwiderte sie aufgeregt und spürte, dass ihr Gesicht vor Freude tatsächlich ein wenig rot wurde. »Danke!«

»Einsatz zahlt sich aus«, bemerkte Edward nur knapp, bevor er sie mit einer Geste aufforderte, mit ihm zusammen an die Tafel zurückzukehren.

Da es sich trotz der Eleganz des Ortes nicht um ein formales Diner handelte, hatten die Anwesenden sich selbst um die Sitzordnung gekümmert und sich kurzerhand so platziert, wie es ihnen gerade in den Sinn kam. Edward hatte die junge Deutsche entschlossen auf den Stuhl zu seiner Linken bugsiert, sodass Christina ausgerechnet neben Hank, dem Tonmann, landete, der für seine feuchte Aussprache berüchtigt war.

Mike und seine Begleitung hatten sich mittlerweile bequemt, die Bar zu verlassen und auch ihren Platz auf der Terrasse einzunehmen. Es war der reinste Affront für Christina, dass ihr Liebhaber der letzten vierzehn Tage es nicht für nötig befand, ihr seine offensichtlich gute Bekannte vorzustellen. Stattdessen nahm er mit einem schwer zu deutenden Lächeln schräg gegenüber von Christina Platz und beschäftigte sich ausschließlich damit, der schwarzhaarigen Frau irgendwelche Dinge ins Ohr zu flüstern. Man hätte meinen können, er spielte irgendwelche Spielchen mit ihr. Die übrigen Anwesenden wirkten im Gegensatz zu ihr völlig ungerührt. Fast als würden sie die Frau kennen. So wandte Christina sich trotz der Gefahr einer Gesichtsdusche irgendwann an Hank und fragte ihn flüsternd, wer der Neuankömmling denn wäre.

»Das ist Mikes ehemalige Agentin, Georgia«, klärte der lispelnde Tonmann sie auf. »Und zwar aus der Zeit, als er noch ein erfolgreicher Schauspieler war«, fügte er mit einer gewissen Schadenfreude in der Stimme hinzu.

»Ach, das ist Georgia!?« Christina fiel sofort ein, dass der Name bereits in einigen Gesprächen mit Mike aufgetaucht war. Sie hatte sich allerdings immer ein älteres, irgendwie verhärmtes Gesicht dazu vorgestellt und nicht diese klaren, feinen Züge mit so strahlend grünen Augen. Die Information, dass es sich offensichtlich um ein berufliches Verhältnis handelte, beruhigte sie dann auch nur so lange, bis ihr einfiel, dass man auch ihre Liaison als professionell hätte bezeichnen können.

Doch bevor sich dieser Gedanke in ihr festsetzen und für schlechte Stimmung sorgen konnte, wurde damit begonnen, das Essen zu servieren. Obwohl Christina ob ihrer inneren Unruhe keinen rechten Hunger hatte, begann sie schon bei der Vorspeise – einer einfachen, aber sehr feinen Gemüsesuppe –, einen sehr gesunden Appetit zu entwickeln, der sich bei dem Zwischengang und erst recht dem wahrhaft köstlichen Hauptgang aus mit einheimischen Gewürzen veredeltem Lammfleisch noch steigerte. Christina hatte nie so recht verstanden, wieso alle Welt sich über die Qualität der englischen Küche beschwerte, aber im Vergleich zu diesen Köstlichkeiten war alles, was sie in ihrer neuen Heimat bisher gegessen hatte, das reinste Imbissessen gewesen.

Der Tisch brummte nur so von angeregten Gesprächen, und auch Christina verwickelte sich schnell in eine fachliche Unterhaltung mit einem der Lichtmänner. Doch während des Essens wanderte ihr Blick immer wieder verstohlen zu Mike und Georgia. Als endlich auch die erste Dessert-Runde serviert und unter allgemeinen Wohligkeitsbekundungen verspeist war, fasste die junge Frau sich ein Herz. Sie stand auf und schlenderte scheinbar ziellos um den Tisch, um sich dann genau zwischen das sitzende Pärchen zu stellen.

»Wir sind uns noch gar nicht vorgestellt worden«, begann sie das Gespräch und beugte sich so weit vor, dass sie sich auf Augenhöhe mit Georgia befand. »Ich bin Christina, die Produktionsassistentin.«

Noch ehe die schwarze Schönheit antworten konnte, schaltete sich Mike ein. »Du musst entschuldigen, Chris, aber wir hatten uns so viel zu erzählen, dass ich noch gar nicht dazu gekommen bin, euch miteinander bekannt zu machen. Das ist Georgia, meine alte Agentin. Und auch meine neue. Ich habe sie gerade von der Bahn abgeholt. Sie wohnt für heute auch hier im Hotel.«

»Freut mich sehr«, strahlte Christina die lächelnde Frau an, die ihr zu ihrer Überraschung einen Kuss auf beide Wangen gab.

»Ganz meinerseits. Mike hat mir schon so viel von Ihnen erzählt.« Da war er – der Klassiker. Viel von mir erzählt?! Ich kann mir schon denken, was er dir erzählt hat, dachte Christina voller Misstrauen.

»Hoffentlich nur Gutes«, erwiderte sie laut, aber es kam ihr nicht ganz so patent über die Lippen, wie sie es vorgehabt hatte, sondern platzte mit einer gewissen Zickigkeit aus ihr heraus.

»Um genau zu sein, habe ich Mike eigentlich noch nie so von jemandem schwärmen hören wie von Ihnen«, konterte Georgia und verzog ihren Mund zu einem Lächeln, das auf unergründliche Weise zwischen Wohlwollen und Abschätzigkeit changierte.

»Sie müssen wirklich einiges auf dem Kasten haben,

wenn es Ihnen gelingt, mit so einem Stinkstiefel klarzukommen«, ergänzte sie breit grinsend.

Christina wusste weder, was sie von der Frau, geschweige denn von dieser Eröffnung halten sollte. Wollte die Fremde einfach nur nett sein oder handelte es sich um einen billigen Fraternisierungsversuch?

»Ach, wissen Sie, Stinkstiefel sind auch nur Menschen«, erwiderte sie ebenso breit lächelnd und entlockte der schönen Schwarzhaarigen mit diesem Satz ein herzliches Lachen.

»Das ist die richtige Einstellung. Sie gefallen mir. Setzen Sie sich doch zu uns.«

Obwohl Christina alles andere als sicher war, ob Mike nicht vielleicht etwas dagegen hatte, kam sie der Aufforderung gerne nach. Ihr Liebhaber hielt sich bei dem folgenden, angeregten Gespräch der beiden Frauen allerdings erstaunlich zurück – fast als wollte er sich bei ihrem Kennenlernen nicht zu sehr einmischen.

Zunächst saßen die drei noch gemeinsam an dem großen Esstisch. Als ihr Gespräch nach geraumer Zeit allerdings von beruflichen Themen zu den privateren Dingen des Lebens umschwenkte, schien Mike auf einmal die Lust an der Konversation zu verlieren.

»Eure Frauengespräche könnt ihr alleine führen. Ich setz mich mal rüber zu Edward«, teilte er den beiden irgendwann mit, erhob sich und ging auf den Produzenten zu, der sich mittlerweile ans andere Ende der Tafel zu den Produktionsfahrern gesetzt hatte.

»Ach ja, so sind sie«, sagten Christina und Georgia wie aus einem Munde, um dann ebenfalls gemeinsam in einen kleinen Lachanfall auszubrechen.

Christina hatte keine Ahnung, ob es an der gelösten

Stimmung, an den nicht zu knappen Mengen Alkohol oder einfach nur am Wetter lag, aber die Agentin von Mike gefiel ihr von Minute zu Minute besser.

»Soll ich uns noch ein Glas Roten holen?«, fragte sie nach einer halben Stunde, in der sie über Gott und die Welt gesprochen hatten, und stand leicht schwankend auf.

»O ja, das wäre wundervoll«, erwiderte Georgia und schenkte ihrer Gesprächspartnerin ein breites Lächeln.

Als Christina mit zwei vollen Rotweingläsern an den Tisch zurückkehrte, war Georgia allerdings nicht mehr zu sehen.

»Hier drüben«, hörte Christina sie rufen, als sie sich suchend umschaute. Georgia hatte sich an den äußersten Rand der Terrasse auf die kleine Steinmauer gesetzt.

»Ich dachte schon, du wärst zu Bett gegangen«, entfuhr es Christina erleichtert, während sie sich zu ihrer neuen Freundin gesellte.

»Aber nein, es ist doch erst halb elf. Ich dachte nur, dass wir hier drüben ein bisschen mehr unter uns sind«, erklärte Georgia und deutete mit einer Kopfbewegung in Richtung der ausgelassen feiernden Belegschaft. Die Kollegen waren mittlerweile dazu übergegangen, sich gegenseitig alle Kanons vorzusingen, die sie kannten. »Nun sieh doch nur, wer sich wieder direkt in die Mitte gestellt hat und am lautesten kräht. Der gute Mike.«

»Er ist eben ein echter Hahn im Korb«, versuchte Christina sich an einem Scherz.

»Ja. Einer, der weiß, dass er bei uns erstmal abgemeldet ist«, ergänzte Georgia vielsagend.

Christina lächelte, war innerlich aber etwas verwirrt über den Verlauf, den der Abend nahm. Ihre anfängliche, ohnehin etwas irrationale Eifersucht auf Georgia war schnell verschwunden und hatte einem aufrichtigen Interesse an ihrer Person Platz gemacht. So weit, so gut. Doch je intimer die Gesprächsthemen wurden, desto mehr beschlich Christina das Gefühl, Mikes Agentin würde ganz unverhohlen mit ihr flirten. Konnte das wirklich sein? Ihre forsche Art erinnerte Christina tatsächlich ein wenig an Janelle. Und auch die Blicke, die Georgia ihr während des Gesprächs zuwarf, weckten Erinnerungen an die alte Freundin. Immer wieder blitzten sie die strahlend grünen Augen der fremden Frau an, und das Lächeln, zu dem sie ihren rot geschminkten Mund verzog, hatte irgendwie etwas Wissendes an sich.

Eine Stunde und einige Gläser Rotwein später war Christinas Zunge so gelöst, dass sie der neuen Bekannten ganz unverblümt von den Erlebnissen bei *Witherman & Co.* erzählte, die sie letzten Endes hier an diesen Ort geführt hatten. Und Georgia erwies sich als überaus interessierte Zuhörerin. Sie stellte Zwischenfragen, wenn sie etwas nicht verstand, äußerte an den richtigen Stellen Verständnis und wirkte ausgesprochen empathisch. Zwar dachte Christina durch den Alkoholnebel in ihrem Kopf hindurch ab und zu, dass sie nicht zu vertrauensselig sein sollte, war gleichzeitig aber auch irgendwie erleichtert, über ihr Innenleben sprechen zu können.

»Ich hatte bei Hugo Stevens schon das Gefühl, sehr berechnend zu sein«, gestand Christina an einem Punkt ihrer Erzählung, »aber ich habe wirklich die Erfahrung gemacht, dass man gerade in dieser Branche nur durch – sagen wir mal – vollen Körpereinsatz weiterkommt. So wie Joan Harding, die Praktikantin, von der ich dir vorhin erzählte, weißt du?«

Christina hatte das Gefühl, nur noch wirres Zeug von sich zu geben, aber Georgia nickte immer noch bei jedem ihrer Sätze verständnisvoll. Unter normalen Umständen hätte Christina sich einer Fremden gegenüber niemals so geöffnet. Ihr fiel zwar auf, dass Georgia während ihres Zwiegesprächs so gut wie gar nichts von sich selbst erzählte, aber das verbuchte sie unter schlichter Höflichkeit, weil Christina selbst solch ein starkes Redebedürfnis zu haben schien. Sicher, auch der Alkohol hatte seinen Teil zu ihrer Aufrichtigkeit beigetragen, aber diese Frau hatte etwas an sich, das ihr das Gefühl gab, ihr irgendwie vertrauen zu können. Und das war auch der Grund dafür, dass sie sich am Ende des Abends mit einem Kuss von der schönen Schwarzhaarigen verabschiedete.

***

»Mike?«, flüsterte Christina leise und betrat das dunkle Schlafzimmer ihrer gemeinsamen Suite. »Bist du noch wach?«

Keine Antwort. Mike lag halb angezogen auf dem Bett und schnarchte laut und vernehmlich. Offensichtlich hatte auch ihr Gespiele an diesem Abend ziemlich tief ins Glas geschaut. Christina konnte nicht behaupten, dass sein Zustand sie störte. Im Gegenteil. Nach dem intensiven, für sie sehr bewegenden Gespräch mit Georgia hätte sie so gar keine Lust mehr auf irgendwelche betrunkenen Annäherungsversuche gehabt. Sie hatte sich allerdings insgeheim erhofft, den letzten gemeinsamen Abend nutzen zu können, um mit Mike darüber zu sprechen, wie es jetzt nach Abschluss der Dreharbeiten mit ihnen weitergehen würde. Aber der Lautstärke seines Schnarchens nach zu urteilen, befand der Schauspieler sich bereits im Tiefschlaf.

Also zog Christina kurzerhand ihr Wickelkleid aus und legte sich, nachdem sie leise fluchend gegen den Nachttisch gestoßen war, neben den selig röhrenden Mike. Erstaunlicherweise hörte dieser sofort auf zu schnarchen, als Christina ihren Kopf auf das Kissen legte und schlang ganz und gar unbewusst seinen Arm um sie – eine Geste, die Christina auf seltsame Weise rührte.

Trotz – oder gerade wegen – des Alkoholpegels in ihrem Blut hatte sie Schwierigkeiten einzuschlafen. Zu sehr hatte es sie aufgewühlt, mit jemandem so offen über ihr Innenleben zu sprechen. Was Georgia jetzt wohl von ihr dachte? So interessiert sie auch zugehört hatte, eine Wertung all dessen war ihr nicht über die Lippen gekommen. Aber das war nicht die einzige Frage, die Christina beim Einschlafen beschäftigte. Jetzt in der Stille des Schlafzimmers war sie sich alles andere als sicher, ob es klug gewesen war, einer guten Freundin von Mike solch intime Einblicke in ihr Gefühlsleben zu geben. Christina wusste ja nicht einmal, warum die fremde Frau auf einmal hier aufgetaucht war.

Doch irgendwann verflüchtigte sich auch dieser Gedanke, und Christina fiel in einen tiefen, traumlosen Schlaf.

Kapitel 8

Es war bereits neun Uhr morgens, als Christina aus ihrem umnebelten Schlaf erwachte. Mike lag regungslos neben ihr, und sein immer noch recht lautes Schnarchen veriet ihr, dass es sicher noch eine Weile dauern konnte, bis auch er seinen Rausch ausgeschlafen hatte.

Christina konnte sich nicht erinnern, wann sie das letzte Mal so viel getrunken hatte. Sehr wohl erinnern konnte sie sich allerdings, dass sie grundsätzlich sehr früh aufwachte, wenn sie am Abend auch nur zwei Gläser Sekt trank. Unfähig weiterzuschlafen, stand sie kurzerhand auf, um einen letzten Spaziergang am Strand zu machen. Die frische Luft würde ihr sicher guttun. Nachdem sie etwa eine Stunde gelaufen war und sich in einem kleinen Café in der Nähe des Hotels einen ersten Kaffee gegönnt hatte, beschloss sie, dass es Zeit war, zu ihrem »Schützling« zurückzukehren.

»Mike?«, rief sie laut, als sie das Wohnzimmer betrat. Keine Antwort – er schien immer noch zu schlafen. Christina zog die weite Kapuzenjacke aus, die sie sich vor ihrem Spaziergang übergezogen hatte, warf sie auf das Sofa und ging in Richtung Schlafzimmer.

Nichts hätte sie auf den Anblick vorbereiten können, der sich ihr bot, als sie schließlich die Tür öffnete. Mike lag nackt auf dem Doppelbett und spielte an seinem voll erigierten Schwanz herum. Normalerweise noch nichts Ungewöhnliches, aber in einem der zwei Sessel, die ebenfalls im Schlafzimmer standen, saß Georgia, die Mike völlig ungerührt bei seinen Verrichtungen beobachtete und dabei ab und zu einen langen Zigarillo zu ihren schon am Morgen sorgfältig geschminkten Lippen führte. Die Vertrautheit, die Christina noch gestern Abend für den unerwarteten Gast empfunden hatte, war beim Anblick dieser Konstellation wie weggewischt und wurde zu ihrer eigenen Überraschung von einer gewissen Erregung ersetzt.

Georgia wirkte fast gelangweilt, wie sie da auf dem kleinen Sesselchen saß und abwechselnd zu den Zügen an ihrem Zigarillo an den Spitzen ihrer langen schwarzen Haare herumspielte. Ihr Gesicht wirkte im Licht des Tages noch kantiger und in seiner Blässe noch puppenhafter als gestern auf der Terrasse.

Als die völlig verblüffte Christina schließlich den Schritt in das Schlafzimmer tat, wanderten die großen, grünen Augen der Agentin ohne Eile von Mikes Schwanz hin zu Christina. Georgias Blick verriet keinerlei Überraschung, Bestürzung oder gar Scham. Und auch Mike schien die Situation in keiner Weise als unangenehm oder peinlich zu empfinden.

»Hallo Süße«, begrüßte er sie fröhlich, als würde er statt seines Schwanzes lediglich ein Buch in der Hand halten. »Schön, dass du endlich da bist. Wir haben uns schon gefragt, wo du wohl die ganze Zeit steckst.«

»Ach, ich bin so früh aufgewacht, dass ich die Zeit für einen Spaziergang genutzt habe. Um ehrlich zu sein, hatte ich heute Morgen einen ziemlichen Kater. Aber den hab ich mit der frischen Luft tatsächlich in den Griff gekriegt«, erklärte sie dem Pärchen scheinbar unaufgeregt. Doch in ihrem Inneren sah es alles andere als ruhig aus. Jetzt war es also so weit. Wie von so ziemlich jedem Crewmitglied vorhergesagt, hatte Mikes Vernarrtheit in sie offensichtlich einer Gewöhnung Platz gemacht, die jetzt dafür verantwortlich war, dass seine Agentin ihm beim Wichsen zuschaute. Gestern war nicht mit einem Wort die Rede davon gewesen, dass die beiden auch intim miteinander waren. Hätte Christina das vorher gewusst – und sie schalt sich insgeheim, dass sie nicht von selbst darauf gekommen war –, wäre sie natürlich nie so vertrauensselig gewesen. Was Mike von seiner Agentin wohl alles über Christinas Innenleben erfahren hatte?

Sie musste sich schnell etwas einfallen lassen, und das war in ihrem immer noch recht benommenen Zustand nicht gerade die leichteste Übung. Die Beiläufigkeit und Selbstverständlichkeit, mit der die beiden die Situation angingen, irritierte sie zwar durchaus, wies ihr gleichzeitig aber auch den Weg. Sie hatte schließlich damit gerechnet, dass sie keine Exklusivrechte auf ihn hatte, und musste entsprechend reagieren, wenn sie sich des Wohlwollens des Werbestars weiter sicher sein wollte. Es hatte überhaupt keinen Sinn, jetzt an die Decke zu gehen, Mike wüst zu beschimpfen und dann empört aus dem Schlafzimmer zu stürmen. Und auch Georgia gegenüber hätte Christina sich wie eine hysterische Kuh gefühlt, wenn sie jetzt ihren eigentlichen Impulsen nachgegeben hätte.

Mike jedenfalls schien sein Verhalten völlig natürlich zu finden. Genau wie Georgia, die immer noch keine Miene verzog und auch kein Wort sagte. Und obwohl Christina ehrlich schockiert war – so etwas wie moralische Entrüstung konnte sie aufgrund ihres Wissens um die Sprunghaftigkeit des Schauspielers nicht empfinden.

Georgia tat schließlich den ersten Schritt, um die Situation nicht kippen zu lassen. Sie stand auf und kam lächelnd auf Christina zu. Durch ihre weiße, fast durchsichtige Bluse konnte man einen BH erkennen, der ihre relativ kleinen Brüste leicht nach oben drückte. Obwohl die beiden Frauen sich gestern Abend zum Abschied auf den Mund geküsst hatten, gab die Agentin ihr heute lediglich die Hand und zog sie zu einem Wangenkuss zu sich heran. Christina spürte den weichen Mund, die etwas kühlen Lippen und befremdlicherweise auch die Zunge der schönen Frau. Zwar kamen die beiden sich nur sehr kurz nahe, aber der Moment reichte vollkommen aus, um den wundervollen Duft in sich aufzunehmen, den Georgia verströmte – eine Mischung aus Patschuli, Zedern und einer kaum wahrnehmbaren Schweißnote. Gestern Abend hatte Christina diesen Geruch noch nicht wahrgenommen. Da war sie sich ganz sicher. Denn hätte sie ihn gerochen, wäre es zwischen den beiden Frauen ganz sicher zu mehr als nur einem Kuss auf die Lippen gekommen.

»Wie schön, dass wir uns schon so schnell wiedersehen, Chris«, erklärte die schöne Agentin. Christina war etwas befremdet, dass sie die Koseform ihres Namens verwendete, erinnerte sich dann aber, dass sie ihr gestern Abend selbst angeboten hatte, sie so zu nennen.

»Ja, finde ich auch«, antwortete sie. Der zögerliche Klang ihrer Stimme schien zwar das genaue Gegenteil zu sagen, aber Georgia bemerkte es entweder nicht, oder sie spielte geschickt über die Situation hinweg.

Nachdem Christinas Blick von Mike zu Georgia und

dann wieder zurück gewandert war, legte sich langsam der erste Schock, den die Situation bei ihr ausgelöst hatte, und sie zwang sich, jede Wertung dieser Konstellation zu unterlassen.

»Krieg ich keinen Kuss?«, meldete Mike sich schließlich vom Bett aus. Seine Stimme hatte etwas kindlich Herausforderndes, das in völligem Gegensatz zu seiner ausgewachsenen Erregtheit stand. Christina widerstand erneut der Versuchung, so zu reagieren, wie wohl jede Frau reagiert hätte, und ihm eine schallende Ohrfeige zu verpassen. Sie war selbst überrascht, wie emotionslos sie die Situation schon nach so kurzer Zeit einschätzte. Mit ruhigem Blick ging sie auf den breit lächelnden Mann zu und schaute auf seinen nackten Körper hinab. Sein Schwanz zuckte – die Anwesenheit von gleich zwei Frauen im Raum schien seine Erregung noch um ein Vielfaches zu steigern.

Christina fasste einen Entschluss: Wenn der Mann wirklich schamlos genug war, sie dieser Situation auszusetzen, musste er offensichtlich ganz bestimmte Erwartungen haben. Erwartungen, deren Erfüllung ihr ganz sicher nicht schaden würde. »Wohin soll ich dich denn küssen?«, fragte sie mit ganz bewusst gespielter Naivität.

Georgia hatte mittlerweile ihren Zigarillo im Aschenbecher ausgedrückt und war hinter Christina getreten. Waren die Wangenküsse durch den Einsatz der Zunge noch zweideutig gewesen, so entpuppte die nächste Geste der dunklen Schönheit sich als absolut eindeutig. Ihre Hand wanderte über Christinas Rücken bis zu ihrem Po hinab und streichelte sanft über die verführerischen Rundungen, die von einem recht weiten violetten Faltenrock bedeckt waren.

»Küss ihn auf den Schwanz«, raunte Georgia ihr ins Ohr.

Die plötzliche Berührung und auch die Aufforderung, Mike zu liebkosen, kamen so überraschend und waren gleichzeitig so erregend, dass auch noch die letzte Angst vor der eigenen Courage von Christina genommen wurde. Dann ging auf einmal alles ganz schnell. Als hätte irgendjemand einen Zauberstab geschwungen, spürte sie plötzlich nur noch Erregung und Lust, statt Irritation und Unschlüssigkeit. Sie kniete sich vor das Bett, zog Mikes Hand von seinem Schwanz weg und stülpte ihre Lippen in einer flüssigen Bewegung über das geschwollene Organ. Sobald sein Riemen in ihrem Mund verschwunden war, merkte sie, wie Georgia sich hinter sie kniete, ihr den weit geschnittenen Rock über die Hüften schob und mit anerkennendem Seufzen ihr Hinterteil betrachtete.

»Sie ist wirklich wunderschön, Mike«, erklärte sie mit lustheiserer Stimme.

Dieses fast geflüsterte Kompliment war für Christina der letzte Beweis. Als wäre er Regisseur und kein Schauspieler, hatte Mike die Situation mit voller Absicht inszeniert. Georgia war ihretwegen hier und nicht seinetwegen. Hin- und hergerissen zwischen ihrer Erregung und dem Gefühl, überrumpelt worden zu sein, gewann bei den immer heißer werdenden Berührungen der schönen Frau schließlich ihre Lust die Oberhand.

Christina entließ Mikes Schwanz aus ihrem Mund und drehte sich um. Sie nahm Georgias Gesicht in beide Hände und presste ihren Mund auf die dunkelrot geschminkten Lippen, die sich sofort öffneten. Die erste Berührung ihrer Zungen war so elektrisierend, dass

Christina sich fragte, wieso sie nicht schon gestern Abend die entspannte Atmosphäre ausgenutzt und sich der schwarzhaarigen Schönen hingegeben hatte.

Es fiel Georgias überaus geschickten Händen nicht schwer, den Reißverschluss von Christinas Rock zu öffnen. Nachdem er zu Boden gefallen war, fasste sie die dünne Seide ihres Höschens zusammen und zog sie mit einem Ruck nach oben, sodass der Stoff zwischen Christinas Spalte schnitt.

Die junge Frau stöhnte auf, doch ihre Lustlaute wurden sofort von einem weiteren innigen Zungenkuss erstickt.

In einer den Umständen entsprechenden, mehr oder weniger eleganten Bewegung erhoben sich die beiden Frauen vom Boden, ohne die Münder voneinander zu lösen. Sie fielen förmlich auf das Bett, sodass Mike seine Beine anziehen musste, um nicht unter den lustschweren Leibern zu landen. Eng umschlungen und jetzt auf der Matratze kniend erforschten sie mit den Zungen ihre Mundhöhlen

»Hey! Ich bin auch noch da!«, protestierte er, setzte sich auf und lehnte sich gegen das Kopfteil.

Doch die beiden Frauen beachteten ihn nicht weiter, sondern gaben sich weiter leidenschaftlich ihren Zärtlichkeiten hin. Georgias Mund wanderte zu Christinas schlankem Hals und begann, ihre zarte Haut zu lecken und daran zu saugen. Mike schien jetzt endgültig genug zu haben und schaltete sich ein, indem er sich hinter Christina kniete und die Knöpfe ihrer Bluse öffnete. Sobald er das dünne Oberteil über ihre Schultern geschoben hatte, öffnete er den BH und warf ihn zu Boden.

»Sieh dir nur diese herrlichen Brüste an«, wandte er

sich an Georgia. In seiner Stimme schwang tatsächlich so etwas wie ein gewisser Besitzerstolz mit.

Georgia zögerte keinen Moment, sondern versenkte ihr Gesicht sofort zwischen den beiden prallen Bällen und leckte gierig über die Haut dazwischen. Während sie das dralle Fleisch mit den Händen knetete, wanderten ihre Lippen zu den Nippeln und saugten einen nach dem anderen in ihren Mund.

Christinas Lust kannte jetzt keine Grenzen mehr. Die Erkenntnis, dass dies offensichtlich ihr erster Dreier werden sollte, erregte sie über alle Maßen. Drei Münder, drei Zungen, Hände und Finger überall – was für ein überwältigendes Gefühl, nicht mehr zu wissen, welcher Körperteil zu wem gehörte.

Nachdem es irgendwie gelungen war, Christina ihrer Kleidung zu entledigen, fand sie sich mit dem Rücken auf dem Bett, den Füßen aber auf dem weichen, dicken Teppich wieder. Sie war bereit, sich völlig gehen zu lassen und die Kontrolle ihren Gespielen zu überlassen.

Georgia hatte sich wieder auf den Boden gesetzt, Christinas Beine gespreizt und einen Schenkel nach dem anderen auf ihre Schultern gelegt, sodass die Spalte der jungen Frau jetzt ganz und gar offen vor ihr lag.

»Wunderschön …«, hauchte sie und warf Mike einen fast dankbaren Blick zu. Dann beugte sie sich im Zeitlupentempo vor und leckte mehrere Male langsam über Christinas geschwollene Schamlippen. Die erste Berührung der noch fremden Zunge durchfuhr sie wie ein elektrischer Schlag.

Mike lag neben ihr auf dem Bett und beobachtete Georgias hungrige Leidenschaft und Christinas lüsterne Hingabe. Sein Schwanz zuckte und tropfte in seiner

Vorfreude wie ein taumelnder Riese. In der aufregenden Gewissheit, dass auch seine Stunde noch schlagen würde.

Georgia hatte ihren Mund mittlerweile durch ihre Finger ersetzt. Sie zog Christinas Schamlippen so weit auseinander, dass ihr hart gewordener, dunkler Kitzler direkt vor ihr lag. Ein einfaches Ziel – feucht und geschwollen. Georgias Zungenspitze traf ihn mit schlafwandlerischer Sicherheit und leckte mehrfach darüber. Christina stöhnte, und ihr Körper zitterte.

»Ja, so ist's gut«, feuerte Mike sie an.

Christina überkreuzte ihre Füße hinter Georgias Hals und versuchte, sie mit den Fersen noch tiefer in ihre Mitte zu drücken. Doch Georgia zögerte. Sie schien noch nicht bereit, ihre Gespielin mit mehr als nur der Zungenspitze zu reizen. Sie zog eine Spur von den äußeren zu den inneren Schamlippen, glitt dabei immer wieder über Christinas Kitzler, hielt dann aber genau in dem Moment inne, an dem das Zittern ihres Opfers zu unkontrolliert zu werden schien.

Mike sah die ganze Zeit zu und wichste dabei langsam und fast bedächtig seinen Schwanz. Dabei sorgte er dafür, dass Christina genau sah, was er tat. Sie sollte wissen, dass Georgia nur der Vorgeschmack auf das war, was er eindeutig für den Hauptgang hielt.

Es dauerte nicht lange, bis Christina kurz davor war. Noch ein Lecken und sie hätte kommen können. Noch eine Berührung und es wäre so weit gewesen. Aber sie hielt sich zurück, denn je länger sie wartete, je größer der Druck hinter dem Damm ihrer Lust wurde, desto gewaltiger würde der Orgasmus sein – das wusste sie instinktiv. Dann presste Georgia ihre Lippen völlig unerwartet mit voller Wucht auf ihre Möse und küsste sie, als küsse sie einen Mund. Ihre Zungenschläge wurden hart und fordernd. Sie knabberte an ihrem Kitzler, saugte und leckte daran und vernichtete damit die Kontrolle, derer Christina sich eben noch sicher gewesen war. Dann fiel sie. Sie fiel in die tiefen, warmen Gewässer eines göttlichen Höhepunkts, in denen sie nichts weiter tun konnte, als hilflos wie ein Stück Treibholz auf den Wogen der Erfüllung zu treiben.

Sie spürte noch, wie Georgia ihr einen Abschiedskuss auf die Muschi gab, bevor die neue Freundin sanft ihre Schenkel zu Boden setzte und sich dann aus ihrer knienden Haltung erhob. Die erschöpfte Frau fühlte sich wie gelähmt und war einen Moment lang nicht zu der kleinsten Bewegung fähig. Sie war völlig spannungslos und ihr Kopf so angenehm leer, wie er es nur nach einem guten Orgasmus sein konnte.

Doch ihre Reise war noch nicht beendet. Durch einen Nebel spürte Christina, wie sie so weit hochgezogen wurde, dass nun ihr gesamter Körper auf dem Bett ruhte. Mike war dabei, ihre Beine zu spreizen, doch erst als sein Schwanz sich gegen ihre klitschnassen Schamlippen presste, fand sie die Kraft, die Augen zu öffnen und ihn anzusehen. Die Geilheit und fast kindliche Vorfreude in seinen Augen berührten sie.

»Willst du mich ficken?«, fragte sie mit erschöpfter, aber immer noch lüsterner Stimme.

Er wollte. Und sein Schwanz hatte sich noch nie so hart und noch nie so groß angefühlt. Er drang so tief in ihre Mitte, als wollte er in ihr verschwinden. Doch seine Stöße waren nicht wild, sondern er bewegte sich kaum in ihr. Wahrscheinlich hatte er Sorge, zu früh abzuspritzen. Christina spürte, wie sein Riemen in ihrer Möse zuckte und zitterte – fast als würde er von irgendeinem geheimnisvollen Motor angetrieben.

»Nicht bewegen, sonst komm' ich sofort«, warnte er sie.

In all ihrer Benommenheit musste Christina doch innerlich schmunzeln. Männer …

»Willst du mich in den Arsch ficken, Mike?«, fragte sie in vollem Bewusstsein, dass sie sich gar nicht bewegen musste, sondern wahrscheinlich ein weiteres schmutziges Bild in seinem Kopf ausreichte, um den Ballon zum Platzen zu bringen. Die unübersehbare Gier in seinem Blick reizte Christina. Ihr Körper hatte sich mittlerweile von ihrer eigenen Explosion erholt, und sie betrachtete es geradezu als Herausforderung, jetzt auch ihren Liebhaber der letzten Wochen auf die Reise in das Reich der Ekstase zu schicken.

Mike steckte noch immer regungslos in ihr. Christina wand sich unter ihm und presste ihre Möse immer fester gegen seinen Riemen. Ihre inneren Muskeln hielten das Organ in ihrer Mitte und versuchten, in beständigem Rhythmus seinen Lustsaft herauszumelken. Es dauerte nicht lange und sie spürte, wie ihr Partner auf den schraubstockartigen Druck reagierte und sich wieder ein wenig in ihr bewegte. Um sich jetzt allerdings noch mit ihrem Hinterteil zu befassen, dazu war er bereits viel zu entrückt.

»Ich will es! Gib's mir! Gib mir deinen Saft!«, stöhnte sie unter ihm, um den lüsternen Kerl mit ihren Worten endlich über die Planke zu schicken. Dann sagte sie gar nichts mehr und entspannte ihren Körper völlig, sodass es sich für ihn anfühlen musste, als würde er in eine

Öffnung stoßen, die bis zum Rand mit geschmolzenem Wachs gefüllt war.

»Chris ...«, stöhnte er leise und ergoss sich schließlich in einer letzten Bewegung. Normalerweise hätte sein Orgasmus auch ihren Höhepunkt ausgelöst, aber die Befriedigung, die Georgias Zunge ihr beschert hatte, war einfach zu intensiv gewesen, als dass sie schon nach so kurzer Zeit erneut für dieses gewaltige Gefühl bereit war.

Während Mike in ihrer Mitte langsam erschlaffte, sah Christina sich suchend im Raum um. Georgia saß wieder auf ihrem Stuhl und zog an einem ihrer Zigarillos. Bluse und Hose hatte sie ausgezogen, sodass die schwarze Schönheit jetzt nur noch im Höschen dasaß. Ihre Augen waren fest auf das Spektakel auf dem Doppelbett gerichtet. Georgia war genauso schlank, wie Christina es vermutet hatte. Ihre Brüste bildeten kaum mehr als eine kleine Erhebung auf ihrem Oberkörper, und der Bauch war so flach, dass er in einem bestimmten Blickwinkel fast nach innen gewölbt schien.

Nachdem Mike einige Momente angestrengt keuchend auf ihr gelegen hatte, zog er seinen Schwanz aus ihrer Mitte und rollte von Christina Körper herunter. Georgia hatte das Paar die ganze Zeit mit Argusaugen beobachtet. Sie nahm einen weiteren Zug von ihrem Zigarillo, drückte ihn im Aschenbecher aus und erhob sich dann langsam von ihrem Platz. Auf dem kurzen Weg zum Bett zog sie lasziv ihr Höschen über die Hüfte, ließ es zu Boden fallen und stieg dann hinaus. Sie stand jetzt direkt über der liegenden Christina und suchte in deren Augen nach irgendeiner Reaktion auf die Tatsache, dass ihre Muschi ganz und gar glatt rasiert war.

»Ich sehe Mike gern beim Sex zu«, erklärte sie mit vagem Lächeln. »Das macht mich sehr an.«

Als wollte sie ihre Aussage noch bestärken, ließ sie eine Hand zu ihrem Geschlecht gleiten, schob einen einzelnen Finger zwischen ihre haarlosen Schamlippen und zog ihn dann saftglänzend wieder heraus. Dann kniete sie sich auf das Bett und hielt ihn Christina fast stolz vors Gesicht. Diese zögerte nicht lange, griff nach Georgias Handgelenk und steckte sich den Finger gierig in den Mund. Als sie die schöne Frau zum ersten Mal schmeckte, spürte sie deutlich, dass wieder Leben in ihren Körper kam und das Feuer ihrer Lust erneut entfacht wurde.

Georgias andere Hand strich zart wie ein Schmetterling von Christinas Schenkeln bis hin zu ihrem dichten Schamhaarhügel, der von Mikes Gewicht noch ganz platt gedrückt war und den sie jetzt mit ihren Fingern kämmte. Christina entließ den Finger aus ihrem Mund und richtete sich ein Stückchen auf. Dann zog ihre Zunge eine langsame Bahn vom Handgelenk über den gesamten Arm, bis hin zur Schulter der nackten Frau. So klein Georgias Brüste auch waren, so groß waren ihre Nippel. Riesige, geschwollene Knospen aus fast schwarzrotem Fleisch. Als Christina einen davon in ihren Mund saugte, hörte sie Georgia leise aufstöhnen. Ganz sachte und einem sinnlichen Tanz ähnelnd, veränderten die beiden Frauen langsam ihre Position, bis schließlich Christina auf den Knien saß und Georgia ausgestreckt auf dem Bett zurücksank.

In dieser Haltung wanderte Christinas Mund schließlich zum anderen Nippel der Gespielin, den sie vorsichtig mit den Zähnen bearbeitete, bis er ganz steif und hart war.

Georgia öffnete wie ferngesteuert die Beine, zog die Knie an und hob die Hüften etwas, als wollte sie der anderen Frau zeigen, welche Körperorgane der besonderen Zuwendung bedurften. Christina verwöhnte unbeirrt weiter ihre Nippel und ließ ihre Hand gleichzeitig zu den glatten Falten von Georgias Schamlippen gleiten. Sie waren unbeschreiblich weich, und es fühlte sich an, als wären sie geölt worden. Nachdem sie die feuchte Spalte ausgiebig erkundet hatte, fand sie schließlich den Kitzler der Gespielin, der sich als ebenso groß und hart erwies wie ihre Nippel. Während Christinas Finger immer wieder über die rote Knospe strichen, wanderte ihr Mund leckend nach unten, um sich ebenfalls am Lustzentrum der unter ihr stöhnenden Frau zu schaffen zu machen.

Mit einem Mal musste sie trotz der Intensität der Situation an Janelle denken und wie sie vor noch gar nicht allzu langer Zeit die erste Erfahrung dieser Art gemacht hatte. Die Gedanken erregten sie zusätzlich. Als Christina sich damals entschlossen hatte, ein neues Leben zu beginnen, hätte sie sich niemals träumen lassen, dass sie so schnell solch intensive Erfahrungen machen würde. Alles hatte sich verändert. Alles.

Sie wollte Georgia unbedingt zum Höhepunkt bringen. Wie um die neue Freundin zu necken, ließ Christinas Mund kurz von deren Geschlecht ab, leckte über die Innenseite ihrer Oberschenkel, konzentrierte sich aber schon nach kurzer Zeit wieder ganz auf Georgias Muschi. Sie stülpte ihre Lippen über den Kitzler der mittlerweile völlig unkontrolliert stöhnenden Frau und saugte daran, als würde sie einen Schwanz blasen. Georgias Lustlaute wurden immer heftiger und kehliger und kamen jetzt in regelmäßigeren Abständen. Christinas Hand ruhte direkt vorm Eingang zu Georgias Möse.

»Ja …«, keuchte die schwarzhaarige Frau, als wollte sie ihre Gespielin auffordern, endlich auch ihre Finger zum Einsatz zu bringen.

Christina zögerte nicht lange und stieß erst zwei, dann drei Finger in die offene Spalte. Georgias innere Muskeln begannen sofort zu zucken. Sie warf den Kopf wild hin und her und bäumte sich leicht auf dem Bett auf. Durch die Erfahrungen, die Christina mittlerweile mit ihrem eigenen Körper gemacht hatte, fiel es ihr wesentlich leichter zu erahnen, was der über alle Maßen erregten Frau am wohlsten tun könnte. Sie wusste, was sie selbst scharf machte, und genau das tat sie bei Georgia. Und es schien zu funktionieren. Nach ein paar Momenten spürte Christina, wie der willige Körper sich anspannte und die inneren Muskeln sich zuckend um ihre Finger schlossen.

»Ich will mit dir zusammen kommen«, raunte Georgia. Sie war schon fast zu weggetreten, um überhaupt noch sprechen zu können. Christina blickte sie etwas irritiert an.

»Bitte! Ich will, dass wir uns gegenseitig lecken«, fügte sie ob des fragenden Blickes hinzu.

Christina begriff instinktiv, was ihre Gespielin meinte, und positionierte sich kurzerhand in der 69er-Stellung über ihr. Die auf dem Rücken liegende Georgia umfasste Christinas Pobacken und zog sie zu ihrem Mund hinunter, der sich sofort ans Werk machte. Sie wollte ihre Partnerin schnellstmöglich in den gleichen Erregungszustand versetzen, in dem sie sich mittlerweile befand. Mit langen, genüsslichen Zungenschlägen schleckte sie mehrmals über Christinas Muschi. Christina reagierte überaus empfindlich auf die Berührung ihres noch immer feuchten Geschlechts, spürte aber, dass sie ganz sicher noch einen Orgasmus in sich trug. Aufgeheizt von der eigenen Bereitschaft wandte sie sich wieder Georgias Kitzler zu und bearbeitete ihn gleichzeitig mit Mund und Fingern.

Es war eine Ewigkeit, die nur einen Lidschlag dauerte, und beide Frauen waren fast so weit. Vor ein paar Minuten hätte Christina noch nicht gedacht, dass sie so schnell schon wieder am Rande sein könnte. Sie spürte Georgias harte Nippel an ihrem Bauchnabel. Die zuckenden, lüsternen Bewegungen des Körpers unter ihr zeigten eindeutig, dass ihre Gespielin so weit war. Und diese Erkenntnis sorgte dafür, dass auch Christina sich mit rasender Geschwindigkeit ihrem zweiten Höhepunkt näherte. Eine Flut von Bildern stieg in ihr auf: Janelle, Mike, Steve, Schwänze und Mösen gleichzeitig – es war alles zu viel. Mit einem lauten Schrei überschritt sie jede Grenze und verlor sich im Universum ohne Worte und ohne Bilder, bis die explosionsartigen Zuckungen aus ihrer Körpermitte sie zurück auf das Bett holten, wo sie erschöpft neben Georgia niedersank.

Es dauerte sehr lange, bis die Frauen sich wieder bewegen konnten – oder wollten. Nach und nach erwachten beide aus ihrem Rausch und gewöhnten sich langsam wieder an die Realität. Nachdem sie sich aus ihrer engen Umarmung gelöst hatten, stand Georgia lächelnd auf und ging wortlos, aber lächelnd ins Badezimmer.

»Hab' ich das nicht großartig eingefädelt?«, fragte Mike, als seine ehemalige Agentin den Raum verlassen hatte.

Christina sah ihn zunächst fragend an, begriff aber recht schnell, was er meinte. Der eitle Schauspieler wollte offensichtlich Lob und Dankbarkeit dafür, dass er dieses Zusammentreffen arrangiert hatte.

»Ja, das hast du«, erwiderte Christina in einem Tonfall, der dem einer Mutter glich, die ihren Jungen dafür lobte, dass er sein Zimmer aufgeräumt hatte. Mike war so einfach gestrickt – und so leicht zu durchschauen.

»Georgia ist nicht nur meine ehemalige Agentin, sondern auch eine gute Freundin. Ich dachte, es könnte ganz gut passen, wenn ich euch einander vorstelle. Als sie vorhin zu mir kam, fing sie nämlich sofort an, mir die Ohren von dir vollzuschwärmen. Sie schläft zwischendurch ganz gern mal mit jemandem aus dem eigenen Lager«, erklärte er.

»Das hab' ich gemerkt«, erwiderte Christina und ging nicht weiter auf seine seltsame »Lager«-Formulierung ein.

»Ich hätte allerdings nicht gedacht, dass du bei Frauen auch so abgehen würdest. Du warst ja ganz außer dir.«

»Es gibt viele Dinge, die du nicht von mir weißt«, entgegnete sie und klang dabei fast etwas gereizt.

»Jetzt sag bloß nicht, dass du etwas dagegen hattest.«

»Nein, natürlich nicht. Aber ich bin nun mal kein besonderer Freund von Überraschungen. Auch wenn diese hier wirklich überaus angenehm war.«

»Wie man's macht ...«, erwiderte Mike mit breitem Grinsen. »Ich habe dir Georgia allerdings nicht nur vorgestellt, damit du deine Lesbentauglichkeit testen kannst.« Sein herablassender Ton und der aus seinem Mund fast beleidigend klingende Ausdruck »Lesbentauglichkeit« sorgten nicht gerade dafür, dass Christina vor Neugierde völlig aus dem Häuschen geriet.

»Ach ja?«, fragte sie also sehr zurückhaltend.

»Ja. Aber das kann sie dir vielleicht am besten selbst erzählen.«

Wie aufs Stichwort trat Georgia in diesem Moment aus dem Badezimmer. Sie hatte sich ein großes, weißes Frotteehandtuch um ihren Körper geschlungen.

»Das war nicht dein erstes Mal mit einer Frau«, erklärte sie unvermittelt und setzte sich mit übereinandergeschlagenen Beinen in einen der bequemen Sessel. Obwohl sie die Feststellung sehr sachlich klingen ließ, meinte Christina einen gewissen Vorwurf in ihrer Stimme zu erkennen.

»Nein, das erste Mal nicht. Aber das zweite Mal.«

»Dann bist du wirklich ein Naturtalent. Das war einfach wundervoll.« Dieses sehr aufrichtig vorgebrachte Kompliment ließ jeden realen oder eingebildeten Vorwurf sofort in den Hintergrund treten.

»Ich muss sagen, das war wirklich eine wundervolle Art, in den Tag zu starten«, schaltete Mike sich ein und erhob sich gleichzeitig vom Bett. »Aber um das Ganze perfekt zu machen, möchte ich jetzt erstmal ein schönes, heißes Bad nehmen. Ihr habt doch nichts dagegen?«

»Geh nur. Aber nicht, dass du in der Wanne einschläfst«, warnte Georgia in frotzelndem Ton. Christina schmunzelte ob der Neckerei. So wie die beiden miteinander sprachen, schienen sie sich wirklich schon Ewigkeiten zu kennen.

Nachdem Mike immer noch splitternackt im Badezimmer verschwunden war und man das Rauschen des einlaufenden Wasser hören konnte, wandte Georgia sich mit geschäftiger Miene an Christina.

»Es ist ganz gut, dass wir unseren Star mal einen Moment los sind. Ich habe nämlich etwas mit dir zu besprechen«, begann sie das Gespräch, bei dem es ganz offensichtlich nicht mehr um Sex gehen sollte – dazu klang Georgias Stimme zu geschäftig.

»Na, das klingt ja feierlich«, erwiderte Christina vage.

»Grund zum Feiern gibt es tatsächlich. Und zwar für uns alle.«

Christinas Neugierde wuchs. Und damit die Ungeduld, ob die geheimnisvollen Andeutungen von Mikes Agentin wirklich so feiernswert waren.

»Beim Sudoku hab ich ein gewisses Talent, aber mit dieser Art Rätsel bin ich wirklich überfordert. Nun sag schon endlich, was los ist.«

»Also gut. Durch den Erfolg eurer Werbefilme ist Mikes Marktwert beträchtlich gestiegen«, begann sie mit sehr professioneller Stimme. »Es gibt zwar auch ein paar kritische Töne, die immer noch behaupten, sein Erfolg mit euch wäre nur das letzte Aufbäumen eines abgehalfterten Stars, aber die Produzenten seiner ehemaligen Serie sehen das anders.«

»Du meinst die Leute von *Licht der Liebe*?«

»Ganz genau. Lange Rede, kurzer Sinn. Man hat bei *Tro-Col Productions* in letzter Zeit darüber nachgedacht, die Serie wiederaufleben zu lassen – zusammen mit einer amerikanischen Produktionsfirma. Und gestern Vormittag wurden dann tatsächlich Nägel mit Köpfen gemacht.«

»Das klingt, als ob die Entscheidung zu Mikes Gunsten ausgefallen wäre«, mischte Christina sich ein, damit Georgia endlich auf den Punkt kam.

»Nicht nur zu Mikes, sondern auch zu deinen Gunsten, Schätzchen.«

»Ich verstehe nicht recht.« Christina hatte zwar eine ungefähre Ahnung, worauf Georgia hinauswollte, mochte ihrer Vermutung aber nicht so recht trauen. Das wäre ja einfach zu schön gewesen, um wahr zu sein.

»Ich und vor allen Dingen Mike haben uns überlegt, dass du genau die Richtige wärst, um ihn bei diesem Projekt zu betreuen. Als ich dir gestern sagte, dass Mike viel von dir erzählt hatte, meinte ich auch, dass er mir von deiner Art, die Dinge lösungsorientiert anzugehen, berichtet hat. Und er hat dich als echtes Organisationstalent beschrieben. Aber das habt ihr Deutschen ja sowieso gut drauf.«

Christina schwirrte der Kopf. Bisher hatte sie vermutet, dass Georgia nur hier war, um ihren alten Schützling zu besuchen und sich vielleicht ein bisschen zu amüsieren (unter anderem mit Christina). Dass ihre Anwesenheit professionelle Gründe haben könnte, darauf war sie erstaunlicherweise noch gar nicht gekommen.

»Was sagst du dazu?«, fragte Georgia, als Christina auch nach einer ganzen Minute noch keinen Mucks von sich gegeben hatte.

»Ich bin sprachlos«, antwortete sie aufrichtig.

»Dann sieh mal zu, dass du deine Sprache möglichst schnell wiederfindest. Wir brauchen dich nämlich. Ich liebe Mike wirklich abgöttisch, aber er kann am Set wirklich ein wahres Monster sein.«

»Was war das, Süße?« Mike trat unvermittelt aus dem

Badezimmer und ging mit ironischem Lächeln auf Georgia zu, um von hinten freundschaftlich die Arme um ihren Hals zu schlingen. »Lästerst du etwa schon wieder über mich?«

»Jemand, der so eitel ist wie du, sollte seine Empfindlichkeiten besser im Zaum halten«, entgegnete Georgia scheinbar sachlich, lächelte Christina dabei aber augenrollend an. »Ich habe unsere kleine Chris nur gerade über die fantastischen Neuigkeiten informiert.«

»Und? Was sagst du dazu? Mike Williams wieder ganz oben an der Spitze! Ich wusste es!« Der immer noch nackte Mann machte tatsächlich einen kleinen Luftsprung, der angezogen allerdings sicher besser ausgesehen hätte.

»Noch bist du nicht wieder an der Spitze, Herzchen. Um dahin zu kommen, brauchst du nämlich Leute wie Chris«, nahm Georgia ihm kurz und knapp den Wind aus den Segeln.

»Dann hat sie dich also schon gefragt, ob du meine Betreuung und die Produktionsassistenz übernehmen willst? Ich sag' dir, da ist auf jeden Fall mehr Geld drin, als bei *Witherman & Co.*«

Geld spielte für Christina bei dieser Entscheidung definitiv nicht die größte Rolle. Für sie war eher der Co-Produzent aus Übersee von Relevanz. Amerika. Das war schon etwas anderes als die vergleichsweise kleine englische Firma. Wenn sie sich geschickt anstellte und die richtigen Kontakte knüpfte, könnte dies der Anfang einer ganz großen Karriere sein. Die Freude, die sie gestern Abend noch über die Aussicht einer Beförderung bei *Witherman & Co.* empfunden hatte, wurde von einer regelrechten Euphorie über diese andere Chance ersetzt.

Und die Neuigkeiten sorgten auch dafür, dass die Zweifel, die in den letzten Tagen an ihrem Tun und auch an ihrer Berechnung hochgekommen waren, wieder in den Hintergrund rückten.

»Mein Gott …«, war dann auch alles, was sie im Moment hervorbringen konnte.

»Ist das ein Ja oder ein Nein?«, fragte Georgia etwas ungeduldig.

»Ja. Ich meine, das ist ein Ja«, antwortete Christina aufgeregt.

»Dann lasst uns jetzt nach unten frühstücken gehen und auf die neue Produktionsassistentin von *Licht der Liebe* anstoßen«, verkündete Georgia feierlich. »Man wird hier ja wohl auch am Morgen irgendwo ein Glas Sekt kriegen, oder?«

»Ich schätze schon«, erwiderte Christina. »Mir reicht allerdings der Restalkohol, den ich noch von gestern im Blut habe. Aber dafür habe ich einen Bärenhunger.«

Nachdem das Trio sich angezogen hatte, machte man sich gemeinsam auf den Weg in den großen Frühstücksaal des *Hôtel Pigeonnier*. Schon auf der Treppe nach unten fing Georgia an, Christina mit einem Schwall von Terminen und Plänen zu überschütten. »Zunächst mal müssen natürlich die Drehbücher geprüft werden. Das gehört mit zu meinem Aufgabenbereich als Agentin, aber ich möchte auch deine Meinung dazu hören. Dann musst du dich mit den Leitern der einzelnen Abteilungen treffen, um gleich mal klarzustellen, dass …«

»Ich habe erst vor fünf Minuten zugestimmt, überhaupt mitzumachen, Georgia. Könntest du mir vielleicht wenigstens eine halbe Stunde Zeit geben, das Ganze zu verdauen?« Christina fühlte sich in diesem

Moment total überfordert von dem Redefluss der professionellen Georgia.

»Natürlich. Entschuldige, bitte«, sagte sie aufrichtig, als man sich gemeinsam zu Tisch setzte. »Aber eine Sache muss tatsächlich noch geklärt werden, bevor es losgehen kann. Es handelt sich zwar um eine reine Formalität, aber der Leiter der Abteilung für Serien muss deiner Einstellung noch zustimmen.«

Christinas Mundwinkel, die seit Verkündung der Neuigkeiten die ganze Zeit nach oben gezeigt hatten, bogen sich schlagartig nach unten.

»Mach dir keine Gedanken. Wenn ich sage, dass das nur eine Formalität ist, dann stimmt das auch. Jemandem wie dir kann man doch gar nichts abschlagen. Und ganz besonders Harry nicht«, versuchte Georgia die enttäuscht dreinblickende Christina zu beruhigen.

»Wenn du meinst«, entgegnete diese wenig überzeugt.

»Das meine ich nicht nur, das weiß ich. Ich glaube, ich habe oben in der Suite einen ganz guten Einblick bekommen, wozu du imstande bist.«

Georgias Worte waren sicher als Kompliment gedacht, doch bei Christina weckten sie eher Zweifel, was hier eigentlich von ihr erwartet wurde. Sollte das etwa heißen, sie sollte erneut ihren Körper einsetzen, um das zu erreichen, was sie wollte? Nicht, dass sie etwas dagegen hatte. Zumindest dann nicht, wenn sie selbst die Entscheidung traf, mit vollem Körpereinsatz zu spielen. Dass aber eine andere Person ihr offensichtlich zutraute, zu solchen Mitteln bereit zu sein, das gefiel Christina überhaupt nicht. Plötzlich wurde ihr auf unangenehme Weise bewusst, wie ihr Verhalten von außen betrachtet wirken könnte. Und auch für Christina selbst gab es nicht viele Möglichkeiten, welche Rückschlüsse daraus auf ihren Charakter zu ziehen waren. Ihr wurde ganz flau im Magen.

»Du sagst ja gar nichts mehr. Was hast du denn auf einmal? Ist dir nicht gut?«, erkundigte sich Mike und riss Christina mit seiner Frage aus ihren Überlegungen.

»Ach nein, nein. Ich bin einfach immer noch ein bisschen übernächtigt. Das ist alles«, log sie nachdenklich.

»An lange Nächte wirst du dich jetzt gewöhnen müssen. Du weißt, dass mir besonders abends viele Sonderwünsche einfallen«, erwiderte der Schauspieler und warf ihr dabei einen Blick zu, der Christinas plötzliche Zweifel nicht unbedingt besänftigte.

Kapitel 9

Christina war jetzt bereits seit einer Woche wieder in London und vorerst zu ihrem alten Arbeitsplatz bei *Witherman & Co.* zurückgekehrt. Die Begegnung mit Mikes Agentin Georgia und auch die Fragen, die das Gespräch mit ihr aufgeworfen hatte, waren zwar in den Hintergrund gerückt, doch innerlich bereitete die ehrgeizige Deutsche sich schon auf ihre neue Aufgabe als Produktionsassistentin bei *Licht der Liebe* vor.

Auf dem Rückflug hatte Christina noch versucht, dem Schauspieler am Morgen nach der Abschiedsparty ein paar weitere Informationen über die neue Aufgabe und auch über seine alte Weggefährtin zu entlocken, doch dieser hatte sich untypischerweise sehr bedeckt gehalten.

»Nun wart's doch ab, Süße«, war seine gebetsmühlenartige Antwort auf ihre neugierigen Fragen gewesen. Und auch über Georgia war ihm bisher nicht mehr zu entlocken gewesen als ein paar Eckdaten. Normalerweise plauderte er gern alle möglichen Vertraulichkeiten aus, wenn es um Kollegen ging, aber in diesem Fall schien das etwas anderes zu sein. Sein konsequentes Ausweichen und Schweigen hatte sie zwar ein wenig misstrauisch gemacht, aber sie beruhigte sich mit dem Gedanken, dass sie schon noch früh genug erfahren würde, was für eine Art Verhältnis die beiden pflegten.

Nachdem sie zusammen mit Mike in den Flieger gestiegen und am Sonntagabend in London gelandet war, hatte sie bezeichnenderweise nichts mehr von ihrem Liebhaber der letzten zwei Wochen gehört. Die ungeklärte Beziehung zu ihm bereitete ihr durchaus Kopfzerbrechen, aber zum Glück hatte sie im Büro so viel mit der Postproduktion der Werbespots zu tun, dass ihr gar keine Zeit blieb, sich ernsthafte Sorgen zu machen.

Von der erneuten Beförderung, die Edward ihr in Aussicht gestellt hatte, war bei ihren Vorgesetzten allerdings noch keine Rede gewesen. Es hatte zwar ein Meeting gegeben, bei dem die Geschäftsführung allen Beteiligten den Dank der Firma aussprach, aber individuelle Leistungen wurden dabei nicht hervorgehoben. Christina war eigentlich ganz froh, dass sie ihrem Arbeitgeber noch nicht mitteilen musste, dass eine weitere Beförderung für sie wahrscheinlich gar nicht in Frage käme, weil sie längst einen viel prestigeträchtigeren Job in Aussicht hatte. Durch die einwöchige Funkstille zwischen ihr und Mike war sie sich zwar nicht mehr ganz sicher, ob sie das Ganze nicht doch nur geträumt hätte, beruhigte sich aber mit dem Gedanken, dass der Produktionsbeginn von *Licht der Liebe* erst in drei Monaten sein sollte. Es blieb also genug Zeit, um gegebenenfalls zu kündigen.

Seit der Rückkehr nach London hatte Christina es kaum erwarten können, Janelle endlich von ihren Erlebnissen in Südfrankreich zu berichten und ihre Meinung zu der Situation einzuholen. Seit vier Tagen versuchte sie nun, die Freundin telefonisch zu erreichen, aber sowohl im Festnetz als auch auf ihrem Handy reagierte nur die elektronische Stimme einer Mailbox. Am Freitag kam dann endlich ein Lebenszeichen von Janelle, die ihr langes Schweigen mit wichtigen Terminen entschuldigte.

Die beiden Frauen verabredeten sich sofort für ein abendliches Glas Wein in Christinas Wohnung. Es war nicht nur das erste Mal, dass Janelle ihre Wohnung betrat, sondern die Freundin war überhaupt der erste Gast in ihrer Londoner Bleibe. Abgesehen von den beiden Möbelpackern, die ihr damals den Schrank aus dem Trödelladen geliefert hatten.

Christina stand nach ihrer Beförderung nun auch finanziell besser da, hatte bisher aber noch keine Gelegenheit gehabt, sich eine etwas komfortablere Wohnung zu suchen. So empfing sie Janelle in ihrem bescheidenen Zwei-Zimmer-Apartment am Rande von Southwark. Eigentlich handelte es sich um ein großes Zimmer und einen kleineren Raum, der eher einer Abstellkammer glich. Dort schlief Christina auf einer Ausziehcouch – die Folterbank, wie sie dieses Provisorium wegen seiner durchgelegenen und recht unbequemen Liegefläche nannte. Immerhin hatte die Wohnung einen kleinen Balkon, der auf einen Hinterhof hinausging, und das war in London alles andere als selbstverständlich.

Als es Punkt acht Uhr an der Tür klingelte, hatte Christina ihre Wohnung so weit auf Vordermann gebracht, dass sie sich auch die elegante Janelle einigermaßen darin vorstellen konnte. Und trotzdem war ihr das sehr improvisiert wirkende Zuhause immer noch ein bisschen peinlich.

Aber ihre Sorge schien völlig unbegründet. Ob Janelle die Begeisterung über ihre Wohnung nun spielte oder nicht, Christina reichte es, dass die Freundin keine angewiderte Grimasse schnitt und nicht gleich wieder rückwärts hinauslief. Die einzige Beschwerde, die sie vorzubringen hatte, war der fehlende Aufzug. Christina wohnte in der vierten Etage und hatte sich, besonders wenn sie mit Einkaufstüten beladen war, selbst schon des Öfteren einen Fahrstuhl gewünscht.

Nachdem die beiden Freundinnen sich überaus herzlich begrüßt und Janelle einen kleinen Schrei der Begeisterung beim Anblick der zwei kleinen Stühle und des Tischchens auf dem Balkon ausgestoßen hatte, machte man es sich auf den etwa vier Quadratmetern gemütlich.

»Ich muss sagen, du siehst irgendwie blass und mittlerweile fast ein bisschen zu schmal aus«, eröffnete Janelle das Gespräch, während Christina den leichten Weißwein einschenkte, den sie extra noch in einem der kleinen Lebensmittelmärkte um die Ecke besorgt hatte. »Waren die zwei Wochen so anstrengend, oder hast du einfach vergessen zu schlafen und zu essen?«

»Viel Schlaf habe ich tatsächlich nicht bekommen. Du kannst dir gar nicht vorstellen, wie anstrengend so ein Dreh ist. Vor allem, wenn du quasi das Mädchen für alles bist.« Christina war sich nicht sicher, ob sie der Freundin auch erzählen sollte, dass nicht allein die Arbeit für ihre augenblicklich etwas schwache Konstitution verantwortlich war.

»Mädchen für alles oder Mädchen für alle?«, fragte die Freundin augenzwinkernd.

Christina war verwirrt. Sah man ihr etwa an, dass sie die letzten zwei Wochen eindeutig mehr geleistet hatte als man von einer gewöhnlichen Produktionsassistentin erwarten konnte? »Was meinst du denn damit?«, hakte sie vorsichtig nach.

»Na, ich habe da so einiges läuten hören. Man erzählt sich, dass du dich sehr gut mit dem Hauptdarsteller verstanden hast.«

Christina konnte es kaum glauben. Woher hatte die Freundin nur von ihrer Liaison mit Mike erfahren? Soweit sie wusste, hatte Janelle keinerlei Verbindungen zur Werbebranche.

»Ach, erzählt man sich das? Ich wusste gar nicht, dass du Leute kennst, die bei dem Dreh dabei waren.«

»Sag du mir erst, ob es stimmt, dann verrate ich dir, von wem ich das Gerücht gehört habe. Denn mehr als ein Gerücht ist es für mich nicht, solange du es nicht bestätigst.«

Christina hatte natürlich sowieso vorgehabt, der Freundin von ihrer Eroberung zu berichten, und zögerte daher nicht lange, alles genauestens zu erzählen. Sie erzählte vom ersten Zusammentreffen mit dem Schauspieler, seinen Eskapaden und natürlich ganz ausführlich, wie sie ihn gezähmt hatte. Die Begegnung mit Georgia ließ sie allerdings aus. Zu groß war ihre Besorgnis, Janelle könnte sich daran stören, dass sie mit einer anderen Frau Spaß gehabt hatte.

»Und was ist mit Georgia Roberts?« Die Frage von Janelle kam so unverhofft, dass Christinas Mund einen Moment lang weit offen stand.

»Woher … Wie kannst du … Wieso weißt du denn auch davon?«, stammelte sie.

»Nun krieg dich mal wieder ein, Chris. Alles halb so wild«, erklärte die Freundin lachend und schien endlich bereit, sie nicht länger auf die Folter zu spannen. »Ich habe zwar nichts mit der Branche zu tun, aber glaub mir, es gibt auch noch andere Branchen, in denen Georgia Roberts sich rumtreibt.« Bei der zweiten Erwähnung des Wortes »Branche« schrieb sie mit den Fingern zwei Anführungszeichen in die Luft. »Stimmt es nun, oder stimmt es nicht?«

»Doch, es stimmt. Es gab da eine Begegnung, die über ein normales Kennenlernen definitiv hinausging. Aber Janelle, du darfst jetzt nicht denken, dass …«

»Jetzt hör aber auf!«, wurde sie lachend von der Freundin unterbrochen. »Du glaubst doch wohl nicht ernsthaft, dass ich irgendwas dagegen hätte, wenn du deinen Spaß hast!«

»Nein, sicher nicht. Aber irgendwie komme ich mir jetzt richtig verdorben vor.«

»So ein Unsinn! Mit solchen Begriffen wollen wir gar nicht erst anfangen.«

Christina war froh, dass Janelle offensichtlich nicht zu Eifersucht neigte. Erleichtert berichtete sie der Freundin von der Ménage à trois und erzählte begeistert, was für Aussichten die beiden Gespielen ihr gemacht hatten. »Vor dir sitzt also die persönliche Betreuerin von Mike Williams und Produktionsassistentin in spe. Ist das nicht unglaublich?«, beendete sie ihre Erzählung.

»Mensch, Chris, das hört sich ja toll an. Ich freue mich total für dich. Und wann soll es losgehen?«

»In zwei Monaten. Ich muss nur noch mit Harry Malden, dem Leiter der Abteilung für Serien sprechen. Wenn der die Sache abgenickt hat, geht alles klar. Und Georgia hat gesagt, das wäre nur eine reine Formalität. Apropos Georgia – woher kennst du sie denn nun? Und was soll die Anspielung mit der »Branche«? Hat das vielleicht irgendwas mit den geheimnisvollen Andeutungen zu tun, die du bei unserem ersten Treffen gemacht hast?«, fragte sie mit aufgeregter Stimme.

»Das sind aber viele Fragen auf einmal. Persönlich gesprochen habe ich noch nie mit ihr. Aber ich kenne Menschen, die mit ihr zu tun hatten. Sie hat einen ziemlich – sagen wir mal – interessanten Ruf.« Deutlicher schien Janelle nicht werden zu wollen, aber Christina ließ nicht locker.

»Muss ich dich erst so betrunken machen, dass du mir mehr erzählst? Oder soll ich dich lieber durchkitzeln wie damals im Studentenwohnheim?«

Janelle lächelte versonnen, als ihre Gedanken kurz in die gemeinsame Vergangenheit abschweiften. »Na schön, ich kenne deine Georgia natürlich nicht persönlich – das wäre wirklich ein großer Zufall. Aber ich habe gehört, dass sie sich hier in London in diversen Sex-Clubs rumtreibt. Meistens in Begleitung, aber ab und zu auch allein.«

»Moment mal«, schaltete Christina sich ein, »wenn du sie gar nicht persönlich kennst, aber weißt, dass ich Sex mit ihr hatte, dann muss sie das ja wohl offensichtlich rumerzählt haben.«

»Willkommen in der Welt von Klatsch und Tratsch«, erwiderte Janelle nüchtern. »Mike Williams soll übrigens ihr liebster Begleiter sein. Und bei diesen Sex-Clubs, von denen ich sprach, handelt es sich um Etablissements, in denen es schon mal etwas heftiger zugeht. Erinnerst du dich an die S&M-Bücher, die ich dir vor deiner Abreise gegeben hatte?«

Und ob Christina sich erinnerte. Hatten ihr die Geschichten doch einige aufregende Träume beschert und sie über einige wichtige Knöpfe aufgeklärt, auf die man bei Männern so drücken kann.

»Ja, ich erinnere mich«, antwortete sie möglichst ruhig, hatte innerlich aber große Mühe, die überraschenden Informationen zu verarbeiten.

»Deine beiden neuen Freunde sind scheinbar gute Kunden im *Pleasure Dome*. Das ist ein reiner Privatclub, in den man nur durch persönliche Empfehlung gelangt.«

Christina sparte sich die Frage, woher Janelle diesen Club kannte, denn mit einem Mal fiel es ihr wie Schuppen von den Augen.

»Und du bist Mitglied in diesem Club.« Ihre Worte waren nicht als Frage, sondern als Feststellung formuliert.

»Na endlich fällt bei dir der Groschen.«

»Und daher kennst du auch Georgia und Mike?«

»Wie gesagt, persönlich bin ich den beiden noch nicht begegnet. Aber ich habe einiges über sie gehört. Ab und zu haben sie auch noch eine dritte Frau im Schlepptau. Ich war noch bei keiner ihrer Sessions dabei, aber Georgia scheint es richtig hart zu brauchen – wenn du verstehst, was ich meine.«

»Ja, ja, ich verstehe«, erwiderte Christina – aber auch nur, weil sie nicht die geringste Ahnung hatte, was sie sonst dazu sagen sollte. Zwar war sie Zeuge geworden, dass die Bekanntschaft von Georgia und Mike definitiv über eine rein professionelle Verbindung hinausging, aber dass die beiden eine S&M-Beziehung hatten, war nicht nur neu für sie, sondern irgendwie auch erschreckend.

Die beiden Frauen saßen sich eine Zeit lang schweigend gegenüber, bis Janelle auf einmal fragte: »Was ist eigentlich aus Steve geworden? Als wir nach dem Beauty-Resort miteinander sprachen, warst du doch völlig hin und weg.«

Christina spürte, dass allein die Erwähnung von Steve ausreichte, um bei ihr ein schlechtes Gewissen auszulösen, denn sie hatte sich seit seiner SMS und ihrer Rückkehr aus dem Beauty-Resort nicht mehr bei ihm gemeldet. Das hieß allerdings nicht, dass sie nicht jeden Tag (und auch jede Nacht) an ihn gedacht hätte.

»Ich hab' dir doch schon neulich gesagt, dass mir eine Beziehung im Moment überhaupt nicht ins Konzept passt. Und jetzt, da ich wahrscheinlich von morgens bis abends die Füße von unserem Hauptdarsteller massieren muss, schon gar nicht. Ich hab' da jetzt keinen Kopf dafür.«

»Keinen Kopf oder kein Herz?«

Janelle hatte wirklich den Bogen raus, ihre Fragen so zu stellen, dass sie mit wenigen Worten den Kern einer Sache traf.

»Pass auf, Janelle.« Christina bekam langsam das Gefühl, als müsste sie sich für ihre Entscheidungen rechtfertigen. »Wie du weißt, hatte ich gute Gründe, vor ein paar Wochen meine Prioritäten neu zu setzen. Ich habe mir vorgenommen, mich nicht länger von irgendwelchen kurzberockten Miezen ausbooten zu lassen, sondern mich einfach ihren Spielregeln anzupassen. Diese Spielregeln musste ich natürlich erst mal lernen. Und seit ich sie draufhabe, merke ich, was es für ein berauschendes Gefühl sein kann, die Männer um den Finger zu wickeln. Manche Entscheidungen muss man eben einfach mit dem Kopf treffen und nicht mit dem Herzen«, beendete sie ihr Plädoyer.

»Die Frage ist nur, ob du wirklich jemand bist, der sein Herz einfach so abstellen kann«, gab Janelle zu bedenken.

»Da mach dir mal keine Sorgen«, erwiderte Christina fast ein wenig bockig, erschrak innerlich aber über die eigene Härte.

Janelle spürte deutlich, dass die Freundin sich angegriffen fühlte, und beeilte sich, ihre Vorbehalte wieder zu relativieren. »Jetzt krieg dich mal wieder ein, Chris. Ich hab's doch nicht böse gemeint. Ich kenne dich nun mal als Mensch mit einem riesengroßen Herzen und kann mir schlecht vorstellen, dass du das einfach so durchziehen kannst. Meiner Erfahrung nach kommt man irgendwann immer an den Punkt, an dem man sich für das eine oder für das andere entscheiden muss. Herz oder Verstand.«

Christina war extrem verunsichert und auch ein wenig wütend, weil die alte Freundin ihr so ins Gewissen redete. Ein Teil von ihr wusste natürlich, dass Janelle recht hatte und dass solch ein berechnendes Verhalten einfach nicht zu ihrem Charakter passte. Doch ein anderer Teil – der Teil, der sich noch immer im Rausch der eigenen Anziehungskraft suhlte – wehrte sich mit aller Macht dagegen, das neu entdeckte Hochgefühl schon wieder aufzugeben.

»Morgen habe ich das Gespräch mit Harry Malden«, erklärte Christina mit fester, entschlossener Stimme, »und ich beabsichtige, den Termin mit ihm einzuhalten.« Doch tief in ihrem Inneren war sie alles andere als sicher, ob sie wirklich hinter dieser Entscheidung stehen konnte.

»Und ich wünsche dir, dass alles so läuft, wie du es dir

vorstellst. Wirklich, das tue ich.« Janelle hielt sich an die alte Regel, dass man gute Freunde bei ihren Entscheidungen unterstützen muss, hatte aber große Zweifel, ob sie Christina damit einen guten Dienst erwies.

***

Das Büro von Harry Malden, dem Leiter der Abteilung für Serien bei *Tro-Col Productions,* bot einen fantastischen Ausblick auf die Themse. Das Gebäude, in dem die Produktionsfirma sich vor einigen Jahren eingemietet hatte, war zehn Stockwerke hoch, und Harry Maldens Reich befand sich in der obersten Etage, sodass man von seinem Eckbüro nicht nur den breiten Strom, sondern unter anderem auch die Houses of Parliament und St. Paul's sehen konnte.

Er war jetzt seit über fünf Jahren auf seinem Posten. Eine Tatsache, die er einem ausgesprochen guten Händchen bei der Entwicklung von Stoffen und einigen daraus entstandenen Erfolgsserien zu verdanken hatte. Es war seine Idee gewesen, *Licht der Liebe* und damit auch Mike Williams' Figur wieder auferstehen zu lassen. Harry Malden wusste nur zu gut, wie schwierig der Schauspieler sein konnte, und war sofort neugierig geworden, als Georgia Roberts ihm von jemandem berichtete, der offenbar in der Lage war, den eitlen Star zu zähmen. So konnte er es kaum erwarten, sich endlich selbst von den Vorzügen der jungen Dame zu überzeugen.

Christina hatte wohl eine gute halbe Stunde im Vorzimmer darauf gewartet, endlich vorgelassen zu werden, und in dieser Zeit waren ihr immer wieder die Worte von Janelle durch den Kopf gegangen. Der Zwiespalt, den sie auch schon vor dem Gespräch mit der Freundin empfunden hatte, war jetzt immer weniger zu verdrängen, und Christina hatte mittlerweile das Gefühl, einem ständigen Beschuss an Zweifeln ausgesetzt zu sein. Das Gefühl, dass trotz ihres rasanten Aufstiegs irgendetwas in ihrem Leben fehlte, wurde immer stärker. Sosehr sie Karriere machen wollte, sosehr sehnte sie sich auch nach etwas in ihrem Leben, das nicht mit Arbeit, Kalkül und Ehrgeiz zu tun hatte. Immer wieder wanderten ihre Gedanken zu Steve und der wunderschönen Zeit, die sie mit ihm im *Lumley Beauty Resort* verbracht hatte. Ihr dortiger Aufenthalt war gerade einmal vier Wochen her, Christina aber kam es wie vier Monate vor. »Irgendwann musst du dich entscheiden.« Erneut musste sie an diesen Ausspruch ihrer Freundin denken. Aber das Vorzimmer eines der wichtigsten Männer von *Tro-Col Productions* war eindeutig nicht der Ort, um sich mit irgendwelchen Zweifeln zu beschäftigen. Jetzt hieß es, Präsenz und Entschlossenheit zu zeigen.

»Schluss damit, Chris!«, ermahnte sie sich leise.

»Wie bitte?«, fragte die Sekretärin von ihrem Schreibtisch im Vorzimmer aus.

Erst bei dieser Nachfrage bemerkte Christina, dass ihr flüsterndes Murmeln wohl doch ein wenig zu laut gewesen war.

»Ach nichts. Ich war nur in Gedanken«, antwortete sie und errötete zu ihrem Missfallen tatsächlich ein wenig.

»Sie müssen nicht nervös sein, Miss Haller. Mister Malden ist ein wirklich netter Mann.«

»Davon bin ich überzeugt. Erzählen Sie mir doch ein bisschen mehr über ...« Christina konnte ihren

Satz nicht mehr beenden, denn in diesem Augenblick summte die Gegensprechanlage der Sekretärin.

»Sie können jetzt rein zu ihm«, erklärte sie freundlich lächelnd nach einem kurzen Gespräch mit ihrem Chef.

»Oh ja, vielen Dank.«

Christina stand auf und ging mit klopfendem Herzen auf die schwere Holztür zu, die zum Büro von Mister Malden führte. Nachdem sie ein letztes Mal ihren schwarzen, figurbetonten Blazer glatt gestrichen hatte und sich durch das rote Haar gefahren war, klopfte sie beherzt an.

»Herein«, erklang eine tiefe, sonore Stimme aus dem Inneren.

Das Erste, was Christina beim Betreten des luxuriösen Eckbüros von Harry Malden auffiel, war der dicke dunkelgrüne Teppich, der ihre Schritte völlig verschluckte.

»Miss Haller, wie schön, Sie zu sehen.« Christina blieb keine Zeit, den umwerfenden Ausblick auf London zu bewundern, denn nachdem sie die Tür geschlossen hatte, kam sofort ein Mann in den Vierzigern auf sie zu und reichte ihr mit freundlichem Lächeln die Hand. »Setzen Sie sich doch«, forderte er sie einladend auf und zeigte auf den Stuhl vor seinem Schreibtisch.

Die nervöse Christina tat wie ihr geheißen und saß jetzt einem Mann gegenüber, den sie sich völlig anders vorgestellt hatte. Und zwar so, dass der tatsächliche Anblick auf der anderen Seite des Schreibtisches sie äußerst angenehm überraschte. Eigentlich hatte sie mit einem gedrungenen, leicht schmierigen Sesselpupser gerechnet, der die Augen nicht von ihrem Ausschnitt lassen konnte. Doch nichts von alledem traf zu. Harry Malden wirkte eher, als könnte er selbst in einer der Serien mitspielen, die er für *Tro-Col Productions* entwickelte. Er war über 1,90 groß, äußerst gepflegt und selbst durch den dunkelgrauen Anzug hindurch war zu erkennen, dass er sich offensichtlich mit regelmäßigem Sport in Form hielt. Die einzige Übereinstimmung mit Christinas Vorstellung bestand darin, dass der Mann tatsächlich sofort auf ihr Dekolletee starrte.

»Man hört ja die reinsten Wunderdinge über Sie, Miss Haller.«

»Nennen Sie mich gern Christina. Oder auch Chris.«

»Christina, was für ein hübscher Name. Wie ich höre, sind Sie Deutsche.«

»Ja. Aber ich bin jetzt schon seit über drei Jahren in London.«

»Und gefallen Ihnen die britischen Männer?«

Christina wurde sofort hellhörig. Was für eine ausgesprochen merkwürdige Frage für ein Bewerbungsgespräch. Saß sie hier jemandem gegenüber, der genauso leicht zu manipulieren war wie die Männer, die sie bisher weitergebracht hatten? Dafür wirkte Harry Malden eigentlich ein bisschen zu selbstbewusst und beherrscht.

»Es gibt bestimmt in jedem Land attraktive und unattraktive Exemplare. Aber in England hatte ich wirklich noch keinen Grund zur Klage. Hier lernt man jeden Tag interessante Männer kennen. Besonders in unserer Branche«, erklärte sie und warf Harry Malden ihr schönstes Lächeln zu.

»Jeden Tag? Heute auch schon?«, hakte ihr Gegenüber nach.

»Ich sitze gerade einem gegenüber«, erwiderte Christina in vollem Bewusstsein, dass sie sich mit dieser Antwort ziemlich weit aus dem Fenster lehnte.

Mister Malden hatte große Probleme, nicht unaufhörlich auf Christinas Beine zu starren. Zu ihrem schwarzen Blazer trug sie einen engen schwarz-weißen Rock, der kurz über dem Knie endete und so einen guten Blick auf ihre langen, schlanken Schenkel ermöglichte. Die dunkelgrauen Nylonstrümpfe gaben ihrer Haut einen fast feucht wirkenden Glanz.

»Vielen Dank«, erwiderte Mister Malden stotternd und verzog seinen Mund zu einem leicht nervösen Lächeln. Selbstbewusst und beherrscht? Von wegen. Ein bisschen Ausschnitt, ein bisschen Bein, und schon war es vorbei damit. Aber es dauerte nur ein paar Sekunden, bis Harry Malden sich wieder gefangen hatte.

»Sie wollen also Produktionsassistentin und persönliche Betreuerin von Mister Williams werden?«, fragte er betont professionell.

»Ganz recht.«

»Sind Sie nicht noch ein bisschen jung für so einen Job? Eine Fernsehserie ist etwas ganz anderes als ein paar Werbespots. Da kommt schon einiges mehr auf Sie zu als bei Ihrer vorherigen Aufgabe.« Er schaute sie mit ernstem Blick an.

Georgia und Mike hatten ihr versichert, dass es sich bei dem Bewerbungsgespräch um eine reine Formalität handeln würde und dass sie sich keinerlei Gedanken machen müsste. Doch offensichtlich erforderte auch dieser Schritt auf ihrer Karriereleiter ganz besondere Maßnahmen.

»Das weiß ich«, erklärte sie, »aber ich weiß auch, dass es in erster Linie darum geht, Mister Williams bei Laune zu halten. Und glauben Sie mir, ich habe meine Methoden, um das zu bewerkstelligen.«

Wenn Harry Malden bisher noch nicht wusste, dass sie etwas mit dem Schauspieler hatte, hätte er es spätestens jetzt begreifen müssen.

»Ich verstehe«, antwortete er dann auch und grinste sie amüsiert an. »Sie scheinen mir eine Frau zu sein, die Entscheidungen trifft und sie auch konsequent in die Tat umsetzt.«

»Ja, das kann man durchaus sagen«, erwiderte Christina ungeachtet der Zweifel, die sie in letzter Zeit umtrieben.

»Und eine Frau, die ausgesprochen …«, er suchte nach einer Formulierung, die ihm nicht sofort eine Klage wegen sexueller Belästigung am Arbeitsplatz einbringen würde, »… gut in Form ist.«

»Oh, vielen Dank.« Sie wusste, dass sie diesen Mann längst am Haken hatte.

»Mir ist klar, dass das jetzt vielleicht ein bisschen unpassend ist, aber ich muss es sagen – ich finde Sie wirklich ausgesprochen attraktiv.« Die Worte kamen über seine Lippen, bevor er eigentlich wusste, was er da sagte.

Christina spürte einen Stich der Erregung bei seinen Worten. Die Macht, die sie mittlerweile über Männer hatte, versetzte sie immer wieder in Erstaunen. Es gelang ihr scheinbar mühelos, so gut wie jeden von ihnen um den kleinen Finger zu wickeln.

Sie ließ sich Zeit mit einer Reaktion auf seine eindeutigen Flirtversuche. »Wenn Sie die Wahrheit hören wollen, ich finde Sie auch überaus anziehend, Mister Malden. Ich mag große Männer.«

»Ich habe von Frauen auch schon gehört, dass ich ihnen zu groß bin.«

»Je größer, desto besser«, entgegnete Christina fast sachlich, war sich der Zweideutigkeit ihrer Bemerkung aber durchaus bewusst. Sie schlug die Beine übereinander, sodass Harry Malden das Aufeinanderreiben des Nylons hören konnte, während er gleichzeitig versuchte, zwischen ihre Beine zu schauen. »Und was meinen Sie, sollten wir bezüglich dieser gegenseitigen Anziehungskraft tun?«, fügte sie hinzu.

Der inzwischen sehr begierig wirkende Mann im Anzug sah auf seine Uhr. Es war schon beinahe zwölf Uhr. »Was halten Sie davon, wenn wir zusammen Mittag essen gehen?«

»Sie meinen, jetzt sofort?« Sie versuchte ihrer Stimme einen leicht geschockten Tonfall zu geben und ihn so ein wenig zu verunsichern – ein Spiel, das ihr gerade bei Männern in gehobenen Positionen mittlerweile großen Spaß machte.

»Na ja, man könnte natürlich auch ...«, fing er stotternd an.

»Nein, sehr gern«, unterbrach sie den verunsicherten Mann, um ihn von seinen Qualen zu befreien.

»Na bestens.« Harry Maldens Grinsen hätte nicht breiter sein können. »Wir könnten ins Restaurant vom *Savoy* gehen. Da würden Sie in diesem hinreißenden Outfit ganz sicher bestens hinpassen.«

»Klingt fantastisch.«

»Ich könnte jetzt trotz der frühen Stunde wirklich einen Drink vertragen.«

»Dann lassen Sie uns doch gleich losgehen«, sagte sie kurzentschlossen und erhob sich von ihrem Stuhl.

Christina war nicht sicher, ob es überhaupt nötig war, sich auf diese Art der Annäherung einzulassen. Doch in ihrem Inneren führte längst der Rausch die Regie, den sie bei jeder neuen Verführung eines willigen Opfers empfand. In jedem Fall konnte es ganz bestimmt nicht schaden, einen wichtigen Mann wie Harry Malden für sich zu gewinnen. Außerdem war sie zuvor noch nie im *Savoy* gewesen.

Sie nahmen ein Taxi und fuhren über die Waterloo Bridge. Als sie die Empfangshalle des Hotels betraten, hakte Harry sie unter und steuerte sofort auf die Bar zu. Dort angekommen bestellte er zwei trockene Wodka Martini und hob mit einem tiefen Blick in ihre Augen sein Glas.

»Auf das *Licht der Liebe*«, prostete er ihr zu. »Ich bin sicher, die Serie wird wieder genauso erfolgreich wie früher. Wenn nicht sogar erfolgreicher.«

»Heißt das, ich habe den Job?«

»Das habe ich noch nicht hundertprozentig entschieden. Mir fehlen noch ein paar Informationen.«

»Informationen, die ich Ihnen nur unter vier Augen verraten könnte?«

»Miss Haller, ich bitte Sie. Für wen halten Sie mich?«

Christina spürte genau, dass seine Empörung nur gespielt war und er wahrscheinlich schon einen Zimmerschlüssel in der Tasche hatte.

»Wie schade. Ich hatte mich schon so darauf gefreut, mich Ihnen von meiner besten Seite zu präsentieren.«

Harry Malden schluckte mehrfach so schwer, dass es fast aussah, als würde sein Adamsapfel Samba tanzen.

»Ach tatsächlich?«

»Wie gesagt, ich finde, Sie sind ein überaus anziehender Mann.« Christina nahm den letzten Schluck aus ihrem Glas und leckte sich dann mit der Zunge über die Lippen. So abgedroschen diese Geste auch war, sie erwies sich wieder einmal als ausgesprochen wirkungsvoll, denn auf Harrys Oberlippe bildeten sich bereits die ersten Schweißperlen.

»Ist Ihnen auch so heiß?«, fragte er, diesmal allerdings ohne jeden Hintergedanken. »Ich werde uns gleich noch einen zweiten Martini kommen lassen.«

Nachdem die beiden ihren zweiten Drink zur Hälfte geleert hatten, beschlich Christina das untrügliche Gefühl, als würde ihr der Alkohol langsam zu Kopf steigen. Oder war es gar nicht der Alkohol, der ihr dieses starke High bescherte? War es nicht doch die Tatsache, dass dieser Mann, der entscheidende Weichen für ihre Zukunft stellen konnte, ihr schon förmlich aus der Hand fraß? Wie um ihre Gedanken durch eine Aktion zu verstärken, nahm sie aus dem Schälchen vor sich eine kleine Erdnuss und hielt sie Harry direkt vor den Mund. Seine Augen fest auf die ihren gerichtet, öffnete er die Lippen und ließ es zu, dass Christina ihm den kleinen Happen in den Mund legte. Ihre Annäherung glich einem Tanz, bei dem nicht ganz sicher war, wer von beiden denn nun die Führung übernehmen würde.

Nach einer halben Stunde entschied man sich, die Bar zu verlassen und zum eigentlichen Zweck ihres kleinen Ausflugs zu kommen. Zumindest zum offiziellen eigentlichen Zweck. Nachdem Harry einem Kellner einen Geldschein in die Hand gedrückt hatte, wurden sie ins Restaurant an einen Tisch mit Blick auf die Themse geführt. Christina hatte kaum Hunger und bestellte nur einen gratinierten Ziegenkäse. Harry hingegen schien der Sinn nach einem großen Steak zu stehen. Dazu bestellte er eine Flasche Chablis, die mit einem Liter bestem schottischen Mineralwasser serviert wurde.

»Erzählen Sie mir doch mal ein bisschen von Georgia Roberts«, forderte Christina ihr Gegenüber auf, nachdem der Kellner ihnen die Speisekarte abgenommen hatte.

»Was wollen Sie denn wissen? Ich dachte, Sie kennen sich bereits.«

»Das schon. Aber ich werde irgendwie nicht so ganz schlau aus ihr. Wie ist sie denn so in der Zusammenarbeit?«

»Hart, aber fair. Ich kenne sie allerdings auch nur von den Gagenverhandlungen. Man erzählt sich in der Branche aber so einiges über sie.«

»Was denn? Sie machen mich neugierig.«

»Ach, das ist wahrscheinlich nur Gerede. Aber man erzählt sich, dass sie eine ganz besondere Beziehung zu Mike hat. Aber mehr möchte ich dazu nicht sagen.«

»Ich habe gehört, dass sie auch mit Frauen schläft.« Christina war sich im Klaren darüber, dass das Gespräch mittlerweile eine Richtung einschlug, die Harry sich so ganz sicher nicht vorgestellt hatte, und sie war überrascht, dass er sich so bereitwillig darauf einließ.

»Ja, das habe ich auch schon gehört. Passen Sie gut auf, so wie Sie aussehen, wird sie es bestimmt auch bei Ihnen probieren.«

»Ich stehe nur auf Männer«, log Christina.

»Fraglich, ob sie sich davon abhalten lässt. Probieren Sie es doch mal aus. Vielleicht gefällt es Ihnen ja.«

»Meinen Sie?«

»Das weiß man immer erst, wenn man es gemacht

hat.« Die Vorstellung schien ihn eindeutig zu erregen, denn seine Augen fingen an zu glänzen.

»Ist das eine Ihrer Fantasien?«, fragte Christina mit möglichst unschuldiger Stimme.

»Was?«

»Zwei Frauen dabei zu beobachten, wie sie es miteinander treiben?«

»Die Vorstellung ist sicher recht anregend, aber ich würde nicht sagen, dass sie zu einer meiner …« Harry suchte nach dem richtigen Wort.

»… Wichsfantasien gehört?«

»Sie sind wirklich sehr direkt. Aber ich mag Frauen, die Selbstbewusstsein und eine gewisse Stärke ausstrahlen. Das wird ja sonst immer nur von den Männern erwartet.«

Vor der Lektüre von Janelles Büchern hätte Christina diese Bemerkung noch nicht richtig einordnen können. Aber da sie sie voller Aufmerksamkeit und Neugierde gelesen hatte, wusste sie genau, in welche Richtung diese Reise gehen würde.

»Tatsächlich?«, hakte sie mit unschuldiger Stimme nach. »Tja, wo die Frau stark ist, kann der Mann endlich mal schwach sein …« Christina bewegte ihr Bein unter dem Tisch so weit vor, dass ihre Wade gegen sein Hosenbein strich.

»Ich würde Sie wirklich gern näher kennenlernen. Wir könnten bestimmt viel Spaß miteinander haben«, teilte sie dem mittlerweile hochroten Harry unumwunden mit.

»Sie wissen, ich bin verheiratet.«

»Ja«, log sie erneut, denn das hörte sie zum ersten Mal. Doch die Existenz einer anderen Frau störte Christina in diesem Fall herzlich wenig.

»Na ja, eigentlich leben wir getrennt. Die Scheidung ist nur noch eine reine Formsache.«

»Wissen Sie, Mister Malden, das ist eigentlich eine Sache, die ich gar nicht wissen muss, wenn ich …«

»Natürlich müssen Sie das nicht wissen«, unterbrach er sie eilig. »Ich dachte nur …«

»Lassen Sie mich doch ausreden. Ich muss nichts von Ihrer Frau wissen, wenn ich mit Ihnen schlafen will.«

»Möchten Sie das denn?«

»Ach, das wissen Sie doch ganz genau. Wir wussten es beide in dem Moment, als Sie mich zum Essen einluden. Oder sogar schon vorher, als Sie unbedingt schauen wollten, was ich unter meinem Rock anhabe.«

»Das können Sie mir jetzt aber nicht vorwerfen. Ihre Beine haben mich einfach hypnotisiert.«

»Danke schön.«

In diesem Moment wurde ihr intimes Gespräch von zwei Kellnern unterbrochen, die das Essen servierten. Harry schlang sein Steak wie ein Wolf hinunter und hielt sich auch mit dem Wein so wenig zurück, dass man hätte meinen können, er tränke Wasser. Christina hingegen war durch die Unterbrechung ihrer Verführungskünste so irritiert, dass sie nur recht lustlos in ihrem Ziegenkäse herumstocherte. Fast ungeduldig nahm sie den Faden erneut auf.

»Sie haben meine Frage noch nicht beantwortet.«

»Entschuldigen Sie, unser Gespräch hat mich so in den Bann gezogen, dass ich die Frage glatt vergessen habe.«

»Was für sexuelle Fantasien Sie haben? Vielleicht gefällt mir ja eine davon.«

»Dazu müsste ich sie Ihnen aber verraten, nicht

wahr?« Jetzt schien es Harry zu sein, der mit ihr spielen wollte. Aber das ging Christina entschieden gegen den Strich.

»Dürfte ich einen Vorschlag machen?«, fragte sie mit verheißungsvoller Stimme.

»Aber sicher.«

»Sie rufen jetzt mit Ihrem Handy bei der Rezeption an.«

»Und dann?«

»Dann fragen Sie, ob man ein Doppelzimmer mit einem großen Bett für uns frei hat.«

»Sie scheinen nicht nur im Job gute Ideen zu haben.« Der Glanz in Harrys Augen hatte einem Glitzern Platz gemacht, das jeder Christbaumkugel zur Ehre gereicht hätte.

»Und dann können Sie mir ganz genau erzählen, was Ihnen gefällt.« Sie streckte ihm beide Arme über den Tisch hinweg entgegen und umfasste seine großen Hände. Harrys Blick war noch immer leicht verwirrt, so als könnte er es gar nicht fassen, was ihm hier für ein Angebot gemacht wurde.

Eine viertel Stunde später standen die beiden am Fenster eines Zimmers im fünften Stock und blickten gemeinsam auf die Themse. In der Ferne war das Gebäude von *Tro-Col Productions* zu erkennen.

Harry hatte beim Zimmerservice Champagner bestellt. Nachdem ein Kellner in gestärkter weißer Jacke die Flasche serviert und das Zimmer mit zehn Pfund Trinkgeld wieder verlassen hatte, setzte Christina sich sofort auf das große Doppelbett und klopfte mit der flachen Hand auf den leeren Platz neben sich.

»Setzen Sie sich doch zu mir, Mister Malden«, lockte

sie ihn und machte eine entsprechende Geste mit dem Zeigefinger. Die Tatsache, dass die beiden sich trotz der Eindeutigkeit ihres Tuns immer noch siezten, heizte Christina in gewisser Weise nur noch mehr an.

»Sie können mich auch Harry nennen.« Der attraktive Mann setzte sich neben sie auf das Bett, und es war deutlich zu erkennen, dass der Alkohol mittlerweile einen Schleier über seine Augen gelegt hatte.

»Ich glaube, ich ziehe ›Mister Malden‹ vor«, erwiderte sie knapp.

»Sie sind wirklich eine unglaubliche Frau. So jemanden wie Sie habe ich noch nie kennengelernt.«

»Das hoffe ich doch. Warum machen wir es uns jetzt nicht einfach ein bisschen bequemer?« Der Geschäftsmann hatte sein Sakko bereits ausgezogen, als Christina ihm langsam das Hemd aufknöpfte. Unter dem gestärkten weißen Stoff verbarg sich ein Oberkörper, der zwar auch fester hätte sein können, der aber immer noch muskulös genug war, um der mittlerweile selbst etwas gierigen Frau einen Schauer der Vorfreude über ihre seidenfeinen Bauchhaare tanzen zu lassen. Die eindeutige Lust, die sie auf diesen Mann verspürte, beruhigte Christina etwas, denn in ihrem Hinterkopf tauchten immer wieder Gesprächsfetzen der mahnenden Unterhaltung mit Janelle auf.

Voller Entschlossenheit und fast wie ferngesteuert drückte sie ihren erregten Partner aufs Bett, öffnete seinen Gürtel und zog den Reißverschluss seiner Hose herunter. Harry hob seine Hüften etwas an, sodass sie ihm Hose und Slip ausziehen konnte. Sein beschnittener Schwanz war trotz des Alkoholkonsums steinhart und ragte wie ein Leuchtturm von seinem nackten Körper auf. Abgesehen von seiner Schambehaarung und einem kleinen Fleck auf der Brust war sein Körper völlig glatt.

»Und jetzt passen Sie mal genau auf«, forderte sie den erregten Mann auf, der seinen Kopf mittlerweile gegen zwei Kissen gelehnt hatte und sie erwartungsvoll anstarrte.

Christina stand in der Mitte des Raumes. Als sie ihren schwarzen Blazer öffnete, sah Harry zum ersten Mal, dass sie darunter nichts weiter als einen weißen, fast durchsichtigen BH trug. Das enge Material presste ihre Brüste so sehr zusammen, dass sie noch viel voller und einladender wirkten. Als Nächstes war der schwarzweiße Rock dran. Sie öffnete den seitlich angebrachten Reißverschluss, ließ das Kleidungsstück zu Boden fallen und gewährte ihrem Gespielen einen Blick auf einen überaus knappen, ebenfalls weißen Tanga.

»Wunderschön«, war alles, was Harry noch an Worten hervorpressen konnte, bevor sein schwerer Atem wieder die Oberhand gewann.

Christina blieb eine Zeit lang in auffordernder Haltung vor ihm stehen, bevor sie schließlich den BH öffnete, um ihre Brüste endlich aus der engen Umklammerung zu befreien. Harry quittierte die Vorführung mit einem Stöhnen, das noch lauter wurde, als Christina sich schließlich auch ihres Slips entledigte.

Völlig nackt ging Christina zum Bett und kniete sich neben ihr Opfer auf die Matratze.

»Sagen Sie mir, was Sie möchten«, forderte sie den angetrunkenen Geschäftsmann auf und legte gleichzeitig eine Hand auf seine Brust.

»Äh, also ich …« Harry hatte offenbar Probleme, sich zu seinen Gelüsten zu bekennen.

»Ach, Ihr Engländer seid wirklich sehr verklemmt. Wovor habt Ihr nur Angst? Vor Sex? Davor, das Falsche zu sagen oder irgendwelche Tabus zu brechen? Ich verrate Ihnen jetzt mal etwas, Mister Malden. Bei mir brauchen Sie keine Angst zu haben. Ich habe keine Tabus. Was zwei Menschen hinter verschlossenen Türen miteinander tun, ist ganz und gar ihre Privatangelegenheit.«

»Ich will Sie ficken.«

»Nein, Mister Malden. Das glaube ich Ihnen nicht. Sie sind ein viel zu komplexer Mann, um mich einfach nur ficken zu wollen. Das spüre ich ganz deutlich.«

»Ach ja?«

»Ach ja!«

Christina beugte sich vor, nahm Harrys rechten Nippel in den Mund und bearbeitete ihn ein wenig mit den Zähnen. Die Behandlung schien ihm zu gefallen, denn er stöhnte kurz auf. Als sie sich schließlich auch dem linken zuwandte, sah sie aus dem Augenwinkel, dass sein Schwanz heftig zu zucken begann.

»Oder wollen Sie mich raten lassen?«

»Ich glaube, ich habe zu viel getrunken.«

Christina hatte deutlich den Blick in Harrys Augen gesehen, als sie das Thema ansprach. Sie wusste, dass seine Sexualität irgendein Geheimnis in sich barg, das er ihr nur ungern verraten wollte. Das legte die Vermutung nahe, dass es sich um etwas ausgesprochen Schmutziges handeln musste – zumindest in seinen Augen. Aber Christina gab nicht auf, sondern dachte an die Bücher, die Janelle ihr zum Studieren gegeben hatte. Vor ihrem geistigen Auge ging sie alle möglichen sexuellen Spielarten durch.

»Lassen Sie sich gerne den Hintern versohlen?« Bei dieser Frage ließ sie ihren Daumen über den Schlitz seiner Eichel gleiten, als wollte sie ihm so eine Antwort entlocken. »Kommen Sie, Harry, was ist es? Wollen Sie dabei zuschauen, wie ich mit einer anderen Frau schlafe? Oder vielleicht mit einem anderen Mann? Soll ich Sie mit einem Dildo von hinten ficken?« Doch keine ihrer Fragen erzeugte ein Zucken in seinem harten Schwanz, das ihr die Wahrheit hätte verraten können.

»Ich habe einfach nur zu viel getrunken«, protestierte der leicht weggetretene Mann.

Doch nun war Christinas Ehrgeiz erst richtig geweckt. Schließlich hatte sie auch herausgefunden, welchen Fetisch Hugo Stevens hatte. Da musste es doch wohl möglich sein, auch Harry Maldens geheime Gelüste aufzudecken. Was gab es also noch?

»Vielleicht möchten Sie ja mal mein Höschen anziehen?«

»Christina, ich glaube nicht …«

»Oder ans Bett gefesselt werden«, unterbrach sie seinen Einwand. Während dieser Worte ging tatsächlich ein Zucken durch seinen Riemen. »Ich könnte Sie so richtig schön auf der Matratze ausstrecken«, setzte sie die bildhafte Beschreibung fort. »Dann binde ich Ihnen die Hände über dem Kopfende an die Bettpfosten und die Beine gespreizt ans Fußende. So wären Sie ganz und gar meiner Gnade ausgeliefert.«

Diesen Vorschlag quittierte Maldens Schwanz mit einem Zucken, das schon etwas unkontrollierter wirkte. Christina fing an, das harte Stück Fleisch langsam zu wichsen. Dann legte sie sich neben ihn, sodass sie ihm die nächsten Schweinereien direkt ins Ohr flüstern konnte. Sie hatte den Schlüssel gefunden. »Würde Ihnen das gefallen? Ganz fest fixiert ohne jede Bewegungsfreiheit?«

»Ja«, hauchte ihr Opfer fast unhörbar und sah ihr dabei direkt in die Augen.

»Mir würde es auch gefallen. Ich habe gern die Oberhand und mag es, wenn die Männer das tun, was ich von ihnen verlange.«

»Wirklich?«, krächzte er lustheiser.

»O ja. Der Gedanke, Sie hilflos vor mir liegen zu haben, alles mit Ihnen zu machen, was ich will, Sie völlig zu dominieren, bis Sie nur noch gehorchen – das macht mich total an. Meine Möse wird schon ganz feucht, wenn ich nur daran denke.«

Mit diesen Worten richtete Christina sich wieder auf, schwang ein Bein über Harry Maldens Brust und setzte sich rittlings auf seinen Schoß. In dieser Stellung führte sie seine Schwanzspitze direkt vor ihre Schamlippen.

»Erst würde ich Sie nur ein bisschen anfüttern. Aber wenn es dann richtig zur Sache geht, werden Sie schnell merken, wer hier das Sagen hat.« Christina hatte sich wieder vorgebeugt, um ihre lüsternen Pläne mit heißen Atemstößen in sein Ohr flüstern zu können. »Ich würde Ihren Schwanz so lange bearbeiten, bis Sie kurz davor sind. Und dann würde ich Sie betteln lassen, dass ich weitermache.« Sein Schwanz war immer noch nicht in Christinas Mitte eingedrungen. Lediglich die Eichel steckte ein kleines Stückchen zwischen ihren Schamlippen. Christina hätte sich nur ganz auf ihm niederlassen müssen, um sein Fleisch in sich zu spüren. Doch das würde sie erst tun, wenn sie auch den Rest seiner Wünsche aus ihm herausgekitzelt hätte.

Harrys Stöhnen wurde immer lauter, und er versuchte mit einem Aufbäumen tiefer in ihre Möse einzudringen.

»Hab' ich dir das erlaubt?« Der plötzliche Wechsel zum *Du* war nicht nur für Harry überraschend, sondern löste auch bei Christina ein gewisses Erstaunen aus. Es war wie von selbst gekommen. Als wäre sie ohne nachzudenken in eine Rolle geschlüpft, in der sie gar nicht anders konnte, als ihm den Respekt zu entziehen, der mit einem *Sie* einherging.

»Ich sage dir, wann du kommen darfst. Und nur ich!« Harrys Augen rollten hin und her wie Flipperkugeln. Der plötzliche Wechsel in Christinas Tonfall schien irgendetwas Entscheidendes in ihm freizusetzen. »Ja …«, keuchte er hilflos.

In diesem Moment fiel Christina eine der Geschichten ein, die sie gelesen hatte. Sogar mehrmals. Was hatte die Heldin in dieser Geschichte doch gleich gesagt?

»Du musst diszipliniert werden, das spüre ich ganz deutlich.«

»Ja.«

»Ja, was?«

»Ja, Herrin.«

Jetzt war es raus, und Christina wusste, in welche Richtung es gehen sollte. Aber es war nicht nur Harry, den die Verwendung des Wortes »Herrin« so offensichtlich erregte. Nein, auch in Christina ging etwas vor sich, als er sie zum ersten Mal so ansprach. Was für sie als fast nüchternes, auf jeden Fall strategisches Experiment begonnen hatte, um zu sehen, ob auch dieser Mann so leicht zu manipulieren war wie die anderen, verwandelte sich plötzlich in etwas ganz anderes. Christina spürte, wie ihr eigenes Geschlecht zu zucken begann und bereits die ersten Lustsäfte bildete. Was sie da sagte, erregte sie mindestens genauso wie den unter ihr liegenden Geschäftsmann. Das Blut rauschte mittlerweile so schnell durch ihre Adern wie Strom durch ein Kabel.

Noch immer steckte Harrys Schwanz nur im Eingangsbereich zu ihrem Inneren. Christinas Finger wanderten weit gespreizt über seinen festen Bauch bis hin zu den Brustwarzen, die sie mit den Nägeln von Daumen und Zeigefinger hart zu bearbeiten begann. Harry stöhnte laut auf, und sie spürte, wie er erneut versuchte, seinen Schwanz mit einem Stoß tiefer in ihr zu versenken.

»Da hab' ich wohl eine empfindliche Stelle entdeckt«, raunte sie mit amüsiertem Grinsen, das ihre Vorherrschaft über ihn betonte. Sie zwickte ihn erneut in einen seiner Nippel. »Was für empfindliche kleine Knöpfe. Aber wart nur ab, bis ich dich ans Bett gefesselt habe. Dann werde ich die kleinen Teile so lange bearbeiten, bis du um Gnade winselst. Ich kann's kaum erwarten, dich so richtig schön anzuschnallen.«

»Mit Riemen ...«, keuchte ihr Gespiele wie in Trance.

»Ach, Riemen sollen es sein? Schöne, dicke Lederriemen, mit denen ich dich so festzurre, damit du nichts mehr tun kannst als betteln? Betteln, dass ich dich anfasse. Betteln, dass ich deinen Schwanz wichse. Betteln, dass ich dich ficke. Aber bevor ich in irgendeiner Form Hand an dich lege, wirst du erstmal zusehen, wie ich an mir selbst rumspiele.« Sie ließ von seinen Nippeln ab, umfasste ihre eigenen Brüste und knetete sie voller Inbrunst. Dann zog sie mit den Fingern so sehr an ihren eigenen Nippeln, bis die Brüste wie zwei in die Länge gezogene Fleischberge über seinem Gesicht hingen.

»Und danach könnte ich mich vielleicht einfach auf dein Gesicht setzen und dich zwingen, mein Fötzchen zu lecken. Was hältst du davon?« Christina wusste schon längst nicht mehr, wen von beiden ihr Reden mehr erregte – ihn oder sie selbst?

»Ja, ja!« Der Druck in Harrys Stimme wuchs, und sein verzweifelter Körper machte immer wieder Verrenkungen, um sich durch ein Aufbäumen in der Hitze ihrer Tiefen zu versenken.

»Möchtest du die Erlaubnis, mich ficken zu dürfen?«

»Ja, ja …«

»Ja, was?« Christina schlug mit der flachen Hand fest auf seinen Bauch und fragte sich gleichzeitig, ob eine kleine Ohrfeige nicht vielleicht passender und überzeugender gewesen wäre.

»Ja, Herrin.«

»Sehr gut. Dann bitte mich gefälligst um die Erlaubnis.« Ihr Körper zitterte, während sie den Befehl aussprach. Wie gerne hätte sie ihn wirklich gefesselt, um mit dem Mann machen zu können, was sie wollte. Die Erkenntnis, dass dieser Gedanke sie erregte, kam zwar überraschend, war aber auch nicht weiter schockierend für sie. Nach den Erfahrungen, die sie bisher gemacht hatte, glaubte sie, durch nichts mehr schockiert werden zu können. Die Nummer mit Hugo Stevens, die Beziehung zu Mike, der Dreier mit Georgia – all das hatte sie zu der Erkenntnis gebracht, dass Sex wie eine Art Selbstbedienungsladen sein konnte, in dem man sich aussuchte, was einem gerade beliebte. Doch so erfüllt und erregt sie von der Rolle der Herrin auch war, so sehr war

Christina sich auch in diesem Moment bewusst, dass eines im Sortiment dieser Welt fehlte – Gefühl. Nur war die Lust des Moments stärker als jeder Zweifel, und sie wischte diesen aufblitzenden Gedanken kurzerhand beiseite, um das zu vollenden, was ohnehin nicht mehr aufzuhalten war. Was man einmal angefangen hat, muss man auch beenden – sie war deutsch genug, um nach dieser Devise zu handeln.

»Bitte, bitte«, bettelte Harry unter ihr und holte die junge Frau wieder in die Gegenwart zurück.

»Bitte, was?« Die Kälte und Härte in ihrer Stimme war sofort wieder da.

»Bitte, Herrin! Bitte lass mich in dein Fötzchen!«

»Noch mal!«

»Bitte, bitte, bitte …«

Beim letzten »Bitte« ließ Christina sich völlig unvorbereitet mit einer fließenden Bewegung auf seinem harten Schwanz nieder. Harry keuchte vor Ekstase, als er spürte, wie die glitschige Öffnung sich um seinen Schaft stülpte. Doch er hatte kaum Zeit, das neue Gefühl zu genießen, denn Christina begann sofort mit einem harten Ritt, der ihn vor Wollust fast schreien ließ. Ihre Brüste hüpften auf und ab, während sie sich immer wieder so weit erhob, dass sein Riemen fast aus ihrer Mitte rutschte.

»Dir ist schon klar, dass es dir nicht erlaubt ist, einfach so zu kommen?«

»O nein! Bitte, bitte …«

»Ich dulde keine Disziplinlosigkeit. Du scheinst eindeutig noch mehr Training zu brauchen!«

»Ja, Herrin.«

Christina spürte seinen Schwanz zucken. Mittlerweile

schien fast egal zu sein, was sie sagte, solange der Tonfall nur stimmte. »Ich warne dich! Wenn du kommst, wirst du hart bestraft!« Bei diesen Worten kniff sie ihm mit den Fingern einer Hand so fest in die Brustwarzen, dass er in echtem Schmerz aufschrie. Gleichzeitig wanderte die andere Hand hinter ihren Po, wo sie sofort seine Eier umfasste. Das feste Ziehen an den geschwollenen, saftgefüllten Bällen gab dem lustgeschundenen Körper von Harry Malden den Rest. Als sie sich mit einer druckvollen Abwärtsbewegung wieder auf ihm niederließ, brachen die unsichtbaren Fesseln, die seine Hände bisher eisern von ihrem Körper ferngehalten hatten. Harry packte die junge Frau bei den Hüften, presste sie so fest es ging auf seinen dicken, harten Prügel und ergoss sich mit einem letzten lauten Brüllen in ihrer Möse.

»Verzeihung! Verzeihung, Herrin«, schluchzte er, als sein Körper sich langsam von den unfreiwilligen Zuckungen erholte.

»Dafür werde ich dich bestrafen«, sagte sie knapp.

Aber an diesem Punkt war das Spiel bereits vorbei. In stillem, aber gemeinsamem Einvernehmen legten die beiden ihre Rollen ab, und Christina sank erschöpft neben ihrem Gespielen auf das Bett.

Das dürfte ausgereicht haben, dachte sie und lächelte verstohlen in sich hinein, während Mister Malden sich zur Seite drehte und nach wenigen Sekunden schnarchend eingeschlafen war.

***

Georgia Roberts saß in ihrem Büro in der sechsten Etage eines Hochhauses in Whitechapel. Der Blick war zwar nicht ganz so eindrucksvoll wie der von Harry Maldens Räumen, aber dafür war ihr Arbeitsplatz weitaus geschmackvoller eingerichtet.

»Hallo, Christina. Wie schön, dich zu sehen«, begrüßte die Agentin die junge Deutsche, nachdem eine eher unsympathische Sekretärin sie vorgelassen hatte. Wie bei ihrer ersten Begegnung auf der Terrasse des *Hôtel Pigeonnier* gab sie der rothaarigen Frau einen Kuss auf beide Wangen und bat sie dann Platz zu nehmen. Im Gegensatz zu ihrer ersten Begegnung hatte Georgia ihr schwarzes Haar zu einem strammen Knoten zusammengefasst, der ihr sofort etwas Strenges verlieh und sie auch ein wenig älter wirken ließ. Die stromlinienförmige Frisur sorgte außerdem dafür, dass ihr Körper noch schmaler und schlanker wirkte, als er es ohnehin schon war. Sie trug einen schwarzen Hosenanzug mit sehr kurzer Jacke und ausschließlich Goldschmuck.

»Wie ich höre, kann man dir gratulieren«, begann die Agentin das Gespräch.

»Wieso?«, fragte Christina, obwohl sie bereits ahnte, was für Neuigkeiten ihr Gegenüber für sie hatte.

»Als wenn du das nicht genau wüsstest. Malden hat deiner Einstellung zugestimmt. Ich sagte doch, es ist eine reine Formalität«, erklärte sie der grinsenden Christina, die vor Freude am liebsten aufgesprungen wäre und »Hurra« gerufen hätte. Doch um ihre Professionalität unter Beweis zu stellen, riss sie sich zusammen und reagierte lediglich mit einem zurückhaltenden, fast desinteressiert wirkenden »Tatsächlich?«

»Ja, tatsächlich«, lachte Georgia amüsiert, denn sie spürte deutlich, wie sehr die neue Produktionsassistentin von *Licht der Liebe* sich in Wirklichkeit freute.

»Das ist ein geradezu kometenhafter Aufstieg an die Spitze.«

»Also ein Job als persönliche Betreuerin von Mike und Produktionsassistentin lässt sich wohl kaum als die Spitze bezeichnen, oder? Da geht bestimmt noch so einiges.« Christina wusste selbst nicht, weshalb sie ihrer Freude keinen offeneren Ausdruck verleihen konnte, aber irgendwie hatte sie das Bedürfnis, ihren Emotionen vor Georgia nicht allzu freien Lauf zu lassen.

»Ich muss sagen, du bist wirklich sehr ehrgeizig. Aber glaub mir, für dein Alter hast du es damit wirklich schon ziemlich weit gebracht.«

»Ehrgeiz hat doch wohl noch nie geschadet, oder?«, fragte Christina, wie um sich selbst davon zu überzeugen.

»Nein, natürlich nicht. Ich mag Menschen, die wissen, was sie wollen, und die auch dafür kämpfen. Bist du bereit, zu kämpfen?«, fragte Georgia. Christina war nicht ganz sicher, was genau die Agentin damit meinte, hielt es aber für das Beste, die Frage mit ja zu beantworten.

»Ich habe schon bei unserer ersten Begegnung gespürt, dass du eine Kämpferin bist. Ich glaube, das war auch der Grund, weshalb ich mich sofort zu dir hingezogen fühlte.« Georgia stand von ihrem Sessel auf, umrundete den Schreibtisch und stellte sich hinter Christina. »Und ich hatte das eindeutige Gefühl, dass das bei dir auf Gegenseitigkeit beruht.«

»Da hat dein Gefühl dich nicht getrogen. Ich habe unsere Begegnung zu dritt sehr genossen.« Christina wusste nicht recht wieso, aber es machte sie ganz unruhig, dass Georgia die Hände auf ihre Schultern legte und langsam begann, mit kalten Fingern ihren Hals zu massieren. Es dauerte nicht lange, und die schwarzhaarige Frau beugte sich vor, gab Christina einen Kuss auf den zarten Nacken und ließ die Hände nach vorn zu ihren Brüsten gleiten.

»Dann hast du doch sicher Lust, unsere kleine Dreierfreundschaft noch ein bisschen auszubauen, oder?«

»Äh, sicher. Solange unsere Zusammenarbeit dadurch nicht irgendwie gestört wird«, antwortete Christina etwas unsicher, weil sie nicht genau sagen konnte, worauf die Agentin eigentlich hinauswollte.

»Im Gegenteil, Chris, im Gegenteil. Schließlich wirst du in Zukunft sehr eng mit uns zusammenarbeiten«, flüsterte Georgia und hauchte ihre Worte dabei direkt in Christinas Ohr. »Da kann es nur von Vorteil sein, wenn wir drei uns noch besser kennenlernen. Schließlich muss man doch wissen, woran man beim anderen ist. Sonst hat man hinterher noch die Katze im Sack gekauft.«

Christina wusste nicht, ob sie langsam paranoid wurde, aber sie hatte das untrügliche Gefühl, als würde gerade bei Georgias letzten Worten so etwas wie eine Drohung mitschwingen. »Da hast du wohl recht«, antwortete sie zögernd.

»Was hältst du davon, wenn wir drei uns morgen einen netten Abend machen?«, schlug Georgia vor und richtete sich gleichzeitig wieder auf. Christina war erleichtert, dass die Agentin sie nicht länger mit ihrer körperlichen Nähe bedrängte. »Morgen ist schließlich Freitag, also Wochenende. Und außerdem gibt es einiges zu bereden. Wir könnten uns bei mir treffen, einen kleinen Drink nehmen und später noch in einen Club gehen, wenn du Lust hast.«

Bei dem Wort »Club« wurde Christina sofort hellhörig. Damit konnte alles Mögliche von einem Tanz-Club bis hin zu einem Sex-Club gemeint sein. Hatten Georgia und Mike etwa vor, sie zu einer ihrer Sessions in den *Pleasure Dome* mitzunehmen? Der Gedanke erregte und erschreckte sie zugleich. Ihre Neugierde auf diese für sie bisher fremde Welt war zwar groß, aber Christina wusste nicht, ob sie bereit war, sich auch wirklich darauf einzulassen.

»O ja, sehr gern«, antwortete sie trotz ihrer Zweifel fast automatisch, »ich habe Mike ja auch schon lange nicht mehr gesehen. Es wird sicher nett, wenn wir uns mal wieder austauschen.«

»Austauschen … ja, das ist genau das richtige Wort«, murmelte Georgia beinahe unhörbar, aber immer noch so laut, dass Christina sie verstand. Die Agentin bemerkte sofort den fragenden Blick in den Augen ihres Gegenübers. »Ich meine, ja, das wird sicher sehr nett«, wiederholte sie Christinas Worte, um von ihrer geheimnisvollen Bemerkung abzulenken. »Komm doch einfach um halb zehn zu mir. Meine Sekretärin gibt dir die Adresse. Ich kann's kaum erwarten«, beeilte sie sich fortzufahren, um weitere Fragen abzuwehren und auch um das Gespräch langsam zu beenden. Ihre dünnen Lippen verzogen sich zu einem Lächeln, das ihre perfekt gerichteten Zähne zeigte.

»Ich auch nicht, Georgia«, erwiderte Christina tapfer lächelnd und erhob sich von ihrem Platz. Als die beiden Frauen sich mit erneuten Wangenküssen voneinander verabschiedet hatten und Christina allein im Fahrstuhl stand, überkam sie mehr und mehr ein ungutes Gefühl, ob es wirklich gut war, so schnell auf diesen Vorschlag einzugehen.

Kapitel 10

Meine liebste Christina!

Seit wir uns verabschieden mussten, sind nun einige Wochen vergangen, und ich habe noch immer nichts von Dir gehört. Auf meine SMS kurz vor Deiner Abreise hast Du nicht reagiert. Und anrufen mag ich Dich nicht, denn Du sollst Dich nicht bedrängt fühlen. Dabei würde ich Dir so gern zeigen, dass es mindestens auch einen Mann gibt, der ohne Wenn und Aber an Dir als Mensch interessiert ist. Und nicht nur an Deinem wunderschönen Körper.

Du hast gesagt, dass Du auch etwas für mich empfindest. Waren das nur leere Worte, oder sprach daraus wirklich ein Gefühl für mich? Ich selbst kann diese Frage nicht mehr beantworten. Zu verwirrend sind für mich Dein Schweigen und die offensichtliche Angst, sich einer Sache zu öffnen, die schöner sein könnte als alles, was uns bisher im Leben widerfahren ist. Nur wenn ich ganz tief in mich hineinhorche, gelingt es mir, Verständnis für Dein Verhalten aufzubringen. Gleichzeitig habe ich aber in den vergangenen Wochen gemerkt, dass meine Gefühle für Dich mit der Zeit nicht schwächer, sondern nur noch stärker werden. Ich liebe Dich, Christina! Daher habe ich den Entschluss gefasst, Dich in London zu besuchen, um noch einmal mit Dir über unsere Zukunft zu sprechen. Ich bin nämlich überzeugt davon, dass wir die trotz aller Widrigkeiten haben.

In Liebe
Steve

***

Christinas Hände zitterten, als sie den Brief zusammenfaltete und auf das kleine Balkontischchen legte. *Das ist ja mal richtig schlechtes Timing,* dachte sie in einem Anflug von Galgenhumor, war sich aber durchaus bewusst, dass nur Steve in der Lage war, die starken Gefühle auszulösen, die sie jetzt so durcheinanderbrachten. Ratlos und unentschlossen starrte sie einige Minuten in den strahlend blauen Himmel, und es war nicht nur die blendende Nachmittagssonne, die ihre Augen tränen ließ.

Es war später Freitagnachmittag, und Christina war erst vor einer halben Stunde nach Hause gekommen. Schon als sie außer Rechnungen und Werbung einen handschriftlich adressierten Umschlag in ihrer Post gesehen hatte, war ihr klar gewesen, dass er nur von Steve sein konnte. Ein spontanes Gefühl von absoluter Gewissheit. Irgendwie schienen ihre Grübeleien per Gedankenübertragung den Weg zu ihm gefunden zu haben. Nur dass das Timing seines Briefes äußerst ungünstig für ihre Pläne war, schien Steve nicht gespürt zu haben. Denn das Letzte, was Christina für den heutigen Abend brauchen konnte, waren glühende Liebesbekundungen.

Nervös stand sie auf und betrat durch die Balkontür ihre Wohnung. Das Schlafzimmer sah aus, als wäre eine Bombe explodiert. Christina hatte schon gestern Abend so gut wie jedes ihrer Kleidungsstücke aus dem Schrank gezerrt, um sich auf die heutige Verabredung mit Georgia und Mike vorzubereiten. Aber nach Steves Brief erschien es ihr fast unmöglich, das passende Outfit auszuwählen – geschweige denn, sich einigermaßen entspannt auf das Treffen einzustimmen. Dass sie die Verabredung mit dem Pärchen einhalten würde, stand völlig außer Frage, denn Christina war trotz des Briefes und trotz der Gespräche mit Janelle noch immer wild entschlossen, den einmal eingeschlagenen Pfad nicht zu verlassen. Zu sehr gefiel sie sich immer noch in der Rolle der attraktiven Frau, die sowohl von Männern als auch von Frauen umschwärmt wurde und die zielstrebig ihren Weg ging, dessen Richtung sie, und nur sie allein bestimmte. Ohne Kompromisse.

Während sie sich ankleidete, spürte sie deutlich, wie ihr Kopf eine geradezu automatische Verdrängungsarbeit leistete und Steve so weit in den Hintergrund schob, dass die Gedanken an ihn fast nicht mehr greifbar waren. Christina wusste nicht, welche Prozesse sich da in ihrem Inneren abspielten, hatte aber das untrügliche Gefühl, dass sie die Gefühle von und für Steve heute vielleicht noch wegdrücken konnte, sich ihnen aber irgendwann stellen musste.

Mit einem Ruck, der sie viel Kraftanstrengung kostete, brachte sie das sich immer schneller drehende Karussell aus Bildern und Gedankenfetzen zum Stehen, um die Sache endlich wieder pragmatisch betrachten zu können. Schließlich hatte sie heute vor, die Beziehung zu Georgia und Mike so weit zu festigen, dass eine weitere, gute Zusammenarbeit auf jeden Fall gewährleistet sein würde. Vielleicht hatte sie auch nur der angekündigte Besuch eines Clubs irgendwie in Alarmbereitschaft versetzt und damit auch ein wenig verunsichert. Sollte es sich tatsächlich um einen Sex-Club handeln, wie sie vermutete, dann war es für Christina das erste Mal, dass sie solch ein Etablissement betrat. Zwar war in den einschlägigen Büchern, die Janelle ihr gegeben hatte, auch von solchen Clubs die Rede gewesen, aber wie es dort wirklich aussah und zuging, konnte sich Christina nur vage vorstellen. Ganz zu schweigen davon, wie sie selbst reagieren würde, wenn sie sich Situationen ausgesetzt sah, die ihren Erfahrungsspielraum und auch ihre Toleranzschwelle vielleicht überschritten. Wie sollte sie sich verhalten? Was sollte sie sagen? Doch am dringendsten verlangte im Moment nur eine dieser vielen Fragen nach einer Antwort: Was soll ich anziehen?

Nach kurzem Überlegen (viel Zeit blieb ihr nicht mehr, denn sie wurde bereits in einer Dreiviertelstunde in Georgias Wohnung erwartet) wählte sie spontan das aufreizende, türkisfarbene Straps-Top mit eingebautem Push-up-Effekt, das sie zusammen mit Janelle bei ihrem gemeinsamen Dessous-Kauf erworben hatte. Dazu kamen der passende Tanga und die schwarzen Nylons mit breitem Spitzenrand.

»So, die erste Schicht hätten wir«, sagte sie in lobendem Ton zu sich selbst, um dann nach einem sehr figurbetonten hellblauen Viskosekleid mit sommerlichem Blumenmuster zu greifen. Das Material war gerade durchsichtig genug, um eine Ahnung ihrer Dessous zu vermitteln, und der Ausschnitt tief genug, um einen guten Teil ihrer prallen, hochgepressten Brüste zur Schau zu stellen.

Nachdem sie sich am Frisiertisch ihren roten Bob gerichtet und ein recht sparsames, farblich auf ihre Kleidung abgestimmtes Make-up aufgelegt hatte, betrachtete sie sich in dem großen Spiegel ihres Schlafzimmers. Perfekt. Nicht zu viel und nicht zu wenig. Christina war ausgesprochen zufrieden mit ihrem Äußeren. Und sie war keine Minute zu früh fertig, denn gerade als sie in ihre ebenfalls hellblauen High Heels mit Stegspanne schlüpfte, klingelte es unten an der Eingangstür. Das bestellte Taxi war pünktlich auf die Minute, und Christina rannte – so schnell es ihr Schuhwerk zuließ – die vier Etagen nach unten.

»Na, wir haben uns aber schick gemacht, Miss«, wurde sie von dem etwa sechzigjährigen Taxifahrer begrüßt, als sie im Fond des Wagens Platz genommen hatte. »Wo soll's denn hingehen?«

»In die Brembley Road achtundzwanzig. Und ich finde, ich habe mir ein bisschen mehr Mühe gegeben als Sie«, fügte sie scherzhaft hinzu. Die missbräuchliche Verwendung des Wortes »wir« war in England genauso verbreitet wie in Deutschland.

Der Taxifahrer warf ihr über den Rückspiegel ein anerkennendes Grinsen für ihre Schlagfertigkeit zu und fuhr los. Schon an der ersten Ampel begann er, Christina mit einigen Anekdoten aus seinem Berufsleben zu unterhalten. Unter normalen Umständen hätte die junge Frau den Mann bereits nach der ersten Story gestoppt, aber heute war sie überaus dankbar, von ihrer Mischung aus Aufregung und Verwirrung abgelenkt zu werden. Sich noch bis kurz vor Georgias Haustür mit Grübeleien zu beschäftigen, würde dem Abend bestimmt nicht förderlich sein.

***

Georgias Wohnung lag in den Docklands in einem alten, zu Lofts umgebauten Lagerhaus. Die früher sehr heruntergekommene Gegend galt mittlerweile als äußerst schick und wurde von vielen Medienleuten bevölkert. Nachdem Christina dem Taxifahrer voller Dankbarkeit für die gebotene Ablenkung ein sehr gutes Trinkgeld gegeben hatte, fand sie sich vor einem riesigen fünfstöckigen Gebäude wieder, an dessen Klingelleiste allerdings erstaunlich wenig Namen standen. Das müssen ja Riesenwohnungen sein, wenn hier nur so wenig Menschen leben, dachte sie, während sie nach dem Namen »Roberts« suchte und schließlich auf den entsprechenden Klingelknopf drückte. Der frisch sanierte Straßenzug sah so modern und teuer aus, dass Christina sich tatsächlich ein wenig fremd fühlte – selbst der Türsummer klang nobler, als sie es von anderen Wohnungen kannte. Doch das war erst der Anfang. Als sie durch die riesige Eingangshalle zum Fahrstuhl ging, sah man selbst hier unten, dass alles nur vom Feinsten war. Und erst das Licht im Fahrstuhl. Christina war es gewöhnt, in einem Aufzug grundsätzlich von entsetzlich entstellendem Neonlicht belästigt zu werden, und schaute daher nie in die meist vorhandenen Spiegel. Doch als die Fahrstuhltüren sich öffneten, stellte sie zu ihrer Begeisterung fest, dass der Raum dahinter erstens angenehm groß und zweitens äußerst zurückhaltend beleuchtet war. So konnte sie es also wagen, einen letzten prüfenden Blick in den Spiegel zu werfen, ohne vor Schreck über jede grell angestrahlte Unvollkommenheit hintenüberzufallen. Im Gegenteil, sie war äußerst zufrieden mit der Erscheinung, die ihr da aus dem Spiegel entgegenblickte.

Georgia lebte – wie sollte es anders sein – in der fünften, also obersten Etage. Ihre Wohnung schien die einzige auf dem Stockwerk zu sein, denn nachdem Christina den Fahrstuhl wieder verlassen und sich auf der Etage umgesehen hatte, fand sie nur eine einzige Tür. Doch gerade als sie auf den silbernen Klingelknopf drücken wollte, ging die Tür schon von selbst auf, und Georgia begrüßte ihren Gast mit einem herzlich wirkenden »Komm doch rein« und einem Kuss auf beide Wangen. Christina wäre den Küssen fast ausgewichen, denn Georgias Make-up war so extrem, dass sie tatsächlich ein wenig erschrak. Das Gesicht war so hell geschminkt, dass ihre Haut noch weißer wirkte als ohnehin schon. Der Effekt wurde noch durch einen knallrot bemalten Mund verstärkt, den sie mit einem Konturenstift in Herzform gebracht hatte. Georgia sah aus wie eine sehr zerbrechliche Porzellanpuppe.

»Wir sind schon fast fertig«, flötete sie, ergriff Christinas Hand und zog sie ins Innere der Wohnung.

»Fast fertig?«, wiederholte diese fragend und bemerkte erst jetzt richtig, dass Georgia bereits einen bodenlangen Mantel trug, unter dem hochhackige schwarze Stiefel hervorschauten. »Ich dachte, wir nehmen erstmal einen Drink und schauen dann, was der Abend so bringt.«

»Ja, ja, natürlich«, erwiderte Georgia, als würde ihr erst jetzt wieder einfallen, was sie gestern in ihrem Büro gesagt hatte. »Was möchtest du denn?«

»Ein Scotch wäre schön.«

»Sollst du haben. Geh einfach schon mal ins Wohnzimmer. Mike wird dich sicher gern versorgen. Ich muss noch mal kurz ins Bad«, teilte sie ihrem Gast mit. »Toll siehst du übrigens aus«, fügte sie mit einem Lächeln hinzu.

»Du auch«, erwiderte Christina wie von selbst, obwohl sie nicht ganz sicher war, ob Georgias fast artifizieller Schwarz-Weiß-Rot-Look ihr wirklich gefiel. Eines war ihr nach dem Anblick der Agentin allerdings klar: in einen normalen Club würde es heute Abend nicht gehen. Gespannt, ob auch Mike sich solch einer Verwandlung unterzogen hatte, machte sie sich auf den Weg durch den langen Flur ins Wohnzimmer.

»Hallo, Kleine!«, begrüßte er sie auf einem von zwei großen roten Sofas fläzend. Mike sah zwar auch aus, als wäre er bereit, jede Minute aufzubrechen, aber seine Aufmachung ließ keine Besonderheiten erkennen. Er trug eine enge schwarze Lederjeans mit dunkelgrauem Hemd und hatte bereits seine Jacke an. »Willst du noch was trinken, bevor wir starten?«

»Einen Scotch, bitte«, antwortete sie. »Ihr scheint ja beide schon sehr genau zu wissen, wo es heute Abend hingehen soll«, stellte Christina fest, nachdem auch Mike ihr einen Kuss auf beide Wangen aufgedrückt hatte.

»Und ob«, erwiderte der Schauspieler voller Tatendrang. »Wir fahren in den *Pleasure Dome.*« Aus seinem Mund klangen die Worte fast wie das »Wir fahren nach Disneyland« eines kleinen Jungen.

Es ging also tatsächlich in einen Sex-Club – Christina hatte es geahnt. »Und was ist der *Pleasure Dome*?«, fragte sie, obwohl sie natürlich wusste, um was für ein Etablissement es sich dabei handelte.

»Das ist ein ganz besonderer Club in Notting Hill«, erklärte er und reichte ihr den angebotenen Drink. »Dort kann man trinken, tanzen und auch spielen. Wenn du verstehst, was ich meine?«

»Ein Sex-Club also?«, entgegnete Christina ungerührt und war äußerst froh, dass sie sich auf diese Eventualität vorbereitet hatte.

Mike schien in keiner Weise erstaunt über ihre schnelle Schlussfolgerung. »Du hast es erfasst, Kleine. Hast du Lust?«

Christina sah sich in dem riesigen Wohnzimmer um, bevor sie etwas sagte. Die Einrichtung der Wohnung sah so extravagant aus, sie musste ein Vermögen gekostet haben. Ganz zu schweigen von der Miete, die Georgia hier zahlte. Die junge Frau war wie geblendet und wünschte einen Moment lang inständig, sich auch so ein Heim leisten zu können. Und dieser Wunsch ließ sich vielleicht mit Mikes und Georgias Hilfe erfüllen. »Ich bin dabei«, antwortete sie daher knapp. Schließlich hatte sie geahnt, worauf sie sich heute Abend einließ.

»Großartig! Ich hab' genau gewusst, dass du ja sagst. Georgia war ja ein bisschen skeptisch, aber ich war mir sicher, dass du Lust hast, ein bisschen mit uns zu spielen.« Mike lächelte zufrieden. »Hast du gehört, Georgia? Sie kommt mit!«, rief er seiner Agentin entgegen, als sie das Wohnzimmer betrat. Ihr Make-up war auch auf den zweiten Blick noch so extrem, dass Christina erneut schlucken musste.

»Wirklich? Das ist ja wunderbar!« Sie schien sich aufrichtig über die Zustimmung zu freuen, setzte sich neben Christina aufs Sofa und legte vielsagend eine Hand auf ihr Knie. »Du wirst sehen, es wird dir gefallen, Chris. Der Club ist wirklich fantastisch«, lockte sie die etwas steif lächelnde Christina. »Und äußerst exklusiv.«

»Dann können wir ja eigentlich auch gleich fahren.« Wie immer, wenn es um Sex ging, schien Mike es gar nicht erwarten zu können. Dass Christina kaum Zeit hatte, ihren Drink in Ruhe zu leeren, fand sie zwar ein wenig unhöflich, sie war aber mittlerweile selbst von solch aufgeregter Ungeduld erfüllt, dass sie den Scotch schnell hinunterstürzte.

Georgia blickte sie mit einer Mischung aus Erstaunen und Bewunderung von der Seite an. »Alle Achtung. Du hast ja einen ganz schönen Zug.«

»Jahrelanges Training«, erwiderte Christina scherzhaft und merkte im Aufstehen, dass der Alkohol seine Wirkung nicht verfehlte. »Dann mal los«, verkündete sie entschlossen.

Schon an der Haustür angekommen, machte Georgia noch einmal kurz kehrt. »Das hätte ich fast vergessen«, sagte sie und griff nach einer kleinen schwarzen Reisetasche, die neben der Badezimmertür stand. »Wir wussten nicht so recht, was du heute Abend anziehst. Da haben wir dir einfach ein bisschen was zusammengestellt« erklärte sie und drückte Mike die Tasche in die Hand.

»Was denn?«, fragte Christina neugierig und versuchte, Mike die Tasche abzunehmen. Doch er hielt sie eisern fest.

»Das wirst du schon noch früh genug sehen«, vertröstete er sie und trat in den bereits wartenden Aufzug.

***

Mike hielt mit quietschenden Reifen in einer kleinen Seitenstraße in Notting Hill. Die Gegend war zwar nicht unbedingt heruntergekommen, aber die Müllberge vor einigen Geschäften erzeugten doch eine Atmosphäre, die sich nicht gerade als vornehm bezeichnen ließ.

Die Fahrt von Georgias Wohnung hatte eine gute halbe Stunde gedauert. Noch immer ahnungslos, was sie wirklich im *Pleasure Dome* erwartete, gab Christina sich allen möglichen Fantasievorstellungen hin. Gruppensex, Bi-Sex, S&M-Sex – ihr Kopf war so übervoll von erotischen Bildern, dass sie fast erschrak, als Georgia ihr erneut eine Hand aufs Knie legte. »Geht's dir gut?«, fragte sie und erstaunte Christina mit dem fast mütterlichen Klang in ihrer Stimme.

»Ja, es geht schon. Ich bin immer noch ein bisschen nervös, weil ich nicht weiß, wie ich auf den Laden reagieren werde«, antwortete sie wahrheitsgemäß. Der Wagemut, den sie noch eben in Georgias Wohnung verspürt hatte, war mit jedem Kilometer, den sie zurücklegten, weniger geworden und hatte einer Nervosität Platz gemacht, die sie vor der schwarzhaarigen Agentin allerdings wohlweislich herunterspielte.

»Da wären wir«, meldete sich Mike, nachdem er den Motor ausgestellt hatte. »Der *Pleasure Dome* – Lasterhöhle der etwas ausgefalleneren Art. Was sagst du, Chris?«

»Wir haben den Club noch nicht mal betreten, und ich soll jetzt schon mein Urteil dazu abgeben?« Christina brachte es nicht über sich, dem Schauspieler zu sagen, dass bereits die nicht allzu große, aber auffällige Leuchtreklame in Form eines Neon-Schriftzuges Assoziationen an ein billiges Bordell bei ihr weckte. Und auch dass das Gebäude, das den Club beherbergte, zumindest von außen den Charme einer Wellblechhütte hatte, trug nicht gerade zu Christinas Begeisterung bei. War nicht von Exklusivität die Rede gewesen?

»Okay, dann wollen wir keine Zeit vergeuden«, erwiderte Mike, stieg aus seinem Wagen und hielt seinen beiden Begleiterinnen die Tür des Fonds auf. »Wer zu spät kommt, den bestraft der Meister«, scherzte er in Richtung Georgia, die seinen dümmlichen Scherz mit einem süßsauren Lächeln quittierte.

»Man fragt sich wirklich, wie du es bei dem Humor überhaupt zu irgendwas bringen konntest«, antwortete sie bissig.

»Das habe ich nur dir zu verdanken, meine Schöne.«

Die Art, wie die beiden miteinander umgingen, erinnerte Christina an ein altes Ehepaar, die in allem so eingespielt waren, dass der eine die Sätze des anderen beenden konnte. Besonders erotischer oder gar zugewandter Natur waren die Sätze, die sie sich um die Ohren hauten, jedenfalls nicht. Georgia bemerkte ihren irritierten Blick. »Man scheint zu merken, dass wir uns schon sehr lange kennen. Unsere kleine Chris hier verzieht schon langsam das Gesicht. Also hören wir doch endlich auf mit dem Gerede und gehen rein?«

»Deine beste Idee seit langem«, zickte Mike seine Agentin noch einmal kurz an, hakte sich dann aber in der Mitte der beiden Frauen unter und ging auf die neonblau gestrichene Holztür zu. Dort angekommen drückte er auf die obligatorische Klingel und betrachtete sich in dem kleinen Spiegel, der in die Tür eingelassen war.

»Du lässt wohl wirklich keinen Spiegel aus, was? Typisch Schauspieler«, versuchte Christina es mit einem Scherz, um sich von der immer größer werdenden Nervosität abzulenken. Ihr Herz klopfte mittlerweile bis zum Hals, und als die Tür mit einem Ruck aufgerissen wurde, erschrak sie so sehr, dass sie tatsächlich einen kleinen Kiekser ausstieß.

Georgia und Mike sahen sie überrascht an, aber noch bevor einer der beiden etwas sagen konnte, wurde die

Dreiergruppe von einem etwa fünfunddreißigjährigen Mann begrüßt, der nichts weiter anhatte als eine enge schwarze Lederjeans und schwer aussehende Stiefel.

»Jetzt kommt die Prominenz«, hieß der dunkelblonde Mann das Grüppchen willkommen und riss Mike ohne zu zögern in seine Arme. »Na, du Schwerenöter, juckt's mal wieder?«, flüsterte er ihm so ins Ohr, dass sein Spruch auch für Georgia und Christina noch gut hörbar war.

Mike lachte schallend und bemerkte in keiner Weise, dass schon dieser prollig-kumpelhafte Austausch reichte, um in Christina die schlimmsten Befürchtungen für das Innere des Clubs zu wecken.

»Und wen haben wir da?«, fragte der Türsteher mit einem Mal in Richtung Christina. »Habt ihr euch mal wieder ein Spielzeug mitgebracht?«

Mikes Lachen verstummte bei diesen Worten sofort, und er warf dem feixenden Mann einen warnenden Blick zu. »Äh, ich meine, habt ihr mal wieder eine Novizin mitgebracht?«, beeilte sich dieser zu korrigieren, als ihm klar wurde, dass er offensichtlich etwas Unpassendes gesagt hatte.

Christinas Stimmung sank mit jeder Sekunde. Hatte sie die Aussicht auf den Clubbesuch in Georgias Wohnung noch mit einer gewissen Erregung erfüllt, so verflüchtigte sich ihre Lust kurz vor der Eingangstür wie der Hauch auf einem Spiegel. Was sollte das Gerede von Spielzeug und Novizin? Doch jetzt war es eindeutig zu spät, noch einen Rückzieher zu machen. Blitzlichtartig tauchte das Gesicht von Steve vor Christinas geistigem Auge auf, und es fiel ihr kurz vorm Sprung ins kalte Wasser immer schwerer, diesen Anblick zu verdrängen.

»Dann mal rein mit euch«, setzte der Türsteher sein Begrüßungsritual fort und trat beiseite, um die drei Gäste hineinzulassen.

Als Christina nach Mike und Georgia den Eingangsbereich betrat, stellte sie voller Erleichterung fest, dass die eher schäbige Fassade des Gebäudes offensichtlich keinerlei Aussagen über das Innere zuließ. Der Eingangsraum wirkte höher, als es von der Straße aus schien, und war in diffuses rotes Licht getaucht, das durch das eher schlichte Interieur aber nicht billig wirkte.

»Ihr kennt euch hier ja aus«, wandte der Türsteher sich ein letztes Mal an Mike und Georgia, bevor er die Gruppe mit einem wohlgemeinten »Viel Spaß« sich selbst überließ.

Im Eingangsbereich war kein Mensch zu sehen, sodass Christina fast den Eindruck hatte, sie wären die einzigen Besucher. Doch die Geräusche, die aus mehreren Richtungen zu ihnen drangen, wiesen eindeutig darauf hin, dass bereits andere Gäste dabei waren, sich in den Räumen des *Pleasure Dome* zu vergnügen. Man hörte Stimmengemurmel ganz in der Nähe und dumpfes Stöhnen etwas weiter entfernt.

»Dann werde ich dir jetzt mal zeigen, wo du dich umziehen kannst, Chris«, teilte Mike seiner etwas zögerlichen Begleitung mit, packte sie etwas grob beim Arm und schob sie in Richtung einer weißen Tür, die von der Eingangshalle abging.

»Wieso? Wo zieht ihr euch denn um?«, fragte Christina erstaunt und etwas ängstlich, weil sie sich an diesem unbekannten Ort von den beiden einzigen Personen trennen sollte, die sie hier kannte.

»Wir gehen in eine andere Garderobe«, lautete die

ausweichende Antwort von Georgia, und irgendetwas in ihrer Stimme hielt Christina davon ab, weiter nachzufragen. Schließlich wollte sie nicht schon gleich zu Anfang wie ein verschrecktes Kaninchen wirken. »Wir setzen uns dann an die Bar. Komm einfach nach, wenn du fertig bist.« Mit diesen Worten drückte sie Christina die mysteriöse schwarze Reisetasche in die Hand, die sie im Auto die ganze Zeit auf dem Schoß gehabt hatte. »Und keine Angst, wir kümmern uns schon um dich. Da kannst du ganz sicher sein«, fügte Mike hinzu und schloss die Tür hinter Christina, noch ehe sie irgendwelche Einwände vorbringen konnte.

Im Gegensatz zu der Eingangshalle war der Umkleideraum so grell beleuchtet, dass Christina beim Betreten die Augen zusammenkneifen musste. Nachdem sie sich an die Helligkeit gewöhnt hatte, sah sie auf der einen Seite des Raumes eine ganze Reihe Spinde, vor denen eine Gruppe aus zwei Männern und zwei Frauen gerade dabei war, in ihre Outfits für den Abend zu schlüpfen. Der Anblick faszinierte Christina sofort, denn alle vier trugen ausschließlich Sachen aus Gummi. Die Herren Gummi-Shorts und Gummi-Shirts, die Damen Gummi-Leggings und ärmellose Gummi-Tops. Es wäre Christina zwar lieber gewesen, wenn sie sich allein hätte umziehen können, aber eine der Frauen aus der Gruppe lächelte sie so aufmunternd an, dass sie mit festen Schritten auf einen der Spinde zuging.

»Du bist zum ersten Mal hier, was?«, wandte sie sich an Christina

»Ja. Sieht man mir das so deutlich an?«

»Na ja, dein Blick eben wirkte schon etwas irritiert«, lachte die Besucherin und trat ein paar Schritte näher an

Christina heran. »Aber keine Sorge, wer so aussieht wie du, wird hier ganz sicher seinen Spaß haben.« Sie legte eine eiskalte Hand auf Christinas Wange, zog sie zu sich heran und gab ihr einen kurzen, aber sinnlichen Kuss auf den Mund.

»Hey!«, erklang es auf einmal von einem der Männer. »Habe ich dir erlaubt, hier fremde Frauen zu küssen? Komm sofort wieder her und stell dich neben mich!« Die freundliche Frau zuckte ein wenig zusammen und tat mit eiligen Schritten wie ihr geheißen.

»Ist nicht persönlich gemeint«, wandte der Mann sich nun an die verdutzte Christina. »Aber die Kleine hier darf nur das tun, was ich vorher abgenickt habe. Wenn ich dich so sehe, kann ich allerdings gut verstehen, wieso sie bereit ist, eine Strafe zu riskieren. Vielleicht trifft man sich ja später noch.«

Seine Worte waren ganz sicher als Kompliment gedacht, aber der Ton, den er seiner Begleitung gegenüber anschlug, war so grob und herrisch, dass Christina eher Abscheu als Freude darüber empfand.

»Vielleicht«, erwiderte sie vage und war überaus froh, als die vier nach diesem Wortwechsel den Umkleideraum verließen.

Als sie endlich für sich war, öffnete Christina schließlich mit klopfendem Herzen den Verschluss der Tasche. Seit sie mit Mike und Georgia in das Taxi gestiegen war, hatte in einem Winkel ihres Kopfes die gespannte Erwartung dieses Moments stetig zugenommen. Als Erstes förderte sie ein reinweißes Unterwäsche-Set zutage, das aus hauchdünnem Tangahöschen, brusthebendem BH, passendem Strapsgürtel und weißen Strümpfen bestand. So weit, so gut, dachte sie und freute sich über das durchaus geschmackvolle Ensemble. Nachdem sie die eigene Wäsche – die ihr eigentlich viel mehr zusagte – ausgezogen hatte und in das weiße Set geschlüpft war, stellte Christina sich vor den riesigen Spiegel gegenüber der Spinde. Sie gefiel sich zwar in der unschuldig aussehenden Farbe, hatte allerdings nach dem Bohei, den Georgia und Steve um die Garderobe gemacht hatten, mit etwas weitaus Gewagterem gerechnet. Aber die Tasche war schließlich noch nicht leer. Als nächstes Kleidungsstück zog sie eine Art Umhang aus fast durchsichtigem hellrotem Chiffon und ein schwarzes Lederhalsband hervor. Die Kombination von Schwarz, Weiß, Rot erinnerte Christina natürlich sofort an die Farben von Georgias Look. Sie wusste zunächst nicht recht, was sie von dieser Übereinstimmung halten sollte, als sie sich aber in ihrem neuen Outfit das erste Mal im Spiegel betrachtete, war sie so angetan von der Mischung aus Unschuld und Verruchtheit, die ihr da entgegenblickte, dass sofort eine Welle der Erregung durch ihren Körper brandete. Von dem eigenen Anblick so aufgegeilt zu werden war neu für Christina, und sie fragte sich, wie wohl erst die anderen Gäste reagieren würden, wenn sie sich so unter die Leute mischte. *Wo sind bloß die Schuhe?*, fragte sie sich in Gedanken und entdeckte nach kurzer Suche einen Samtbeutel in der Seitentasche, in dem ein Paar schwarze High Heels mit dreizehn Zentimeter hohen Absätzen steckten. »Wow!«, entfuhr es Christina laut, nachdem sie in die turmhoch wirkenden Schuhe gestiegen war. Zu ihrem eigenen Erstaunen fühlte sie sich in ihrem Outfit so attraktiv und sicher, dass es plötzlich kein Problem mehr zu sein schien, sich den anderen Besuchern zu präsentieren.

Ein letzter Blick in den Spiegel, und sie öffnete ohne zu zögern die Tür des Umkleideraums.

Vor dem eigentlichen Eingang in den Club verließ sie dann doch noch einmal kurz der Mut, und sie musste sich sehr auf die bereits gemeisterten sexuellen Situationen konzentrieren, um ihre Schwellenangst zu überwinden.

Christina atmete ein letztes Mal tief durch, nahm die Schultern nach hinten und betrat durch einen Vorhang am Ende der Eingangshalle den eigentlichen Club.

Als sie den Vorhang beiseitegeschoben hatte, erblickte sie einen in dunklen Farben gehaltenen Raum, der von einem U-förmigen Tresen dominiert wurde. Es saßen nicht allzu viele Gäste auf den zahlreichen Barhockern, aber als Christina sich in dem schummrigen Licht genauer umschaute, bemerkte sie, dass in den Ecken des Raumes kleine Séparées eingerichtet waren, in denen sich bereits weitere Besucher zu vergnügen schienen – zumindest dem leisen Stöhnen nach zu urteilen, denn wirklich erkennen konnte Christina aus der Entfernung nichts. Wie die Eingangshalle machte auch dieser Raum allein durch die Höhe einen überaus großzügigen Eindruck. Auf dem Weg zur Bar wurde die noch etwas zögerlich auftretende junge Frau von Dutzenden Augenpaaren so angestarrt und abgeschätzt, dass die eben gefasste Courage sich schon wieder ein wenig aufzulösen begann. Auch wenn sie den Raum ohne jede Kleidung betreten hätte, sie hätte sich nicht nackter fühlen können. Die Blicke der Anwesenden irritierten sie zunächst so sehr, dass sie kaum aufzuschauen wagte, um sich an der Bar nach ihren beiden Begleitern umzusehen. Also setzte sie sich mit möglichst ungerührter

Miene an den Tresen und bestellte einen Wodka Lemon.

Zumindest an der Bar schien das zahlenmäßige Verhältnis von Frau und Mann recht ausgewogen zu sein, und Christina konnte erkennen, dass einige der Gäste – männlich wie weiblich – durchaus ihrem Geschmack entsprachen. Dennoch wünschte sie inständig, in der Menge endlich Georgia und Mike zu entdecken. Aber auch nachdem sie sich mehrfach verstohlen umgeschaut hatte, war nichts von dem Pärchen zu sehen. Na großartig, dachte Christina. Unter Aufpassen hatte ich mir was anderes vorgestellt. Je länger sie an der Bar saß und je mehr Augenpaare sich an ihrem aufreizend gekleideten Körper festsaugten, desto unsicherer wurde sie. Statt sich noch länger den gierigen Blicken auszusetzen, beschloss sie, den Club auf eigene Faust zu erkunden und dabei hoffentlich auch Mike und Georgia wiederzufinden.

Janelle hatte Christina bei ihrem letzten Treffen geschildert, dass die Räume des *Pleasure Dome* sich über drei Etagen erstreckten und man sich sehr leicht darin verlaufen konnte. Abgesehen von dem Ausgang gab es in dem großen Barraum nur eine einzige weitere Tür. Sie führte in einen langen Korridor, an dessen Ende sich eine Wendeltreppe befand, die in die oberen Stockwerke führte. Nachdem es Christina mit klopfendem Herzen gelungen war, die Bar zu verlassen und den Flur zu erreichen, atmete sie wieder tief durch. Auf dem Weg zur Wendeltreppe fragte sie sich, ob die Situation einfach nur ungewohnt oder aber ganz und gar unangenehm für sie war. Sie hielt kurz inne und musste eine Antwort auf diese Frage finden, um nicht ins Stolpern zu kommen. Nein. Mit der Unbeirrbarkeit der unschuldigen Anfängerin entschied sie sich für die erste Variante und setzte ihre Erkundungstour beherzt fort, um sich so schnell wie möglich an die Umgebung zu gewöhnen.

Kurz vor der Treppe in den ersten Stock entdeckte sie einen sehr schmalen, niedrigen Eingang, der offensichtlich in eine Art Dunkelraum führte. Mit einer Neugierde, die sie in dieser allumfassenden Form zuletzt in ihrer Kindheit erlebt hatte, passierte sie den Eingang mit eingezogenem Kopf, um in die fast völlige Dunkelheit einzutauchen. Das einzige Licht, das von außen in den Raum drang, war die ebenfalls nicht besonders helle Beleuchtung des Korridors.

Den stöhnenden Lauten nach zu urteilen, war sie allerdings nicht allein hier. Nachdem sie ihren Augen einige Sekunden Zeit gegeben hatte, sich an die Finsternis zu gewöhnen, konnte sie in einer Ecke des Raumes menschliche Umrisse erahnen. Als sie langsam näher kam, meinte sie, dass es sich um eine Frau handelte, die von zwei Männern gleichzeitig bedient wurde. Sie stand über eine Art niedrige Bank gebeugt, sodass einer der Männer sie von hinten nehmen und der andere sie in den Mund ficken konnte. Gesichter waren bei den Lichtverhältnissen nicht zu erkennen, aber die Geräusche, die das Grüppchen von sich gab, ließen keinen Zweifel daran, dass sie ihren Spaß miteinander hatten. Es wäre für Christina sicher ein Leichtes gewesen, aus dem Dreier einen Vierer zu machen, aber die geradezu atemberaubende Umarmung durch diese gesichtslose Schwärze turnte sie eher ab, als dass es sie animierte. So stand sie noch einige Minuten an eine der leicht feuchten Wände gelehnt da und ergötzte sich an den Umrissen, die wie ein erotisches Schattenspiel auf der Innenseite ihrer geschlossenen Augenlider auf sie wirkten. Was für eine seltsame Welt, dachte sie nachdenklich, riss sich von diesen Phantomen los und trat schließlich wieder auf den Korridor hinaus.

Nachdem sie in den High Heels mühevoll die schmale Wendeltreppe in den ersten Stock erklommen hatte, tat sich ein weiterer Korridor vor ihr auf, von dem auf einer Seite diverse Türen abgingen – die meisten geschlossen, zwei von ihnen offen.

Es lag ein Hauch von Chlor in der überaus warmen Luft, die von einem sanften Blubbern erfüllt war. Als Christina mit langsamen Schritten den Flur entlangging, entdeckte sie gleich hinter der ersten offenen Tür den Grund dafür: ein gekachelter, von Kerzenlicht erhellter Raum mit einem großzügigen Whirlpool in der Mitte, in dem ein sehr junger Mann mit zwei blonden Frauen saß. Gegenüber der weit geöffneten Tür war eine Nische in die Wand eingelassen, die ganz offensichtlich für voyeuristisch interessierte Gäste gedacht war, denn sie bot sozusagen einen Zuschauerplatz in der ersten Reihe. Es war Christina zunächst sehr unangenehm, sich ganz offen in die Nische zu setzen, um die Dreier-Action genauer beobachten zu können. Aber nachdem sie sich einmal überwunden und der junge Mann ihr durch einen Blick zu verstehen gegeben hatte, dass ihr Zuschauen völlig in Ordnung wäre, lehnte sie sich zurück und sah dem erotischen Treiben eine Zeit lang zu. Zunächst erregte der Anblick des Gespanns sie auf eine bisher unbekannte Weise. Der Jüngling hatte seine Lenden gierig nach oben geschoben, sodass eine der Frauen seinen steinharten Schwanz blasen und die andere ihm gleichzeitig die Eier lecken konnte. Irgendwann sank sein Kopf nach hinten auf den Beckenrand, und er schien die Behandlung durch seine beiden Gespielinnen nur noch zu genießen. Und auch die Frauen hatten ganz offensichtlich Spaß an der Sache, denn ihr abwechselndes Stöhnen hallte in dem mit Kacheln gefliesten Raum wider und klang dadurch noch lauter und gieriger. Doch plötzlich gab der junge Mann einen kleinen Schmerzschrei von sich, und sein Kopf schnellte nach oben.

»Kannst du nicht auf deine Zähne aufpassen, du dumme Kuh! Wenn du nicht vernünftig blasen kannst, bist du hier falsch!«, beschimpfte er eine der blonden Frauen mit aufgebrachter Stimme, während seine Erektion in sich zusammenfiel. Die so Gemaßregelte entschuldigte sich kleinlaut und rückte peinlich berührt zur Seite.

»Hast du das gesehen, Süße!«, rief der Jüngling aus dem Whirlpool heraus in Richtung Christina. »Ich wette, du kannst um einiges besser blasen als die Anfängerin hier. Wie wär's mit einem kleinen Mannschaftswechsel?« Mit diesen Worten hob er seinen Zeigefinger in einer lockenden Altherren-Geste, die Christina mit entsetztem Gesichtsausdruck quittierte. »Äh, nein, danke«, stammelte sie, nahm dann aber all ihren Mut zusammen und fügte im Gehen hinzu: »Und du solltest dir vielleicht mal überlegen, ob das die richtige Art ist, mit einer Frau zu reden.«

»Hey, was soll denn der Spruch?«, hörte Christina ihn noch rufen, aber da war sie schon längst aus seinem Blickfeld verschwunden. Was für ein Idiot!, dachte sie, war aber durchaus stolz, dass sie den Möchtegern-Macho ein wenig zurechtgewiesen hatte.

Abgesehen von diesem ganz besonderen Raum entpuppten sich die anderen Zimmer auf dieser Etage als weitere Séparées, die aber alle besetzt zu sein schienen – zumindest dem inbrünstigen Keuchen und Stöhnen hinter den Türen nach zu urteilen. Nur die letzte Tür vor der Treppe in die zweite Etage stand schon von weitem gut sichtbar offen. Christina traute sich zunächst gar nicht, daran vorbeizugehen, musste die letzte Tür aber passieren, um in den zweiten Stock zu gelangen.

Beim fast reflexhaften Blick in das Zimmer sah Christina zu ihrer Überraschung eine kleine, zierliche Frau, die ihren Po gegen die Wand gepresst hatte und sich mit den Händen auf ein kleines Holzgestell fast wie aus einem Beichtstuhl stützte. Der Anblick irritierte Christina zunächst, aber bei genauerem Hinsehen erkannte sie, dass die Wand mit einem fußballgroßen Loch versehen war und die Frau sich durch eben dieses Loch von hinten nehmen ließ. Die Räume waren offensichtlich doch nicht so strikt voneinander getrennt, wie man zunächst glauben konnte, sondern ermöglichten eine raumübergreifende Kontaktaufnahme. Christina meinte, in einem von Janelles Büchern davon gelesen zu haben. Dort hießen sie Glory Holes und wurden eigentlich eher der Schwulenszene zugeordnet. Der Anblick der selbstvergessen stöhnenden Frau faszinierte Christina aber so sehr, dass sie diese Kategorisierung sofort als überflüssig abtat.

Auch hier blieb sie einige Minuten stehen und beobachtete das Treiben. Nachdem der steife, durch das Loch ragende Schwanz das Hinterteil der schlanken Frau genug verwöhnt hatte, kniete sie sich hin und nahm ihn in den Mund. Die alleinige Konzentration auf das Geschlechtsorgan des Mannes schien an solch einem Ort durchaus stimmig und, nach dem grunzenden Schmatzen der fast knabenhaft wirkenden Bläserin zu schließen, auch für das weibliche Geschlecht eine Quelle der Lust zu sein.

Wie schon eine Tür zuvor konnte Christina sich auch von diesem Anblick nur schwer losreißen. So setzte sie sich auch hier in die Nische gegenüber und beobachtete, wie das Auf und Ab des Frauenkopfes immer schneller und gieriger wurde. Irgendwann entließ sie den harten, fast aggressiv wirkenden Schwanz aus ihrem Mund und ließ sich den Saft nach ein paar letzten Wichsbewegungen auf die Brüste spritzen. Die Entleerung des Mannes auf den kleinen, aber sehr knackig aussehenden Titten der Frau bescherte Christina ein köstliches Zucken in der Muschi, das auch ihre eigenen Säfte langsam zum Fließen brachte. Doch ehe die zierliche Person in dem Séparée Christina bemerken und eventuell hereinbitten konnte, hatte diese sich bereits auf den Weg in die zweite und letzte Etage gemacht, wo sie endlich auch Georgia und Mike zu finden hoffte.

Diesmal kam ihr auf der Treppe ein etwa fünfundvierzigjähriger, bullig wirkender Mann entgegen, der nichts weiter als einen nietenbesetzten Lederslip trug.

»Wo will die Kleine denn hin?«, fragte er mit süffisanter Stimme und strich über ihren roten Umhang. Sie standen sich direkt gegenüber – er eine Stufe über ihr. »Hast du deinen Daddy schon gefunden?«, fragte er und beugte sich dabei etwas zu ihr hinab.

Christina schaute ihn mit möglichst ausdrucksloser Miene an, um ihn in seinen Annäherungsversuchen nicht noch zu bestärken. Doch der lüsterne Kerl schien nicht so ohne Weiteres von ihr ablassen zu wollen.

»Und was hat die Kleine da unter ihrem schönen, roten Umhang an?« Er fuhr mit der Hand in die Öffnung ihres Capes und schob den Stoff über ihre Schultern. »Mmmmh«, brummte er voller Geilheit. »Ganz unschuldig in weiß, aber mit schwarzem Lederhalsband – ganz nach meinem Geschmack. Wenn du der versprochene Nachschub bist, dann mach' ich gleich wieder kehrt.«

Christina hatte nicht die geringste Ahnung, was er damit meinte, und schaute ihn einfach nur irritiert an.

»Na? Was denn nun?«, hakte der Hüne in rauem Ton nach, als Christina auch nach einigen Augenblicken nicht auf seine Frage antwortete.

»Ich verstehe nicht, was Sie meinen«, erwiderte sie schließlich mit brüchiger Stimme.

»Wie süß. Sie versteht nicht, was ich meine«, höhnte der überaus dominant wirkende Mann. »Na, ich seh schon, das Pferdchen muss noch eingeritten werden. Dann geh mal weiter nach oben. Da kapierst du's schon.« Mit diesen Worten trat er einen Schritt beiseite, um die mittlerweile recht eingeschüchterte Frau auf der Treppe vorbeizulassen. Christina war zwar alles andere als sicher, ob sie nach diesen Worten überhaupt weitergehen wollte, hatte aber auch keine Lust, sich vor dem unsympathisch wirkenden Kerl irgendeine Blöße zu geben.

»Sehr freundlich von Ihnen«, entgegnete sie höflich, konnte sich aber einen gewissen Sarkasmus in der Stimme nicht verkneifen.

»Kein Problem, Süße.« Natürlich fasste er Christina

an den Po, als sie ihren Weg ins oberste Stockwerk fortsetzte. Um nicht zickig zu wirken, ließ sie es geschehen, musste den Mann aber mit einem scharfen »Hey!« zurechtweisen, als zwei seiner Finger unter den knappen Streifen ihres Tangas glitten. »Wer mich anfasst, entscheide ich! Und zwar ich allein!«, fauchte sie ihn mit einer scharfen Kopfdrehung an und war selbst überrascht über ihre heftige Reaktion, die sie allerdings ihrer Nervosität zuschrieb.

»Jetzt hab dich doch nicht so«, brummte der verdutzte Hüne genervt, fügte dann aber mit einem diabolischen Unterton an: »Mal sehen, ob das da oben auch noch gilt …«, und ging lachend nach unten.

»Ja, ja, schon klar«, erwiderte Christina mit wegwerfender Geste. Sie hatte genug von seinen Andeutungen, drehte sich um und ließ den obszön grinsenden Mann hinter sich. Doch seine Worte hatten ihre Wirkung nicht verfehlt. Als sie die letzte Stufe erklommen hatte, pochte ihr Herz sogar noch wilder als beim Betreten des Clubs. Voll gespannter Erwartung und einer gehörigen Portion Angst vor der eigenen Courage stieß sie die Tür auf und betrat die zweite Etage.

***

Im obersten Stockwerk angekommen, bot sich der jungen Frau ein völlig anderes Bild als in der Etage darunter. Hier trat man nach der letzten Treppenstufe in einen kleinen samtig roten Vorraum, von dem eine einzige Tür abging, die mit einem bullaugenartigen Guckloch versehen war. Der Raum war angenehm temperiert und diente offensichtlich als eine Art zweiter Garderobe, denn es lagen überall Mäntel und Jacken auf den herumstehenden Stühlen. Christina meinte, unter den diversen Kleidungsstücken auch Georgias bodenlangen schwarzen Mantel zu erkennen. »Hier habt ihr euch also umgezogen«, sagte sie laut in den Raum hinein, denn außer ihr war niemand in dem Durchgangszimmer.

Die letzte halbe Stunde, in der Christina ohne Begleitung durch den Club gestreift war, hatte ihr eine Vielfalt visueller Eindrücke beschert. Aber je länger sie die Räume von Georgia und Mike getrennt erkundete, desto düsterer und kälter hatte sie die Atmosphäre im *Pleasure Dome* wahrgenommen. Die Leidenschaft in den Gesichtern, die ihr begegnet waren, hatte etwas Animalisches, dessen Menschlichkeit sich nur in der gegenseitigen Vereinbarung ausdrückte, einander Erfüllungsgehilfen der Lust zu sein. Und obwohl sie einige Besucher äußerst interessiert bei ihren sexuellen Verrichtungen beobachtet hatte, blieb doch so etwas wie eine unsichtbare Wand zwischen ihr und den anderen Gästen.

Während Christina sich immer noch unsicher in dem Vorraum herumdrückte und nicht recht wagte, durch das Bullauge zu schauen, wünschte sie sich fast, sie hätte Georgia und Mike nicht an diesen Ort begleitet. Sie hatte das ungute Gefühl, sich besonders in diesem Club die ganze Zeit verstellen zu müssen, und wenn sie ganz ehrlich zu sich selbst war, wollte sie eigentlich lieber woanders sein. Aber wo? Ihr fiel auf diese Frage nur das Wort »zu Hause« ein. Und mit jeder Minute, die sie in dieser rein sexuellen, aber emotional durch und durch kalten Umgebung verbrachte, wurde ihr klar, dass sie damit nicht ihre kleine Zwei-Zimmer-Wohnung meinte. Nein, Christina wünschte sich immer mehr an einen Ort, an dem Sex und Gefühl nicht so strikt voneinander getrennt blieben, wie es bei ihren Erfahrungen der letzten Wochen der Fall gewesen war. Mit einem Schlag wurde sie sich bewusst, wie schrecklich einsam und allein sie sich fühlte, doch ebenso plötzlich wurde sie von einem lauten »Aaah!« aus ihren Grübeleien gerissen. Der Laut kam aus dem Raum hinter dem Bullauge und setzte sich aus mehreren Männerstimmen zusammen. Von Christinas Position aus klang es wie das »Aaah«, das an Weihnachten in ihrer Kindheit ausgestoßen wurde, wenn Mutter den köstlich gefüllten Gänsebraten auftrug. Nun doch wieder neugierig, was hier wohl der Grund für diese Begeisterung sein könnte, fasste sie sich endlich ein Herz und wagte einen scheuen Blick durch das Bullauge.

Zunächst sah sie nicht viel außer den Umrissen eines hohen Raumes mit schwarz gestrichenen Wänden. Die brennenden Fackeln spendeten zwar ein wenig Licht, aber die Schatten, die sie gleichzeitig warfen, gaben diesem Spielzimmer auch etwas Bedrohliches. Und auch die Einrichtung ließ auf Praktiken schließen, die alles andere als harmlos sein mussten.

In der Mitte des etwa sieben mal sieben Meter großen Raumes thronte ein Stuhl, der die neugierige Beobachterin stark an den Untersuchungsstuhl beim Frauenarzt erinnerte, inklusive Steigbügel. Je mehr Christinas Augen sich an die Lichtverhältnisse auf der anderen Seite des Bullauges gewöhnten, desto mehr Einzelheiten traten zutage. In den für sie sichtbaren Ecken des Raumes waren verschiedene Gerätschaften verteilt: ein Andreaskreuz, ein kleiner Käfig und sogar ein lederbezogener Prügelbock. Doch noch ehe sie sich in der Vorstellung verlieren konnte, für welche Praktiken die einzelnen Gegenstände wohl genau gedacht waren, entdeckte sie in dem flackernden Zwielicht die ersten menschlichen Figuren. Die etwa zehn Leute waren nicht etwa im Raum verteilt, sondern hatten sich alle im Halbkreis um eine einzelne Frau herum aufgestellt, die äußerst schlank war und sehr blasse Haut hatte. Das »Aaah!« der Männer musste eindeutig ihr gegolten haben, denn sie trug nichts weiter am Leib als ein Paar hochhackige schwarze Lederstiefel. Hatte nicht auch Georgia schwarze Lederstiefel getragen? Christinas Hirn war in den letzten Stunden so von Reizen überflutet worden, dass sie erst sehr spät schaltete. Es war Georgia. Georgia allein mit fast einem Dutzend Männer. Georgia splitternackt und offenbar zu allem bereit. Georgia mit einem Kopfharness, der nur Nase und Mund frei ließ, ihr aber jede Sicht nahm. *Moment*, meldete sich eine Stimme aus Christinas tiefstem Inneren. Bisher waren ihre Augen eher interessiert über die Szenerie geglitten, und sie war froh gewesen, dass sich ihr ein nicht allzu schockierendes Bild bot. Bisher … Christina war zutiefst erschrocken. Zwar kannte sie Georgia als sexuell äußerst aufgeschlossene Frau, aber sich einer Meute von mehreren Männern hinzugeben, die sie nicht einmal sehen konnte, das hatte für die junge Frau mit Experimentierfreudigkeit nicht mehr viel zu tun. Und die Tatsache, dass nicht nur Georgias Kopf verhüllt war, sondern dass einige der anwesenden Männer große schwarze Knüppel – oder waren es Dildos oder etwa Prügelinstrumente? – in der Hand hatten, machte den Anblick nicht eben heimeliger.

Sosehr Christina sich auch bemühte, Mike konnte sie unter diesen mehr oder weniger attraktiven Männern, die um Georgia von einem Bein aufs andere traten, nicht entdecken. Als sie ihre Augen aber erneut suchend durch den Raum schweifen ließ, sah sie ihn schließlich in einiger Entfernung von der Gruppe nackt auf einem Campingstuhl sitzen. Die Sitzgelegenheit wirkte völlig fehl am Platz, aber Mike schien es sich äußerst gemütlich gemacht zu haben. Mit breitem Grinsen und einer Zigarette im Mundwinkel saß er da und beobachtete selbstgefällig, wie der Kreis aus Männern sich immer enger um seine Freundin schloss.

Georgia stand so steif und angespannt da, als würde sie auf ihre Exekution warten. Und auf den schwarzen Wänden tanzten die flackernden Schatten wie ein wütender Mob, der die grausame Volksbelustigung gar nicht erwarten kann. Zwar sah die umzingelte Frau nicht, dass die Männer den Kreis um sie immer enger zogen, aber ihre Brust hob und senkte sich in so schneller Abfolge, dass sie äußerst nervös wirkte.

Mike saß immer noch wie ein Campingplatzwart auf seinem Stühlchen und ergötzte sich mit halbsteifem Schwanz an der Behandlung seiner Agentin. Christina fand den Anblick des immer wieder wichsenden Mannes so abstoßend, dass sie sich kaum vorstellen konnte, ihn jemals auch nur wieder anzufassen. Als er plötzlich in Richtung der Tür mit dem Bullauge blickte, duckte sie sich blitzschnell, um nicht von ihm gesehen zu werden. Sie wollte sich lieber nicht ausmalen, wie sie wohl reagieren würde, wenn er sie zum Mitmachen aufforderte.

Plötzlich richtete Mike sich etwas in seinem Stühlchen auf, legte die Hände auf die Plastiklehnen und rief laut: »Los! Fangt an und nehmt sie euch!«

Auf dieses Stichwort schien die Männergruppe nur gewartet zu haben. Ohne auch nur einen weiteren Moment zu zögern, griffen mehrere Arme nach Georgias blassem Körper und bugsierten die blinde, taumelnde Frau in einen Teil des Raumes, der noch schlechter beleuchtet war als die anderen Ecken. Georgia wirkte durch die fehlende Sicht völlig desorientiert und knickte trotz der stützenden Arme mehrfach auf ihren hohen Absätzen um, was den Eindruck ihrer Hilflosigkeit noch verstärkte.

Christina musste schon die Augen zusammenkneifen, um zu erkennen, dass ihre Begleiterin zu einem Sling geführt wurde, der an vier Ketten von der hohen Decke hing. Was die Männer dort mit ihr vorhatten, war Christina zwar durchaus klar, aber es milderte nicht den Schock, dass Mike seine Agentin offensichtlich wahllos ganzen Gruppen von Männern zum Fraß vorwarf wie ein Stück Fleisch einer hungrigen Löwenmeute. In Büchern von solchen Praktiken zu lesen war eine Sache, aber leibhaftig Zeugin davon zu werden war zumindest für Christina eine ganz andere. So war es nicht unbedingt Erregung, die dafür sorgte, dass sie ihre Augen nicht abwenden konnte, sondern die altbekannte Mischung aus Faszination und Ekel im Anblick des Horrors.

Es war ein Leichtes für die Männer, den zierlichen Körper von Georgia in die Luft zu heben, sie in den Sling zu bugsieren und ihre Gliedmaßen so zu positionieren, dass sie schnell an Armen und Beinen fixiert werden konnten. Sie ließ alles wortlos mit sich geschehen und wirkte auf Christina fast wie eine Puppe, die keinerlei Einwände vorbringen kann, wenn man sie an den Haaren zieht.

Nachdem Georgia unter den anfeuernden Rufen von Mike ihren Platz eingenommen hatte, nahm einer der Männer einen beinahe unterarmlangen, dicken Dildo zur Hand, beträufelte ihn mit Öl und stellte sich zwischen die gespreizten Beine der fixierten Frau. Als er ihn mit einer einzigen, flüssigen Bewegung bis zum Anschlag in die penetrierbereite Möse seines Opfers stieß, gab Georgia den ersten Laut von sich. Er klang nach einer Mischung aus Hilflosigkeit, Angst und aufgewühlter Geilheit.

»Jetzt wirst du erstmal schön gedehnt, du kleine Sau!«, hörte Christina den etwas dicklichen Mann sagen, der sich an Georgias Geschlecht zu schaffen machte und dessen Worte mit einem »Ja, gib's ihr!« aus Mikes Richtung unterstützt wurden. Dieser miese, kleine Kerl!, dachte Christina, war aber zu abgelenkt von der Vorführung, als dass sie den Schauspieler innerlich mit weiteren Schimpfworten betiteln konnte.

Je länger die Dildo-Behandlung des ersten Mannes dauerte, desto unruhiger wurden die anderen Beteiligten. Noch begnügten sie sich damit, ihrer rasenden Geilheit durch grobes Betatschen des Frauenkörpers Ausdruck zu verleihen. Aber Georgias immer verzweifelteres Keuchen sorgte schließlich dafür, dass einer der Grabscher den Mann mit dem Dildo unsanft beiseiteschob. »Schluss mit der Spielerei! Jetzt geht's zur Sache!«, kündigte er das unvermittelte und brutal wirkende Eindringen seines steinharten Schwanzes an. So etwas wie vorsichtiges Herantasten oder gar Vorbereiten gab es nicht. Der derbe Mann stieß seinen Riemen in so schneller Abfolge in Georgia hinein, dass er fast wie ein kopulierendes Kaninchen aussah. Die Ketten des Slings klirrten, während er die hilflos stöhnende Georgia unter den Beifallrufen der anderen Anwesenden so lange – im wahrsten Sinne des Wortes – durchnagelte, bis er sich schließlich mit einem kehligen Schrei in ihrer Mitte ergoss. Der Vorgang hatte keine Minute gedauert, da stellte sich schon der nächste Kerl in Position, um den vor ihm hängenden Körper zu benutzen.

Der Härtegrad von Mikes Schwanz war mittlerweile von halbsteif zu stahlhart gewechselt. Er schien mit jedem Mann, der seine Freundin zur Triebbefriedigung benutzte, geiler zu werden. Ob Georgia diesen Gangbang ebenso animierend fand, ließ sich aus der Entfernung nicht sagen. Äußern konnte sie sich jetzt jedenfalls nicht mehr, denn die Männermeute war längst dazu übergegangen, auch ihren Mund zu benutzen. Wie viele Männer sich zu diesem Zeitpunkt bereits in ihr ergossen hatten, war in diesem Knäuel aus Kerlen nicht mehr zu beurteilen. Und obwohl kaum einer der Männer länger als eine Minute zum Abspritzen gebraucht hatte, schien die Gruppe auch dann noch nicht genug zu haben, als es allen bereits einmal gekommen war. Der Erste war schon wieder bereit, als der Letzte fertig war.

Die anfängliche Erregung, die Christina beim Stromern durch den Club noch empfunden hatte, war mittlerweile komplett und unwiederbringlich ausgelöscht, und sie sah auch die schöne, souveräne Agentin in einem völlig neuen Licht. Dabei war es nicht so sehr die Tatsache, dass Georgia sich von mehreren Männern penetrieren ließ, sondern vielmehr, dass sie dabei nicht wusste, um wen es sich eigentlich handelte. Natürlich war man hier in einem Sex-Club, und das deutete sehr darauf hin, dass die keuchende Georgia mit dieser Behandlung durchaus einverstanden war, aber Christina konnte sich nicht vorstellen, dass ein derart wahl- und gesichtsloses Sich-benutzen-Lassen gut für die Psychohygiene war. Je länger sie dem Treiben zuschaute, desto drängender schlich sich ein Gedanke in ihren Kopf, der sich irgendwann nicht mehr ignorieren ließ: War sie bei ihren Sexpartnern der letzten Monate denn wählerischer gewesen? Zwar hatte sie immer ein eindeutiges Kriterium gehabt – kann er oder sie mich weiterbringen oder nicht? –, aber sobald das zugetroffen hatte, war es ihr ebenfalls gleichgültig gewesen, ob die jeweilige Person ihr nun gefiel oder nicht. Sie konnte sich in den letzten Wochen völlig selbstverliebt an ihrer Macht über das jeweilige Sexobjekt berauschen. Aber so tief ihr Körper auch mit denen anderer in Berührung kam, so wenig kam sie wirklich mit einer anderen Seele in Kontakt. Plötzlich stand sie am Rande dieses so glitzernden Parketts und sah den trunkenen Tanz einsamer, verletzlicher Herzen, die doch nie einen Blick nach innen gewähren. Der Schrecken, der sie bei dieser Erkenntnis durchfuhr, erschütterte sie bis ins Mark. Das Schauspiel, das sie hier in einer geradezu hypnotisierten Schockstarre beobachtete, war nichts weiter als eine zugespitzte Version ihrer eigenen Geschichte. Was unterschied sie schon noch von einer Frau, die ungeachtet von Gefühlen so ziemlich jeden heranließ, der irgendwie nützlich für sie sein konnte? Christina war in den letzten Wochen sicher gewesen, über den Weg der sexuellen Befreiung schließlich zu sich selbst zu finden. Sie war nicht mehr das hässliche Entlein, sondern ein schöner Schwan. Sie war nicht mehr die alte, sondern die neue Christina. Und das war auch gut so. Doch hier an diesem Ort, mit diesen extremen Eindrücken, wurde ihr zum ersten Mal wirklich klar, dass sie mit ihrem alten Ich auch etwas abgelegt hatte, zu dem ihr neues Ich offensichtlich nicht in der Lage war: die Fähigkeit zu echten Gefühlen. Die rauschhaften Höhepunkte, die ihr die scheinbare Macht über ihre Partner beschert hatte, rückten mit einem Mal in weite Ferne und wurden durch die Einsicht ersetzt, dass die Freude über ihren Aufstieg die einzig tiefe Emotion war, die sie in den letzten Wochen empfunden hatte. Die Erkenntnis dieser mageren Ausbeute legte sich wie eine würgende Hand um ihre Kehle und schnürte ihr fast die Luft ab.

Plötzlich spürte sie, wie ihr tatsächlich jemand von hinten die Hände um den Hals legte, den Knoten ihres roten Umhangs öffnete und ihn mit einem Ruck nach hinten zog, sodass sie nur noch in ihren weißen Dessous dastand. Sie war so überrascht, dass sie erst ziemlich spät reagierte. Mit einem kurzen, spitzen Schrei schnellte sie herum, um in die lüsternen Augen des Mannes zu blicken, dem sie vor ein paar Minuten auf der Treppe in den zweiten Stock begegnet war.

»Na, Süße, schon ganz scharf?«, begrüßte er sie schmierig grinsend. »Falls das kleine Rotkäppchen da drin seinen bösen Wolf sucht, könnte es Glück haben. Wie du siehst, kannst du hier gleich von mehreren Exemplaren verschlungen werden.«

Christinas Herz begann wie wild zu hämmern, und sie hörte das eigene Blut in ihren Ohren rauschen. Als hätte der grobschlächtige Kerl mit »Rotkäppchen« ein Code-Wort ausgesprochen, legte sich in ihrem Kopf ein innerer Schalter um. So hatte Steve sie genannt. Und so durfte auch nur Steve sie nennen. An diesem Ort war

Rotkäppchen kein Kosename, sondern ihr Stopp-Wort, das alle visuellen Eindrücke der letzten Stunden auslöschte und sie durch ein einziges Bild ersetzte: Steve!

»Ja, das gefällt dir, das seh ich doch. Aber die Kleine war nur die Vorspeise – du, du bist der Hauptgang. Und für den hat Mike sich was ganz Besonderes einfallen lassen. Du wirst dich noch wundern«, tönte der fremde, fast nackte Mann erneut, und sein abgestandener Atem stieg ihr in die Nase. Er hatte beide Arme gegen die Tür gestützt, sodass die junge Frau praktisch eingekesselt war. Sein Redeschwall war versiegt, und er fixierte Christina tatsächlich wie ein Wolf sein Opfer, bevor er endgültig zuschnappt. Als sie mit einer ausweichenden Bewegung versuchte, sich aus dieser bedrohlichen Situation zu befreien, stieß sie mit dem Ellenbogen gegen die Bullaugentür. Das dabei entstandene Geräusch musste so laut gewesen sein, dass es auch auf der anderen Seite ankam, denn das brummende Stöhnen der Männer erstarb sofort. Auch der bullige Kerl war offenbar völlig verdutzt, dass sein verunglückter Flirtversuch nicht so gut ankam, und Christina nutzte diesen Moment, um sich aus der widerwärtigen Umarmung zu befreien. Sie rutschte elegant an der Wand hinunter, um der Barriere seiner Arme zu entkommen, und schlüpfte dann behände an ihm vorbei.

Fast gleichzeitig ging die Tür zu dem S&M-Spielzimmer auf, und ein splitternackter Mike trat in den Vorraum.

»Christina, warte!«, rief er der jungen Frau nach, die aber bereits die Treppe in die unteren Etagen erreicht hatte. Sie rannte förmlich – auch wenn sie sich dabei ein wenig lächerlich vorkam – und ignorierte beharrlich die lauten Rufe des Schauspielers, die durch das ganze Haus zu hallen schienen. »Komm zurück, Chris! Der Spaß hat doch gerade erst angefangen!« Aber Christina wollte nur eins: weg von hier! Und die Laute ihrer Absätze auf den Stufen schienen ihr auch zu sagen, wohin sie laufen sollte, denn in ihren Ohren klang das Klacken wie »Steve, Steve, Steve«. Was immer man dort oben mit ihr geplant hatte, für Christina schien es im Moment nur eine Rettung zu geben: den Mann, der ihr seine Liebe gestanden hatte. Einen kurzen Moment lang fragte sie sich noch, was wohl die Gäste denken würden, als sie wie damals beim Sportabzeichen im Sprint durch die Gänge jagte – und das nur mit weißen Dessous bekleidet. Doch dieser Moment war so schnell vorbei, dass sie ihn nur noch als Randnotiz auf ihrem Weg zum Ziel wahrnahm.

Noch als sie die erste Etage erreicht hatte, hörte sie Mike in der Ferne ihren Namen rufen. Aber es war zu spät. Der Schalter, der sich gerade in Christinas Innerem umgelegt hatte, war eingerastet, und sie hatte nicht vor, ihn wieder auf »Verfügbarkeit« zu stellen. Endlich im Erdgeschoss angekommen, raste sie unter den erstaunten Blicken der Besucher durch die Bar und in den Umkleideraum. Dort schlüpfte sie als Erstes aus ihren High Heels, riss dann ihren Spind auf und zog ihr hellblaues Viskosekleid über den Kopf. Dann warf sie alle anderen Sachen achtlos in die Reisetasche und lief so schnell sie konnte ohne Schuhe an den Füßen ins Freie.

Es kam Christina wie eine Ewigkeit vor, dabei hatte sie den Club erst vor etwa einer Stunde betreten. Es war bereits dunkel, als sie jetzt unter dem irritierten, ja fast enttäuschten Blick des Türstehers aus der Eingangstür herausschoss, noch kurz den Bürgersteig entlanglief, bis sie auch außer dessen Sichtweite war, um sich dann hektisch nach einem Taxi umzusehen. Der *Pleasure Dome* schien nicht gerade zu den bevorzugt angefahrenen Locations der Londoner Taxifahrer zu gehören, denn es dauerte einige Zeit, bis sie schließlich fündig wurde. Bevor sie sich erleichtert in den Fond eines geräumigen, schwarzen Wagens warf, schaute sie sich immer wieder panisch um, ob ihr nicht vielleicht Mike oder sogar Georgia nachgelaufen kämen. Aber nichts dergleichen geschah.

»Wo soll's denn hingehen, Miss?«, erkundigte der Taxifahrer sich mit aufgeräumter Stimme.

Sie nannte dem Mann ihre Adresse in Southwark und schloss dann sofort das Glasschiebefenster zum Fahrersitz. Sie wollte nicht ein weiteres Wort mehr hören und warf sich so tief in das Polster des Rücksitzes, als wollte sie darin verschwinden. Christina sah an sich hinab. Das hastig angezogene Wickelkleid saß krumm und schief, und die weißen Strümpfe waren leicht zerrissen und an den Füßen ganz grau. Der Anblick stand stellvertretend für die Ernüchterung, die sie in den letzten Stunden im Schnelldurchlauf erlebt hatte. Und er stand für die Erkenntnis, dass die Welt, in der sie sich in den vergangenen Wochen bewegt hatte, einfach nicht die ihre war – auch wenn sie es sich noch so sehr eingeredet hatte. In diesem Moment sehnte sie sich zum allerersten Mal nach der alten Christina zurück. Oder zumindest nach der unaufgeregten Ruhe, die sie als graue Maus so gut wie immer gehabt hatte. In den letzten Monaten war so viel geschehen, dass Christina kaum Zeit geblieben war, über ihre Erlebnisse nachzudenken und sie irgendwie einzuordnen. Und auch jetzt, hier in diesem Taxi, fand sie nicht zur Ruhe, sondern war einem Sperrfeuerwerk von Bildern ausgesetzt. Sie bekam den Anblick der nackten, von einem Haufen Kerle penetrierten Georgia einfach nicht aus dem Kopf. Doch noch viel schlimmer wog für sie, dass Mike und seine Agentin sie scheinbar nur zu dem Zweck in den Club gelockt hatten, um sie an ein Rudel aufgeheizter Männer auszuleihen. Sie war manipuliert und benutzt worden – genau wie sie selbst manipuliert und benutzt hatte. Die Erkenntnis, dass Georgia und Mike ihr gerade eine Dosis ihrer eigenen Medizin verabreicht hatten, sorgte dafür, dass ihr Magen sich zu einem kleinen Knoten zusammenzog, der eine geradezu stechende Übelkeit mit sich brachte. Christina standen Tränen in den Augen.

Sie schaute aus dem Fenster, um sich irgendwie abzulenken. Doch statt regennasser, neonbeleuchteter Straßen rasten nur Gedanken an die Begegnungen der letzten Wochen durch ihren Kopf – wie ein Zelluloidstreifen durch einen Filmprojektor. Hugo Stevens, Mike, Harry Malden, Georgia, Steve.

Steve!

Christina drückte auf eine imaginäre Stopptaste und hielt die Bilderflut in ihrem Kopf bei der einzigen Person an, die sie wirklich berührt hatte. Der Gedanke an Steve beruhigte sie schlagartig und erfüllte ihr kaltes, verkrampftes Herz mit einer dringend benötigten Wärme.

Nach einer scheinbar endlosen Fahrt durch die nächtlichen Straßen Londons hielt das Taxi endlich vor ihrer Wohnung in Southwark. Noch nie war Christina so erleichtert gewesen, das schäbige, alte Mietshaus in ihrer schäbigen, alten Straße zu sehen. Sie sehnte sich nach Ruhe und Frieden und nach ihrem Bett.

Je näher sie der Wohnung gekommen war, desto mehr hatte sie mit den Tränen kämpfen müssen. Die Bezahlung des Taxifahrers war noch einigermaßen trocken vonstattengegangen. Aber jetzt, als sie die vier Etagen zu ihrer Wohnung erklomm, ließ sie ihren Gefühlen freien Lauf. Ihr Schluchzen schien mit jedem Stockwerk stärker zu werden, und als sie schließlich in der dritten Etage ankam, liefen ihr die Tränen bereits sturzbachartig über die Wangen. Auf halbem Weg in die vierte und letzte Etage erlosch mal wieder die Treppenhausbeleuchtung.

»Dieser ätzende Vermieter«, fluchte Christina leise vor sich hin. Der Besitzer des Hauses hatte das Zeitintervall des Flurlichts so knapp eingestellt, dass man es eigentlich nie nach oben schaffte, ohne den Lichtknopf ein zweites Mal zu betätigen. Doch gerade als Christina innehielt, damit sich die Augen wieder an die Finsternis gewöhnen und sie sich an das rote Licht des Schalters herantasten konnte, ging die Beleuchtung auf einmal wie von selbst an. Sie war offensichtlich nicht die Einzige, die gerade nach Hause kam.

Es war auf der letzten Stufe zu ihrer Wohnung, als Christinas bisher gesenkter Blick das erste Mal nach oben wanderte. Ihre Augen waren noch immer so voller Tränen, dass sie das Schlüsselloch kaum fand.

»Kann ich dir helfen?«

Die Stimme hinter ihr versetzte die angespannte junge Frau so in Panik, dass sie einen Moment zu Stein erstarrte und sich erst langsam herumdrehen konnte. Trotz der Flurbeleuchtung hatte sie große Mühe, das

Gesicht des Mannes zu erkennen, der auf der Treppe zum Dachboden saß. Erst meinte sie, der Vorhang aus Tränen würde ihr einen Streich spielen, aber je schärfer sie ihren Blick einstellte, desto größer wurde die Gewissheit. Christina konnte ihren eigenen Empfindungen kaum noch folgen. Zu überwältigend war die Mischung aus Überraschung und Erleichterung, die sie bei der Erkenntnis überkam, wer da plötzlich vor ihr stand.

Steve!

Ein Blick in seine Augen reichte aus, um das gerade verebbte Schluchzen in Christinas Kehle wiederaufleben zu lassen und in einen Weinkrampf zu verwandeln. Niemals hätte sie zu hoffen gewagt, dass er die Ankündigung aus seinem Brief ausgerechnet heute in die Tat umsetzen und zu ihr kommen würde.

Steve sagte kein Wort, nahm ihr nur den Hausschlüssel ab und öffnete damit die Tür zu ihrer Wohnung. Dabei hatte er die ganze Zeit den Arm um Christinas Schulter gelegt, so als wäre sie ein kleines, hilfloses Mädchen, das dringend an die Hand genommen werden musste.

Dafür, dass er noch nie in Christinas Wohnung gewesen war, fand er sich überaus schnell zurecht. Ein Griff zu seiner Linken, und er fand instinktiv den Lichtschalter, der den kleinen Flur erhellte. Ein unendlich wohliges Gefühl der Geborgenheit erfasste Christina und trieb ihr erneut Tränen in die Augen – Tränen der Freude. Sie warf die Arme um seinen Hals und presste ihren Körper so eng an Steve, als wollte sie ihn erdrücken. Gleichzeitig bedeckte sie sein Gesicht mit so vielen Küssen, dass seine Wangen von ihren Tränen bald ebenso feucht waren wie die ihren.

»Steve … Wieso bist du … Wenn du wüsstest, was ich …« Doch es wollte der jungen Frau nicht gelingen, auch nur einen dieser Sätze zu vollenden, denn sie konnte ihr Glück einfach nicht fassen.

»Ist ja gut, Chris, ist ja gut«, flüsterte Steve ihr immer wieder beruhigend ins Ohr. »Ssssch, mein Rotkäppchen, ssssch.«

Es war an diesem Abend bereits das zweite Mal, dass sie mit diesem Kosenamen angesprochen wurde. Und obwohl – oder gerade weil – er diesmal aus dem Mund des Mannes kam, von dem sie sich gern so nennen ließ, wurde sie von einem erneuten Weinkrampf geschüttelt.

Die beiden standen eine Ewigkeit in Christinas kargem Flur und hielten sich in den Armen, bis das Schluchzen der angespannten Frau langsam verebbte und sie wieder einigermaßen Herrin über ihre Gefühle war. Bisher hatte sie den Kopf die ganze Zeit an Steves Schulter gelegt, ohne ihn anzusehen. Doch jetzt, als sie den Blick zum ersten Mal hob und in seine strahlenden blauen Augen schaute, brandete erneut eine überwältigende Gefühlswelle durch ihre Seele. Aber im Gegensatz zu der fast fiebrigen Überspanntheit, die sie bei seinem unerwarteten Auftauchen überkommen hatte, waren die Empfindungen in diesem Moment von einem tiefen Frieden bestimmt. Einem Frieden, wie sie ihn seit Verlassen des *Lumley Beauty Resort* nicht mehr gespürt hatte.

»Oh, Steve …«, hauchte sie, bevor ihr Mund sich wie in Zeitlupentempo dem seinen näherte. Die erste Berührung ihrer Lippen durchfuhr sie wie ein Blitz, der durch seine Wucht auch noch den letzten Rest ihrer Spannung löste. Die Ruhe, die sie nach diesem Kuss empfand, war zart und doch beschwingt wie die perlend weiche Luft nach einem Gewitter, ließ sich wohl nur mit der Ruhe nach einem Sturm vergleichen. Und mit diesem herrlichen Gefühl wurde ihr Körper langsam weicher und weicher. Christina entließ ihren Geliebten aus der angespannten Umarmung und trat einen Schritt zurück, um Steve mit ungläubigem Blick von oben bis unten zu betrachten.

»Weißt du eigentlich, dass ich die ganze Zeit auf dich gewartet habe?«, fragte sie ihn mit einem Ernst in der Stimme, der keinerlei Zweifel an ihren Worten zuließ. Christina wusste, dass ihre Worte für ihn völlig unglaubwürdig sein mussten. Schließlich wurde ihr selbst erst in diesem Moment bewusst, dass es genau so war. Alle Erlebnisse der letzten Wochen, alle Erfahrungen schienen nur einen einzigen Sinn gehabt zu haben: sie zu Steve zu führen.

Steve antwortete nicht, sondern lächelte sie nur mit zärtlichen Augen an. Dann streckte er seine Hand aus, legte sie in Christinas und führte sie weiter ins Innere der Wohnung. Christina war viel zu betäubt von ihren Gefühlen, um sich darüber Gedanken zu machen, dass sie vor ein paar Stunden den Inhalt ihres gesamten Kleiderschranks in der Wohnung verteilt hatte. Sie musste nichts sagen, musste nichts erklären – das wusste sie instinktiv.

Steve schaltete eine kleine Stehlampe im wüsten Durcheinander ihres Wohnzimmers an, zog sich die Jacke aus und nahm Christina noch im Stehen wieder in die Arme. Genau wie im Flur standen sie eine Zeit lang regungslos da, um einfach nur den Körper des anderen zu spüren. Nach ein paar Minuten begann Steve mit den Fingerspitzen zart über ihr Rückgrat zu streichen. Die Leichtigkeit seiner Berührung erzeugte eine sofortige Gänsehaut bei Christina, die mit jedem Streichen intensiver wurde und schließlich zu einer Leidenschaft anwuchs, die ihre Nippel unter dem Wickelkleid anschwellen ließ. Als Steve zu der hauchzarten Behandlung der Finger seine Zunge ins Spiel brachte und damit vorsichtig ihren Mund öffnete, spürte Christina, wie ihre Ruhe sich nach und nach in Lust verwandelte. Sie öffnete die Lippen, um den Besucher willkommen zu heißen und ihm zu signalisieren, dass sie diesmal zu mehr als nur einer Stippvisite bereit war. Steves Mund war herrlich weich. Ihre Zungen umtänzelten sich in einem lustvollen Pas de deux, der immer wieder von festeren Küssen unterbrochen wurde und sich schließlich in ein wildes, inbrünstiges Knutschen verwandelte. Christina spürte, wie Steve langsam hart und sie immer weicher wurde. Ihre Möse war jetzt so feucht, sie hatte das Gefühl, den Slip und auch schon das Kleid durchnässt zu haben. Gerade als sie sich Gedanken machen wollte, ob Steve wohl Fragen über ihre etwas ramponierte Aufmachung stellen würde, merkte sie, wie er ihr Wickelkleid öffnete und die Träger langsam über ihre Schultern schob. Nachdem das Kleid zu Boden gefallen war, hielt er sie auf Armeslänge von sich weg, um sie genauer betrachten zu können. Noch nie in ihrem Leben hatte Christina sich so schmutzig gefühlt wie in diesem Moment. Ihre weißen Dessous waren zwar noch einigermaßen intakt, aber die durchsichtigen Strümpfe waren von ihrem Sprint durch den Club so verdreckt, dass sie nichts Verführerisches mehr an sich hatten. Die junge Frau stand mit gebeugtem Kopf da und wartete auf das Urteil ihres Geliebten. Sie rechnete mit allem: Ekel, Vorwürfe, Ermahnungen.

Doch nichts von alledem kam. Statt sie mit einem Bombardement von Fragen zu überziehen, starrte Steve sie nur mit liebevollen Augen an. »Wunderschön«, hauchte er schließlich, nahm sie mühelos hoch, als wäre sie eine Feder, und trug sie auf seinen Armen ins Schlafzimmer. Ihm schien nicht mal aufzufallen, dass das Bett mit anprobierten Kleidern übersät war, denn Steve legte sie einfach auf ihre gesammelte Garderobe, um sich vor ihren strahlenden Augen selbst zu entkleiden. Das Schlafzimmerlicht blieb aus, und der Raum wurde nur von der kleinen Lampe im Wohnzimmer milde erhellt. Christina wusste nicht, ob es an dieser spärlichen Beleuchtung lag, aber Steve wirkte in dem von Schatten durchzogenen Zwielicht wie ein Wesen aus einer anderen Welt. Er stand jetzt splitternackt vor ihr, sein Schwanz im rechten Winkel steif von seinem Körper abstehend. Der Anblick erregte Christina so sehr, dass sie instinktiv ihre Beine spreizte, um der immer drängender werdenden Lust irgendeine Aktion entgegenzusetzen. Die Leidenschaft für diesen Mann ließ sich mit nichts vergleichen, was sie in den letzten Wochen für irgendjemanden empfunden hatte. Und auch in seinem Blick lag etwas, das in keinem der Augenpaare ihrer vergangenen Begegnungen zu finden gewesen war. Vor Christina tat sich ein völlig neues Universum auf. Fast ungläubig sah sie ihrem Geliebten in die Augen, um dort einen Hinweis zu finden, ob sie das alles nicht vielleicht doch nur träumte. Doch als Steve sich schließlich daranmachte, ihr Strümpfe und Slip auszuziehen, da wusste sie es. Es war kein Traum, es war die Realität. Mit einem tiefen Seufzer der Erleichterung ließ sie Steve sein Werk vollenden, bis schließlich beide nackt nebeneinanderlagen. Der blonde Mann hatte sich auf den Ellenbogen gestützt und strich immer wieder über ihr rotes Haar.

»Mein kleines Rotkäppchen«, flüsterte er und küsste sie schelmisch auf die Nasenspitze. Als er sie diesmal so nannte, fuhr Christina zwar immer noch ein wenig zusammen, aber dieses Zucken überkam sie aus einem reinen Glücksgefühl heraus.

»Steve ...«, begann sie, um ihrem unerwarteten Besucher irgendeine Erklärung abzugeben. Aber der junge Mann brachte sie mit einem Kuss zum Schweigen.

»Sag nichts. Du musst mir nichts beichten, und du musst mir nichts offenbaren. Heute Nacht gibt es nur uns beide. Dich und mich.«

Mit diesen Worten presste er erneut die Lippen auf ihren Mund, schlang ein Bein über ihre Schenkel und legte sich mit ganzer Länge auf ihren bereiten Körper. Das Gefühl der Wärme und des Geborgenseins, das Steves Nähe bei Christina auslöste, war intensiver und glückseliger als alles, was sie je erlebt hatte. Das Eindringen seines Geschlechts geschah so selbstverständlich, dass es aus der Fülle von Empfindungen zunächst gar nicht recht hervorstach. Erst als Steve langsam anfing, sich in ihr zu bewegen, spürte die erregte Frau, wie ausgehungert ihr Körper nach einer wahrhaften Vereinigung war. Je tiefer sie ihren Geliebten in sich spürte, desto größer wurde das Verlangen, sich ihm im Einklang mit seinen Stößen vollends hinzugeben. Ihre Münder lösten sich nur voneinander, um immer wieder den Namen des anderen zu stöhnen und sich tief in die Augen zu blicken.

Doch irgendwann wurde das anfänglich noch gemäßigte Tempo ihres sinnlichen Liebesaktes immer schneller und drängender. Endlich brachen sich die lang aufgestauten Gefühle der beiden ihre Bahn und sorgten dafür, dass die eben noch geflüsterten Worte in fast verzweifelter Lautstärke durch das Zwielicht des Schlafzimmers hallten. Und nach ein paar letzten Stößen, die Christina in ihrer Wucht gegen das Kopfteil ihres Bettes prallen ließen, war schließlich auch der Punkt erreicht, an dem die beiden vor Leidenschaft nicht mal mehr ihre Namen aussprechen, sondern nur noch im Gleichklang »Ja, ja, ja« keuchen konnten.

Es kam beiden gleichzeitig. Genau in dem Moment, in dem Steve sich mit einem lauten Schrei in ihrer Spalte ergoss, spürte auch Christina, wie sie in eine Welt geschleudert wurde, in der es nichts weiter gab als ihre beiden Körper, die nun eins waren. Und nun wusste Christina, dass sie endlich zu Hause war.

Epilog

»Komm bitte mal her, Chris«, rief Joan Harding ihr quer durch das Büro zu.

»Was ist denn? Ich hab jetzt keine Zeit«, erwiderte Christina, ohne auch nur einen Moment von ihrem Computerbildschirm aufzuschauen.

Seit sie gemeinsam mit der Frau, die ihrem Leben den entscheidenden Schub gegeben hatte, eine eigene Agentur für Klein- und Werbedarsteller eröffnet hatte, war dieser Satz wohl einer der meistverwendeten aus ihrem Mund.

Die ehemalige Praktikantin und jetzt gleichberechtigte Geschäftspartnerin nahm ihrer Kollegin den Weg ab, kam herüber zu Christinas Arbeitsplatz und knallte ihr eine Tageszeitung auf den Tisch. »Hier! Das wird dich sicher interessieren!«, erklärte sie in süffisantem Ton.

Als Christina das hochformatige Blatt aufgeschlagen hatte, sprang ihr in dicker Schrift folgende, typisch britische Schlagzeile entgegen: MIKE WILLIAMS' LICHT DER LIEBE ERLOSCHEN – SEXTAPE AUFGETAUCHT, TV-SERIE ABGESETZT.

Christina traute ihren Augen nicht. Für einen kurzen Moment überfiel sie Panik, ob sie vielleicht eine der Hauptdarstellerinnen auf dem ominösen Tape war. Aber ihre Sorge war unbegründet. Scheinbar handelte es sich um eine junge, zum Zeitpunkt des Drehs unangenehmerweise noch minderjährige Komparsin, die Mike in seinem Trailer verführt und dabei gefilmt hatte. Der gute, alte Mike. Christinas Erinnerungen an den Schauspieler waren nach einem halben Jahr so verklärt, dass der ehemalige Gespiele ihr fast leidtat. Fast …

Sie griff sofort zum Telefon. »Hast du schon die Schlagzeilen gelesen, Liebling?«, fragte sie ihren Freund, nachdem die Empfangsdame des Luxus-Spas, dessen Fitnessstudio er leitete, sie mit Steve verbunden hatte.

»Und ob. Der ganze Laden spricht von nichts anderem.« Steves Stimme klang geradezu euphorisch, als er seiner Freundin berichtete, wie angewidert besonders die weibliche Klientel vom Verhalten des Stars zu sein schien.

»Damit dürfte er seine Karriere endgültig an die Wand gefahren haben«, vermutete Christina und spürte erneut ein gewisses Mitleid in sich aufsteigen, als sie die Worte aussprach.

»Er hat's nicht besser verdient, Schatz. Vergiss das nicht«, erinnerte Steve sie an den wahren Charakter ihres ehemaligen Liebhabers. »Aber apropos Sex-Tape – ich habe in irgendeinem unausgepackten Karton auch noch eine alte Videokamera liegen. Wenn du Lust hast, könnten wir heute Abend also Star und Komparse spielen.«

Christina musste über den Vorschlag schmunzeln. »Und wer ist der Star und wer der Komparse?«

»Das entscheiden wir auf der Besetzungscouch.«

Nach einer kurzen, spannungsgeladenen Pause, in der beide den Atem anhielten, verwandelte Christinas Schmunzeln sich in ein glückseliges Lächeln, denn sie wusste aus tiefstem Herzen, dass sie beide diese Entscheidung schon längst getroffen hatten.

Ende